HEYNE
BÜCHER

Vom gleichen Autor erschienen außerdem
als Heyne-Taschenbücher

Die Rollbahn · Band 497
Das Herz der 6. Armee · Band 564
Sie fielen vom Himmel · Band 582
Der Himmel über Kasakstan · Band 600
Natascha · Band 615
Strafbataillon 999 · Band 633
Dr. med. Erika Werner · Band 667
Liebe auf heißem Sand · Band 717
Liebesnächte in der Taiga · Band 729
Der rostende Ruhm · Band 740
Entmündigt · Band 776
Zum Nachtisch wilde Früchte · Band 788
Der letzte Karpatenwolf · Band 807
Die Tochter des Teufels · Band 827
Der Arzt von Stalingrad · Band 847
Das geschenkte Gesicht · Band 851
Privatklinik · Band 914
Ich beantrage Todesstrafe · Band 927
Auf nassen Straßen · Band 938
Agenten lieben gefährlich · Band 962
Zerstörter Traum vom Ruhm · Band 987
Der Mann, der sein Leben vergaß · Band 5020
Fronttheater · Band 5030
Der Wüstendoktor · Band 5048
Ein toter Taucher nimmt kein Gold · Band 5053
Die Drohung · Band 5069
Eine Urwaldgöttin darf nicht weinen · Band 5080
Viele Mütter heißen Anita · Band 5086
Wen die schwarze Göttin ruft · Band 5105
Ein Komet fällt vom Himmel · Band 5119
Straße in die Hölle · Band 5145
Ein Mann wie ein Erdbeben · Band 5154
Diagnose · Band 5155
Ein Sommer mit Danica · Band 5168
Aus dem Nichts ein neues Leben · Band 5186
Des Sieges bittere Tränen · Band 5210
Die Nacht des schwarzen Zaubers · Band 5229
Alarm! – Das Weiberschiff · Band 5231
Bittersüßes 7. Jahr · Band 5240
Engel der Vergessenen · Band 5251
Die Verdammten der Taiga · Band 5304
Das Teufelsweib · Band 5350
Im Tal der bittersüßen Träume · Band 5388
Liebe ist stärker als der Tod · Band 5436
Haie an Bord · Band 5490

HEINZ G. KONSALIK

AGENTEN KENNEN KEIN PARDON

Roman

WILHELM HEYNE VERLAG
MÜNCHEN

HEYNE-BUCH Nr. 999
im Wilhelm Heyne Verlag, München

Die Handlung und die handelnden Hauptpersonen sind frei erfunden.
Der Roman wurde gestaltet nach den amtlichen Unterlagen und authentischen Berichten des US-Kriegsministeriums, des US-Außenministeriums, der Forschungsgruppen für Kernphysik in Oak Ridge und Los Alamos sowie den britischen und kanadischen Regierungsberichten über Atomspaltung.
Sie alle – vor allem der berühmte offizielle Bericht von Henry DeWolf Smyth (Princeton University) »Atomic Energy for Military Purposes« – sprechen vom Krieg.
Der Roman aber soll vom Frieden sprechen ...

13. Auflage

Genehmigte, bearbeitete Taschenbuchausgabe

Printed in Germany 1979
Umschlagfoto: Bavaria Verlag / Photo Media, Gauting
Umschlaggestaltung: Atelier Heinrichs, München
Gesamtherstellung: Ebner Ulm

ISBN 3-453-00320-9

DIE HAUPTPERSONEN

In Los Alamos (USA):

Prof. Dr. William Paerson	Atomphysiker
Dr. Ralf Bouth	sein Assistent
Prof. Dr. Henry Shuster	Arzt
Mabel Paerson	Ps. Tochter
Senator Petterson	
General McKinney	

In Nagoi (Japan):

Dr. Kiyoto Hakanaki	Atomphysiker
Dr. Tojo Yamamaschi	sein Assistent
General Tayo Simanuschi	
ein Unbekannter	
Heinz Behrenz	Agent

In Nowo Krasnienka (Rußland):

Prof. Dr. Gregorij Kyrill	Atomphysiker
Dr. Iwanow Tenuschkow	sein Assistent
Wassilij Gregoronow	Agent
Piotre Zanewskij	Kommissar
Dr. Ewald v. Kubnitz	
Frau v. Kubnitz	
ein Volkskommissar	
vier deutsche Kriegsgefangene	

In Tanarenia (Spanien):

Dr. Juan de Sebaio	Atomphysiker
Prof. Dr. Hans Ebberling	Atomphysiker
General Monzalez	
Kezah ibn Menra	Agent
Dr. José Cabanera	Assistent

Der Roman spielt im August/September 1952

1

Der Motor tuckerte noch ein wenig, dann stand der Wagen still.

Dr. Bouth sah erstaunt auf die Uhren des Armaturenbretts. Die Zeituhr sagte, daß es 1/212 Uhr mittags war, der Öldruck war normal.

»Das ist etwas ganz Neues«, stellte Dr. Bouth fest und wandte sich an Mabel Paerson, die neben ihm in den weichen Polstern saß und erstaunt aus dem Fenster sah.

»Eine Panne?« fragte sie und reckte sich.

»Viel schlimmer, Mabel – kein Benzin mehr!« Dr. Bouth lachte und stieg aus dem Wagen. Er umging ihn wie einen Lastesel, der plötzlich nicht mehr seine Säcke tragen will und einer strengen Aufmunterung bedarf. Auch Mabel Paerson war ausgestiegen und glättete mit den Händen ihren Rock, ehe sie nach hinten zum Kofferraum des Wagens ging.

Um sie herum war die Weite New Mexicos. Der Sand der Wüste von Alamogordo staubte über den Asphalt der Regierungsstraße. Es war heiß an diesem Augusttag des Jahres 1952. Die Luft stand flimmernd über den Büschelgräsern und den ewigen Kakteen, die zu beiden Seiten der Straße etwas wie Vegetation spielten. In der Ferne, im Dunst des Sommers, ahnte man die Cañons von Hondo und die Jemezberge. Irgendwo in dieser flimmernden Ferne mußte auch der Rio Grande fließen, der mächtige Strom, der die Grenze zwischen den USA und Mexiko bildet.

Mabel Paerson wischte sich mit dem Handrücken über die Stirn. Kleine Schweißperlen blieben an der Haut kleben. »Was nun?« fragte sie und schaute sich um. »Bis zur nächsten Station können es gut fünfzig Kilometer sein.«

Dr. Bouth zuckte mit den Schultern und brannte sich eine Zigarette an. »Wir müssen warten, bis ein ebenso einsamer Autofahrer wie wir uns ein Tröpfchen Benzin leiht.« Er knöpfte sein Hemd über der Brust auf und lehnte sich gegen den Kofferraum. »Ich muß allerdings sagen, daß an dieser Panne kein anderer schuld ist als du, Mabel.«

»Das möchte ich energisch bestreiten!« Mabel Paerson, eine

etwa einundzwanzigjährige Blondine, von der ihre Kollegen auf dem Columbia-College sagten, sie sei hübsch und ein Luder dazu, rümpfte die Nase.

»Ein typischer Fall von Unlogik«, stellte Dr. Bouth fest. »Wenn ein Mann nur noch Augen für eine Frau wie du, Mabel, hat, dann denkt er an kein Benzin mehr.«

Dr. Ralf Bouth war ein hochgewachsener, etwa fünfunddreißig Jahre alter Mann mit dem Gesicht eines Jungen und den Augen eines ewig Suchenden. Wer ihn so an der Straße stehen sah, mit offenem, durchgeschwitztem Hemd, ungebügelten Hosen und schweißverklebten Haaren, die staubigen Schuhe auf die Stoßstange seines Wagens gestützt, der dachte nicht daran, daß dieser Dr. Bouth der 1. Assistent von Prof. Dr. William Paerson war, einer der Männer in dem unbekannten Heer der Wissenschaftler, das in Los Alamos, vierzig Kilometer nordwestlich von Santa Fè, in den unergründlichen Cañons, eingegraben in den Felsen, niedergeduckt in die schmalen Täler die Atomstadt Amerikas schufen. Er war ein Mensch wie alle Menschen ... das wäre schon genug für seine Beschreibung, nur, daß sein Gehirn nicht über Obst oder Durchschreibebuchhaltung nachdachte, sondern über die Verwendbarkeit von Plutonium für Superbomben und die Formeln einer neuen Kettenreaktion von gespaltenen Atomen, die Prof. Paerson vor einigen Wochen in seinem unterirdischen Laboratorium in einer von 100 Zentimetern dicken Bleiplatten – und Betonschutzwänden umgebenen Brennretorte von Graphit entwickelt hatte.

Der große Wagen war staubig. Er hatte eine weite Fahrt hinter sich. Quer durch die Rockies war er gesummt, von Kalifornien kommend, wo Mabel Paerson, die Tochter des Prof. Paerson, ihren Urlaub verlebte und nun an der Seite ihres Verlobten den Vater in Los Alamos besuchen wollte.

»Fahren Sie mal nach Los Angeles«, hatte Prof. Paerson vor einer Woche leichthin gesagt, und Dr. Bouth legte den Bleistift auf den großen Tisch, der übersät war mit Tabellen. »Mabel möchte nach hier kommen. Ich habe das Mädel fast ein Jahr nicht gesehen. Holen Sie sie ab, Ralf. Auch Ihnen tut es gut, aus dem klösterlichen Leben hier herauszukommen.«

Nun stand man auf der breiten Überlandstraße, ohne Benzin, in der prallen Sonne des August, umgeben von Sand und

Kakteen, flimmernder Luft und einem leisen Wind, der mehligen Staub durch die Kleidung bis auf die Haut trieb.

Mabel Paerson lehnte sich neben Dr. Bouth an den Kofferraum.

»Wir könnten den Kahn schieben«, meinte sie, aber das Lächeln, das sofort auf Ralfs Lippen erschien, ließ sie verstummen. »War ja auch nur ein Vorschlag«, murrte sie, »um hier nicht herumzustehen und uns wie Tauben braten zu lassen.«

»Wir müssen warten.« Dr. Bouth wischte sich wieder den Schweiß von der Stirn. »Wenn es dir zu langweilig ist, können wir ja ein nettes Liedchen singen.«

Von Ferne hörte man ein Brummen. Es kam näher und klang wie das Summen einer Hornisse.

»Ein Auto! Wir können weiter, Ralf.«

»Das nennt man unverschämtes Glück.« Dr. Bouth schraubte den Verschluß des Benzintanks auf. Das Gewinde war verschmutzt, er brauchte ein Taschentuch dazu und viel Kraft, den Deckel aufzudrehen.

Am Horizont, wo die Straße an den Himmel stieß, tauchte ein dunkler Punkt auf. Schnell kam er näher und nahm die Gestalt eines Lastwagens an, der schnaufend, mit großer Geschwindigkeit, über die Bundesstraße klapperte.

Mabel Paerson stand mitten auf der Straße und winkte mit beiden Armen. Sie sah entzückend aus, und es würde auf der ganzen Welt keinen Autofahrer geben, der bei diesem Wink nicht sofort alle Bremsen zog.

Kreischend hielt der Lastwagen. Ein rotes Gesicht erschien am Fenster.

»Motor kaputt?« schrie der Fahrer.

»Nein. Kein Benzin mehr!« Dr. Bouth trat mit einer Kanne an den Wagen heran. »Können Sie mir ein bis zwei Liter geben, damit ich bis zur nächsten Tanksäule komme?«

»Mal sehen.« Der Fahrer kletterte aus dem Führerhaus und klappte an der Seite des Wagens eine Tür auf. Dort lagen drei Kanister mit Benzin, auch hier, im verschlossenen Raum, überzogen mit dem feinen Staub der Wüste. »Geben Sie mal die Kanne her«, meinte der Fahrer. Und während er abfüllte, fragte er: »Wo wollen Sie denn hin?«

»Rauf nach Santa Fé.« Dr. Bouth bezahlte und gab dem Fahrer noch eine Packung Zigaretten. »Und wie weit ist's bis zur nächsten Station?«

»Gut 'ne Stunde. Good bye!«

Das Lastauto ratterte weiter. Bedächtig füllte Dr. Bouth das Benzin in den Tank, denn jeder Tropfen bedeutete einen Meter Weg. »Ich habe einmal auf einer kleinen Straße in den Bergen mehr als sechs Stunden gewartet, bis ein Auto kam«, sagte er dabei zu Mabel, die neben ihm stand und die Kanne von unten stützte. »Es war Nacht, ich kam von Los Alamos und hatte nicht auf die Benzinuhr geachtet, als ich abfuhr. Hinten im Wagen hatte ich drei Pfund radioaktives Uran 235 in einem dicken Bleikoffer. Und in Oak Ridge wartete man auf das Metall, um den Uranbrenner auffüllen zu können. Es war eine ekelhafte Situation.«

»Und dann kein Mädchen dabei ... das war das Schlimmste, was?« Mabel Paerson lachte, als sie sah, wie Ralf den Mund verzog. »Oder stimmt's nicht?«

»Ich hatte damals keine Zeit, mich um Frauen zu kümmern. Ich war neu in Los Alamos und mußte zeigen, was ich kann. Ich stand vor den Wunderwerken der Technik und schwor mir, nichts mehr zu kennen als das Geheimnis, das in diesen Riesengebilden vor sich ging.« Er winkte ab. »Ach was, Mabel, lassen wir doch das alles. Wir kommen früh genug in die Felsen und können uns einhüllen in das schauderhafte Gefühl, dem grenzenlosesten Tod unserer Welt gegenüberzustehen.« Er ließ die Kanne sinken. »So. Das wird reichen.« Er schraubte den Deckel wieder auf und wischte sich die Hände an dem Taschentuch ab. »Komm, steig ein, Baby«, sagte er und küßte Mabel auf die Nase, auf der die hellen Schweißperlen standen. »Bis Santa Fé ist noch ein schönes Stück.«

Der Motor sang auf. Das helle Band der Straße jagte unter den Rädern weg. Die Wüste um sie herum verlor den Schrecken der Einsamkeit. Aus den Klappen der Klimaanlage strömte wohltätige Luft in den heißen Raum. Das Radio spielte leise, fast zärtlich.

Es war ein schöner Tag, wenn man wußte, daß man die Wüste verlassen konnte.

Mabel ließ ihren Kopf auf die Schulter Ralfs sinken.

»Du«, sagte sie leise.

»Ja, Baby?«

»Ich liebe dich, Ralf.«

»Wirklich?«

»Ja. Und ich bin glücklich.«

»Das ist schön.« Dr. Bouth streichelte schnell über ihre blonden, seidigen Locken, ehe er wieder das Steuer ergriff und mit großer Geschwindigkeit über die Straße jagte. »Wann heiraten wir?« fragte er nach einer Weile stummer Fahrt.

»Wann du willst, Ralf.«

»In sechs Wochen, Baby?«

»In sechs Wochen ...«

Sie küßte ihn auf die Wange und streichelte ihm über die Schulter.

»Wie sicher du fährst, wie kraftvoll. Und wie deine Hände das Steuer halten. Weißt du, daß ich in deine Hände verliebt bin?«

»Nur in meine Hände?«

»In den ganzen Kerl Dr. Bouth! In den Herrn Assistenten von Prof. Paerson. In den Mann, der mit Atomen spielt, und der Sonnen in der Hand hält. Das wolltest du doch hören, Ralf?!«

»Spotte nicht, Mabel.« Dr. Bouth lächelte. »Ich bin nur eine kleine Nummer unter den Größen wie Dr. Fermi, Prof. Oppenheimer, Prof. Wheeler, und wie sie alle heißen. Und das ist schön so, Baby, denn sonst hätte ich überhaupt keine Zeit mehr, dich zu küssen.«

Er hielt mit einem Ruck und nahm Mabel in seine Arme.

Die Wüste um sie herum flimmerte feindlich.

Der Wind trieb Staub um sie.

Doch wenn zwei Menschen sich küssen, gibt es weder Wüste noch Wind ...

Zwei Stunden später rollten sie vor eine Tankstelle am Rand der Straßenkreuzung Carrizozo.

Die Tankstelle war gleichzeitig ein Rastplatz für die großen Überland-Transporter und bestand aus einer langen, breiten Halle, in der es an einer Milchbar eisgekühlte Drinks gab, einem Schlafsaal und der eigentlichen Tankstelle, die nach der Sitte amerikanischer Psychologie-Reklame als Dach die Nachbildung eines riesigen Cowboyhutes trug, auf dessen Rand zwei Scheinwerfer des Nachts den Fahrern den Weg zu dem Rastplatz wiesen.

Als Mabel und Ralf in die Tankstelle einfuhren, lärmten drei Lautsprecher mit Jazzmusik ihnen entgegen. Ein Wärter rannte herbei, spritzte mit einem Schlauch den weißen Staub von der Karosserie, während ein anderer schon den Benzintank aufschraubte und den Schlauch ansetzte.

»Wir haben jetzt eine halbe Stunde nichts zu sagen«, meinte Ralf und stieg aus. »Gehen wir an die Bar, Baby.«

Sie saßen dann in bequemen Korbsesseln an den breiten Glasfenstern und blickten hinaus auf das Treiben. Die Kreuzung der beiden Regierungsstraßen brachte ein buntes Leben in diese einsame Gegend, die nur für wenige zum Mittelpunkt des allgemeinen Weltinteresses wurde, als am 16. Juli 1945, 05.30 Uhr westamerikanischer Zeit, in der Wüste von Alamogordo die erste Atombombe an einem 30 Meter hohen Stahlmast explodierte und das Atomzeitalter geboren wurde.

Dr. Bouth hatte die Autokarte vor sich ausgebreitet und zeigte Mabel den Weg, den sie noch bis Santa Fé fahren mußten. »Wir werden erst spät in der Nacht in Los Alamos ankommen«, meinte er. »Aber wie ich deinen Vater kenne, wird er dann noch in seinem Labor sein und am Cyclotron die Spaltung von Uran beobachten.« Er rollte die Karte zusammen und legte sie nach hinten auf einen freien Stuhl. »Seit er an seiner neuen Theorie arbeitet, kennt er kaum noch Schlaf.« Er legte Mabel die Hand auf den Arm. »Du darfst nicht erschrecken, Liebes, wenn du deinen Vater wiedersiehst. Er ist zusamengefallen, er sieht alt aus. Er verzehrt seine letzten Kräfte für seine Idee, die ihm keiner glaubt. Er will über das hinaus, was wir als Grenze unserer Möglichkeiten ansehen. Was wir heute an Atomkernspaltung leisten, die Energien, die wir durch eine Beschießung des Atomkerns mit Neutronen freilegen, sind nur ein Tausendstel von dem, was an Energie in den Atomen enthalten ist. Dein Vater will über $^{1}/_{1000}$ hinaus, — er will vordringen zu 20 oder gar 25 Prozent aller Atomenergie, ein Plan, den alle als unmöglich bezeichnen.« Dr. Bouth zuckt mit den Schultern. »Aber du kennst ja deinen Vater! Er hat seine Idee, — und er will sie durchsetzen.«

Draußen, auf dem Autohof, auf den Auffahrten zu den Tanksäulen, kam Unruhe in die Menge der Fahrer. Man gruppierte sich um einige Wagen, anscheinend um eine Radiomeldung, denn Mabel und Ralf sahen, wie die Fahrer an den Knöpfen drehten. Und plötzlich setzte auch in der Milchbar der Lautsprecher aus und eine klare, nüchterne Stimme füllte den plötzlich still gewordenen Raum.

»Wir bringen als Sondermeldung eine Durchsage aus

Washington. Bei Versuchen einer neuartigen Atomkernspaltung mit selbstkonstruierten Mitteln gelang es Prof. Dr. Paerson, in Los Alamos eine neue Kettenreaktion herzustellen, die das Vielfache der bisher bekannten Atomspaltung darstellt. Bei diesen Versuchen kam Prof. Paerson in ein Kraftfeld von radioaktiven Strahlen und wurde verletzt. Sein Zustand gibt zu keiner Beunruhigung Anlaß. Präsident Truman hat sofort einen Sonderbeauftragten des Weißen Hauses nach Los Alamos entsandt.«

Mabel hatte während der Meldung die Hände vor den Mund gelegt. Entsetzt sah sie Dr. Bouth an.

»Vater ...«, stammelte sie. »Ralf, mein Gott, was ist mit Vater geschehen?«

Dr. Bouth sah ernst zu Boden. »Er hat es erreicht. Und er wurde von seiner Entdeckung geschlagen.«

»Wird er sterben? Ralf!« Mabel umklammerte seinen Arm. Ihre Nägel drangen durch den dünnen Stoff des Hemdes in seine Haut. »Ralf, du weißt doch, was das heißt: radioaktive Strahlen. Man sagt doch immer, daß sie einen Menschen sofort töten.«

»Nicht immer. Wir wissen ja nicht, wie und wo sie ihn trafen, wie stark sie waren, und wie es vorkommen konnte. Auf jeden Fall müssen wir sofort nach Los Alamos.«

Dämmerung sank über die Straße und das brummende Auto. Die Berge taten sich auf. Über Cañons, die Flüsse und Bäche tief in die Felsen geschnitten, jagte der silberne Pfeil des Wagens.

Las Vegas. Kurzer Aufenthalt. Neu getankt.

Noch schlief Mabel. Sie lag ruhig in den Polstern.

Dr. Bouth zahlte und schwang sich wieder hinter das Lenkrad.

Noch eine halbe Stunde, und Santa Fé war erreicht.

Der Ort, von dem aus man hineinfuhr in das Labyrinth der Felsen, zwischen denen die Wunderwerke moderner Technik entstanden.

Die Atomstadt.

Die Stadt des Todes.

Nicht mehr so schnell, leise brummend, fuhr Dr. Bouth durch die Nacht. Es wurde kalt im Wagen. Er stellte die Klimaanlage herum, und mollige Wärme durchzog das Innere des Autos.

Einmal bewegte sich Mabel. Sie drehte sich herum und legte

den Kopf an Ralfs Schulter. Er hielt still, bemühte sich, die Schulter beim Steuern nicht zu bewegen und schaltete mit der linken Hand.

Er umfuhr Santa Fé und bog in eine Straße ein, die schmal und oft gewunden sich durch das Gebirge quälte.

Langsam rollte der Wagen durch die in der Dunkelheit bizarren Schluchten.

Es waren Wege, die nur wenige kannten und an derem Ende die Kette mehrfach hintereinander gestaffelter Militärposten lag.

*

Vierzig Kilometer von Santa Fé liegt Alamos.

Zuerst war hier nichts. Nichts als Felsen, ein riesiger Cañon, bewachsen mit Pappeln, die spanisch Los Alamos heißen und der von den spanischen Entdeckern so getauft wurde. Er war ein Cañon wie alle anderen hier in der Gegend, durch abrupte Felsabstürze von über fünfzig Meter Tiefe voneinander getrennte Hochplateaus, deren Anblick zu den schönsten und gewaltigsten Naturbildern gehört, die unsere Erde dem menschlichen Auge zu bieten hat.

Cañon Los Alamos ist nur eine Felsenschlucht inmitten der vielen anderen, die nebeneinander von Ost nach West auf den Rio Grande zulaufen. Pajarito, Water, Frijoles, Bayo, Pueblo, Guaje, Valle und Sandia sind Nebentäler, die alle zum Los Alamos gehören und ein Gewirr von Schluchten bilden, in denen sich nur die Eingeweihtesten zurechtfinden.

Wer nach Los Alamos fahren will, wird es nie über eine der bekanntesten Straßen erreichen. Er muß erst vierzig Kilometer nach Norden fahren, bis er die kleine spanisch-amerikanische Stadt Española erreicht, von dort kehrt er wieder um und fährt auf einer schlangenartigen Straße nach Südwesten, die sich 25 Kilometer lang durch ein Tafelland windet. Es ist mehr ein Pfad als eine Straße, wenn sie in die Cañons eindringt, schmal, kurvenreich, gefährlich durch plötzlich seitlich auftauchende Felsabstürze. Es ist der einzige Weg, der nach der Stadt Los Alamos führt, die Straße, die das Schicksal unseres Erdballs trägt, denn über ihre holprige Decke rollten die Lastwagen, die die Bomben für Hiroshima und Nagasaki trugen, die die Bomben für Alamogordo und Bikini hinaus in die Welt schickten, — es ist die Straße, über die die größten Wissenschaftler der

Welt gingen, Dr. Fermi, der Schöpfer der ersten Atombombe, Dr. Chadwick, der das Neutron entdeckte, Prof. Oppenheimer, der Leiter aller Atomversuche, Dr. Bohr und Dr. Wheeler, die zuerst die Atomspaltung berechneten und ein Spaltgesetz aufstellten, der greise Prof. Einstein und Prof. Dr. Paerson. Es ist die Straße, die hinausführt in eine Welt, die in einer Sekunde, nach der Explosion der ersten Bombe in der Wüste New Mexicos, ein anderes Gesicht bekam: das bleiche Antlitz eines Sterns, der wartet auf Untergang oder einmalige Erhebung über den Sinn der göttlichen Schöpfung.

Es ist die Straße, die Dr. Bouth langsam, mit abgeblendeten Lichtern, fast tastend herunterfuhr.

Zu beiden Seiten ragten die Felswände auf. Schwarz, überhängend, als stürzten sie jeden Augenblick über das kleine Fahrzeug, das sich an ihren Füßen durch die Schlucht wand.

Die erste Kontrolle wurde passiert. Man kannte Dr. Bouth, prüfte die Ausweise von Mabel Paerson und ließ den Wagen durch. An der vierten Kontrolle stand Oberst Perkins, der Chef der Sicherheitsabteilung.

Dr. Bouth hielt an, als er das rote Stopzeichen vor sich blinken sah.

»Guten Abend, Doktor«, sagte Oberst Perkins, als er an die Tür trat. »Gute Fahrt gehabt?«

»Leidlich. In der Wüste ging mir das Benzin aus.« Dr. Bouth sah sich um. »Ist etwas Neues, daß ihr jetzt so streng seid?«

»Wir haben Befehl von Washington, keinen Unbekannten in die Stadt zu lassen.«

»Das ist ein guter Witz, Perkins!« Bouth lachte leise. »Soll ich vom Präsidenten persönlich ein Handschreiben bringen?«

»Sie nicht. Aber die junge Dame ist unbekannt.«

»Mensch, Perkins, nun seien Sie friedlich. Die Dame ist Mabel Paerson, die Tochter vom Professor.«

»Sie hat keine Besuchserlaubnis von Washington!«

»Das nicht! Aber ihr Vater ist verunglückt und ...« Dr. Bouth brach ab. »Ist es übrigens schwer, Perkins?«

»Gott sei Dank nicht. Der radioaktive Strahl traf ihn hinter einer drei Meter dicken Betonwand! Er brach plötzlich zusammen und wurde ganz grün im Gesicht. Dr. Fermi und Dr. Oppenheimer haben ihn sofort zum Lazarett gebracht. Dort hat man nur leichte Schäden festgestellt.« Oberst Perkins blickte auf die schlafende Mabel. »Wie lange schläft sie?«

»Seit Stunden.«

»Sie hat nicht den Weg gesehen, den Sie gefahren sind?«

»Unmöglich, Perkins.«

Der Oberst nickte. »Na, dann fahren Sie los, Doc! Weil Sie's sind.«

Dr. Bouth grüßte und fuhr weiter durch die Nacht. Langsam schraubte er sich auf ein Hochplateau hinauf. Dieses Hochplateau zwischen Los Alamos und den Pueblo Cañons ist der Mittelpunkt der unsichtbaren Atomstadt. Hier sind die Gebäude der technischen Abteilung, während in den Cañons selbst, in den Schluchten, auf den schmalen Rücken der Felsenebenen die anderen Gebäude liegen — 302 Wohnhäuser mit 620 Wohnungen, 52 kleine Kasernen, 200 Wohnungen und 52 große Schlafsäle. Hier hausen 4000 Arbeiter und Forscher, 2000 Mann Militär zur Bewachung und Sicherung — bewacht, umstellt, abgeschnitten von der Welt, Verlorene für die Menschen außerhalb der Schluchten nordwestlich von Santa Fé.

Dr. Bouth fuhr langsam an dem Hochplateau vorbei und wandte sich einem Seitencañon zu, in dem die Gebäude der wissenschaftlichen Abteilung und das Lazarett standen.

Er hielt an und legte den Arm um Mabel. Vorsichtig hob er ihren Kopf und küßte sie auf die halb geöffneten Lippen.

Erschrocken fuhr sie zusammen. Doch dann erkannte sie Ralf und lachte leise.

»Du sollst doch fahren!« sagte sie mit leisem Vorwurf. »Wir wollen doch schnell in Los Alamos sein.«

»Das sind wir bereits.« Er half ihr aus dem Wagen. Um sie herum war Dunkelheit. Nur aus einigen Fenstern fiel schwacher Lichtschein auf den Felsenboden und die emporragenden steilen Wände.

Mabel Paerson schauderte zusammen. »Ich habe Angst«, flüsterte sie.

»Angst haben alle, die neu in diese merkwürdige Stadt kommen. Angst vor den Felsen, den Atomen, den Strahlen. Aber wenn die Sonne scheint, sieht es ganz anders aus. Dann leuchten die Cañons, die Flüsse und Bäche blinken wie flüssiges Silber, und nirgends sind die Wolken so schön, wie in dem Augenblick, in dem sie von einem Felsen zum anderen ziehen wie Schleier, die eine unsichtbare Riesenhand durch die Luft trägt.«

Dr. Bouth nahm Mabels Mantel aus dem Wagen und legte

ihn ihr um. Dann hakte er sich bei ihr unter und führte sie zu einem langgestreckten Haus, das an einen Felsen gelehnt schien.

Sie kamen in einen schmalen, weißen Gang und wurden von einer Schwester empfangen. Das Haus roch nach Karbol und Lysoform.

»Wir möchten zu Dr. Paerson«, sagte Ralf und zeigte seinen und Mabels Ausweis. Genau prüfte die Schwester die Papiere, dann nickte sie.

»Bitte warten Sie«, sagte sie mit gedämpfter Stimme. »Der Herr Professor hat gerade Besuch aus El Paso. Ich werde Sie anmelden.«

Leise, wie sie gekommen, verschwand sie wieder mit rauschenden Röcken. Es dauerte nicht lange, bis ein junger Arzt erschien. Er begrüßte Mabel und Ralf freundlich und erstattete den ersten Bericht.

»Es ist kein Grund, sich zu ängstigen, gnädiges Fräulein«, meinte er. »Die Schockwirkung bei der Feststellung, daß die Strahlen durch die dicke Beton- und Bleiwand gingen, war größer als die Strahlenwirkung selbst. Zwei Wochen, und der Herr Professor ist wieder wohlauf.«

»Ich danke Ihnen«, sagte Mabel leise.

Dann gingen sie bis zum Ende des Ganges, eine Tür klappte auf, und sie standen in einem mäßig großen Zimmer, das von einem breiten Bett beherrscht wurde. Alle Möbel waren weiß, sauber, steril gemacht.

Prof. Dr. Paerson lag auf einem Berg weißer Kissen und rechnete auf einer Holzplatte, auf die er mit Heftzwecken große Bogen Papier geheftet hatte. Er sah erstaunt den Eintretenden entgegen und schob dann seine Platte fort.

»Mabel!« sagte er glücklich. »Kind, du bist da!« Er ließ sich von Mabel auf die Stirn küssen und nickte Dr. Bouth zu. »Ich danke Ihnen, mein Junge. Aber ich habe gehofft, euch anders empfangen zu können.«

»Sie hatten Pech, Herr Professor.« Dr. Bouth und Mabel setzten sich ans Bett und zogen die Stühle nah heran. Paerson wies auf die Papiere, die über und über mit Formeln und Zahlen bedeckt waren.

»Ein kleiner technischer Fehler, sonst nichts. Ich hätte es mir denken können. Wenn bei einer neuartigen Beschießung mit Neutronen größere Energien frei werden, bedeutet dies auch eine Verstärkung der Strahlung, selbst der Abfallprodukte.« Er sah seinen Assistenten an. »Doktor Bouth, wir haben einen neuen Weg gefunden. Ich habe Recht behalten: Es gibt ein Mittel, aus einem Plutonium-Atom durch Beschießung mit Neutronen in Verbindung mit neuartigen Bremsmitteln eine Kettenreaktion herbeizuführen, die bis zu 25 Prozent der in der Materie wohnenden Energie freiwerden läßt. Das heißt —«, Paerson schaute auf seine Berechnungen und tippte mit dem Zeigefinger auf eine Stelle, »daß wir in der Lage sein können, 1 300 000 000 Grad Celsius zu erzeugen, eine Menge, die wir zur Zeit im gesamten Weltall nicht feststellen können!«

»Unglaublich.« Dr. Bouth beugte sich über das Bett und studierte die Formeln. »Das bedeutet«, sagte er leise, »daß wir hier eine Hyperspaltung haben, die es ermöglicht, das Gleichgewicht der Erde zu stören, wenn wir die Energie auf einen Punkt konzentrieren.«

»Ja, Dr. Bouth!« Paerson richtete sich etwas auf. »Wir haben das Mittel in der Hand, innerhalb von zehn Sekunden diesen Stern Erde auszulöschen!«

»Grauenhaft!« Mabel war aufgesprungen. Ihr Gesicht war weiß, in ihm brannten die Augen, als habe sie Fieber. »Und um dieses Grauen zu bringen, forschst du? Um dieses Elend Wahrheit werden zu lassen, gibst du keine Ruhe? Weißt du denn, was das bedeutet, wenn man es draußen in der Welt erfährt? Dein Name wird verachtet werden, man wird dich verfluchen, dich, den größten Wissenschaftler, der den größten Mord in seiner Retorte sott: den Mord an 2½ Milliarden Menschen!« Dr. Bouth war aufgesprungen und wollte etwas sagen, aber eine Handbewegung Mabels ließ ihn schweigen. »Ich bin hierhin gekommen, voll Freude, meinen Vater zu sehen. Ich wollte dich pflegen.« Mabel fiel vor dem Bett in die Knie und umklammerte seine Hände. »Vater, es war doch eine Warnung, dieser Unfall. Hör auf diese Stimme! Laß es sein, neues Grauen zu erfinden! Vater, woran denkst du denn, wenn du siehst, daß du Sonnen herstellen kannst? Denkst du dann an mich, die auch einmal unter deiner künstlichen Sonne verbrennen kann, wenn irgendein anderes Land diese Atome über uns bringt?«

»Mabel!« Prof. Paerson sank in die Kissen zurück. »Es geht um eine Entdeckung, die alle Lebensgesetze umgestaltet.«

»War die Welt nicht schön genug, bevor ihr zu forschen

anfingt?« Sie schlug die Hände vor die Augen. »Damals war die Sonne noch eine Sonne, und man konnte durch die blühenden Wiesen gehen ohne die Angst im Nacken, daß aus geheimnisvollen Fernen ein Strahl mit 55 000 000 Grad Hitze die Erde wieder flüssig macht. Was habt ihr dabei gewonnen? Ihr wißt, daß sich Atome verändern; ihr erschließt Dinge, die nie ein Mensch in die Hand bekommen sollte, und ihr entdeckt das Geheimnis der Natur, um den Menschen zu bedrohen, um Herr zu werden über die, die hilflos unter eurer Macht verbrennen wie die 80 000 Japaner in Hiroshima und die 50 000 Unschuldigen in Nagasaki!«

»Die Angst der Menschheit wird unser Frieden sein.« Dr. Bouth wandte sich zu Mabel um. »Wenn diese Macht in der Hand der Menschen ist, die Frieden lieben, wird es nie mehr Krieg geben von denen, die im Krieg ihr Element sehen. Es wird keine Staaten mehr geben, keine Politik, kein Ost oder West – es wird nur Menschen geben in der Gemeinschaft einer Menschheit!«

»Und du glaubst, daß nur du oder Vater oder die Handvoll Wissenschaftler hier in Los Alamos den Stein der Weisen besitzen? Glaubst du, man schläft in Rußland? Oder in England? Oder in Japan? Oder sonstwo auf der Welt? Was ist, wenn zwei Staaten das Atom in der Hand haben? Dann ruft ihr den heiligen Atomkrieg aus – und das, was dann übrig bleibt, eure besungene Menschheit, hat Platz unter einer Eiche! Ein schönes Ziel! Edel und gut!« Sie wandte sich ab. »Ich verstehe euch nicht mehr.«

Prof. Paerson sah Dr. Bouth groß an. Er nickte und setzte sich in den Kissen hoch.

»Das ist, Dr. Bouth, was ich Ihnen und allen anderen sagen will: Baut eine Mauer um diese neue Entdeckung. Laßt sie niemanden wissen! Es gibt auf der Welt nur fünf Männer, die meine neue Kettenreaktion kennen: Ich, Dr. Fermi, Dr. Oppenheimer, Dr. Balz und morgen früh Sie, Dr. Bouth! Bei diesen fünf wird es bleiben. Das verspreche ich dir, Mabel.«

»Und was nutzt dir dieses Wissen?«

Prof. Paerson richtete sich auf – es sah aus, als wolle er sich im Bett aufrecht stellen.

»Ich will die Welt unabhängig machen von allen Zufällen der Natur. Ich will den Menschen zum Geschöpf Nummer 1 im Weltall machen.«

Dr. Bouth sah zu Boden. Ihm verschlug es die Stimme.

Das Geschöpf Nummer 1, dachte er nur. Der Mensch — ein kleiner Gott.

Schweigend verließ er den Raum und ließ Vater und Tochter allein. Vor dem Haus wehte der Nachtwind durch seine Haare. Er spürte die Kälte nicht. Er sah nur die Unendlichkeit, die offen vor ihm lag.

2

Prof. Dr. Koyoto Hakanaki beugte sich über den großen Tisch und las noch einmal die Zeilen durch, die ihm sein Assistent Dr. Tojo Yamamaschi vor einer Stunde überreicht hatte.

Vor ihm, in einem tiefen Sessel, saß der greise General Tayo Simanuschi und starrte mit unbewegtem Gesicht die beiden Männer vor sich an.

»Es läßt sich nicht leugnen, Exzellenz«, sagte Dr. Hakanaki leise und blickte auf, direkt in die kühlen Augen des Greises. »Der Amerikaner scheint uns einige Schritte voraus zu sein. Die Radiomeldung über den Unglücksfall des Dr. Paerson wirft neue Probleme auf. Wenn Paerson wirklich eine neue Spaltung entdeckte, so bedeutet das, daß Amerika in der Lage ist, das nationale Unglück Japans — Hiroshima und Nagasaki — in den Schatten zu stellen.«

»Es scheint nicht nur so — es ist so, Dr. Hakanaki.« Der General Simanuschi blickte auf seine runzeligen Greisenhände. Sein kahler, weißgelber Schädel war gesenkt. Die Adern unter der Kopfhaut waren deutlich wie blaue Striche sichtbar. »In Los Alamos ist man weiter als hier. Das ist traurig, Dr. Hakanaki. Das ist eine Tatsache, unter der unser armes Volk leidet.«

»Wir tun alles, was in unseren Kräften steht, Exzellenz.« Dr. Yamamaschi hob beide Hände. »Wir haben in der Kürze der Zeit, die uns zur Verfügung steht, mehr geleistet, als Amerika in all den Jahren. Wir wissen, wie man Plutonium spaltet, wir haben das Geheimnis des Atombombenmantels erkannt, wir können sogar hinter die Forschungen blicken, mit denen Amerika das Helium angeht.«

»Und trotzdem, Dr. Yamamaschi . . .« Simanuschi zuckte die schmächtigen Schultern. »Vergessen Sie nicht, was Japan erlitt.« Seine Augen sanken nach innen. Es war, als spräche einer der Toten, der aufersteht, um den Überlebenden sein Leid zur Aufgabe zu machen. »Wir haben als erste die Kamikaze eingesetzt ... sie halfen nichts. Wir haben den lebenden Torpedo gebaut ... er versagte. Wir haben die ersten Fischmenschen auf das Meer geschickt ... sie versanken. Und als wir 10 000 Todesflieger sammelten, als unser Volk bereit war, sich zu opfern, da fielen in Hiroshima und Nagasaki zwei Blitze vom Himmel und töteten in einer Sekunde über 100 000 Menschen! Verbrannten die Erde, machten sie unfruchtbar für immer, ließen eine Wüste zurück.« Er blickte auf und sagte leise: »Wir waren zu langsam.«

Das Gespräch fand in einem unterirdischen Zimmer statt, inmitten eines Werkes, das man in die Felsen von Hondo gesprengt hatte. Was asiatischer Fleiß und japanische Zähigkeit schaffen konnten, war innerhalb weniger Monate heimlich, unter den Augen der amerikanischen Besatzungstruppen, in die Felsen getragen worden. Nachts, unter Einsatz aller Mittel, hatten Ingenieure Stollen in die Berge getrieben, und hier, im Innern der Insel Hondo, entstand die japanische Atomstadt Nagoi, entstand im kleinen das asiatische Los Alamos. Hier gab es keine Riesencyclotrone und keine Hanford-Brenner, verbissen, mit dem Willen, das eigene Leben nicht zu achten, versuchten die Physiker Japans mit primitiven Mitteln die Kernspaltungen zu erforschen, rasten die Neutronen zwischen den zu einer Kuppel gestapelten, mit Uran gefüllten Graphitblöcken hin und her und spalteten aus dem Element 235 das neue Element Plutonium. Hier saßen die Wissenschaftler nicht hinter meterdicken Blei- und Betonmauern, sondern in einfachen Bleischürzen standen sie an den Brennern, ungeachtet der Strahlen, die unsichtbar auf sie einwirkten. Die Liste der Toten schwoll an ... sie wurden aus den Felsen getragen, heimlich verbrannt und ihre Asche in die Tempel getragen, wo sie neben den alten, berühmten Samurais standen und wo das Volk in langen Reihen kniete und betete.

Nagoi ... niemand kannte diese Stadt unter der Erde. Dunkel und still lagen die Felsen von Hondo. Ab und zu sonnte sich ein amerikanischer GI auf den Felsen am Meer, schwamm hinaus in die Brandung oder lag mit seiner Liebsten in den Gräsern und träumte von San Francisco oder New Orleans.

Er ahnte nicht, daß er auf einem riesigen Vulkan lag, daß unter ihm, an unbekannten Maschinen, vor großen Thermometern, an Tischen mit noch nie gesehenen Apparaten kleine, gelbe Männer in dicken Bleischürzen arbeiteten, im Schein einiger trüber Lampen das Uran und das Plutonium stapelten und aus winzigen Mengen des wertvollen Metalls die Hoffnung bauten, Rache zu nehmen für die 100 000 Toten im purpurnen Blitzstrahl einer von Menschen erfundenen Sonne.

Dr. Hakanaki, der Leiter der Atomstadt Nagoi, beugte sich über den Tisch. Draußen war Nacht. Schwach hörte man das Stampfen der Maschinen. Durch die Glaswand, die das Zimmer von dem Produktionssaal trennte, sah man die Physiker vor großen Uhren sitzen, deren Zeiger hin und her pendelten.

»Japan ist besetzt, General«, sagte Dr. Hakanaki. »Unsere Arbeit ist eine Arbeit in der Stille, in der Begrenzung.«

»Für einen Japaner gibt es keine Grenzen!« Simanuschi fuhr mit der Hand durch die stickige Luft. Sein Kopf schoß vor. »Wir müssen wissen, was Prof. Paerson gefunden hat! Wir müssen Formeln haben! Wir müssen Licht bringen in dieses Geheimnis von Los Alamos! Die Nation schaut auf Sie, meine Herren! Sie sind heute die große Hoffnung Japans! Der Kaiser ist ein Privatmann geworden, seine Göttlichkeit ist vorbei! Aber Sie, meine Herren — Sie sind die neuen Götter Japans, wenn es Ihnen gelingt, Amerika mit dem Atom zu schlagen!«

»Wir Menschen haben Grenzen«, sagte Yamamaschi leise.

»Aber Sie dürfen nicht kleiner sein als die der Amerikaner.«

Dr. Hakanaki schob die Papiere zur Seite und stützte den Kopf in beide Hände. Seine dunkel umrandete Brille blinkt im Schein der Tischlampe. Über seine hohe Stirn lief ein nervöses Zucken.

»Wir können nur forschen, Exzellenz. Sie, als Soldat, haben die Möglichkeit, mit Spionen das Geheimnis an uns heranzutragen.«

Taye Simanuschi blickt an die Decke. Dort war der rohe Felsen, kantig, herausgehauen, schwarz. Feuchtigkeit hing in den Ritzen und Winkeln.

»Kennen Sie Percy Kenneth?« fragte er.

»Den amerikanischen Militärattaché? Nein. Nur vom Sehen.«

»Ich habe gehört, daß er neue Informationen von Washington bekommen haben soll. Er fuhr gestern von Tokio nach Kyoto und nahm einen Kurier in Empfang.« Der Greis strich sich mit spitzen Fingern über die Stirn. »Man müßte ihn fragen.«

Die beiden Physiker wechselten schnelle Blicke. Ihre Mienen waren undurchdringlich. Eine Maske, hinter der es kein Gefühl gab.

»Wenn Sie das könnten, Exzellenz . . .« Dr. Hakanaki nickte. »Wir haben ein schönes Zimmer für dieses Gespräch.«

»Das ist gut, das ist sehr gut.« Der General erhob sich. Er mußte sich auf einen Ebenholzstock stützen, sein Rücken war gekrümmt von Rheuma. In seine Augen trat ein flimmernder Glanz. »Sie werden von mir rechtzeitig hören, meine Herren. Vergessen Sie aber unterdessen nicht eins: Japan hat keine Zeit mehr! Einmal standen wir an der Spitze der Welt . . . sie brach ab. Aber es gibt keinen Griffel, den man nicht wieder anspitzen könnte, es sei denn, er habe sich abgeschrieben.«

Ein jüngerer Forscher brachte den Alten aus der Zentrale.

Dr. Hakanaki und Dr. Yamamaschi sahen ihm nach, wie er krumm und schleppend durch die Halle schlich, den Blick nicht wendend, als wolle er nicht sehen, was um ihn herum geschieht. Als sich die Bleitür hinter ihm schloß, ließ sich Hakanaki in seinen Sessel fallen.

»Holen Sie mir den Deutschen«, sagte er tief aufatmend. »Er muß jetzt in Abteilung III sein.«

Yamamaschi nickte und eilte aus dem Zimmer. Er sah noch, wie sein Chef nach einer großen Karteikarte griff, die jeder Angestellte von Nagoi besaß und ein Röntgenbild seines Lebens enthielt.

Ein Bild war auf der Karte, die Hakanaki hervorzog.

Ein junger, intelligenter, braunlockiger Kopf mit hellen, tatenlustigen Augen.

Ein Name stand darunter. Heinz Behrenz. Deutschland.

Kein Ort. Keine Straße. Kein Datum.

Dr. Hakanaki sah auf das Bild mit dem frischen Jungengesicht.

Er könnte es tun, dachte er zufrieden. Er ist der richtige Mann. Als Angehöriger der deutschen Militärmission in Japan von den Amerikanern bei der Eroberung Okinawas gefangengenommen. In den Lagern auf hundert Inseln herumgeschleppt, verprügelt, verhört, verspottet. Mit Gewehrkolben geschlagen, drei Zähne verloren, in Dunkelhaft gehalten, um Aussagen zu erpressen. Als Kriegsverbrecher zum Tode verurteilt, beim Transport zu den Todeszellen geflohen und sich versteckt bei den Nationalisten Japans. Von ihnen der Atomstadt Nagoi als Verbindungsmann übergeben. Ein Amerikahasser, wie es keinen zweiten gibt. Beseelt von Rache und Vergeltung.

Dr. Hakanaki blickte auf. Auch er ist einer der Jungen, die man aus der Bahn warf, dachte er. Man hat ihn entwurzelt, schon, als man ihn nach Japan schickte. Ihn, den Jungen von der Mosel.

Es klopfte. Dr. Yamamaschi trat ein. Ihm folgte eine hohe, schlanke Gestalt. Ein weißer Kittel flatterte.

»Nehmen Sie Platz, Herr Behrenz«, sagte Dr. Hakanaki freundlich und wies auf den Sessel, in dem vor wenigen Minuten noch General Simanuschi hockte.

Behrenz setzte sich. Vorsichtig, als wittere er etwas. Stumm blickte er von einem der Gelehrten zum anderen. An den blinkenden Gläsern von Hakanakis Brille blieb sein Blick hängen. Er ahnte das Ungewöhnliche, das ihn hier in die Zentrale führte.

»Sie werden eine Reise machen«, sagte Dr. Hakanaki ohne lange Umschweife. Heinz Behrenz zog die Augenbrauen hoch. Aber er schwieg. »Sie werden eine schöne Reise machen«, fuhr Hakanaki fort. »Wir möchten Sie an einem Ort wissen, der uns sehr am Herzen liegt. Was halten Sie von Los Alamos?«

»Los Alamos?« Behrenz sah die Männer groß an. Seine Stimme war voll Erstaunen. »Ich habe diesen Ort noch nie gehört. Liegt er in Spanien?«

»Nicht ganz.« Hakanaki lächelte. »In den Vereinigten Staaten. Los Alamos ist die amerikanische Atomstadt. Die Konkurrenz. Wir haben Meldungen, daß sich dort Dinge vorbereiten, die unsere ganze bisherige Arbeit umsonst werden lassen! Was dies für Dinge sind, das möchten wir von Ihnen wissen.«

»Mit anderen Worten: Spionage!«

»Nicht ganz. Nennen wir es eleganter: Information!«

Dr. Hakanaki lächelte. Er bot Behrenz eine Zigarette an und goß ihm einen starken Reisschnaps ein.

»Es handelt sich um das Amerika, das Ihnen drei Zähne ausschlug«, sagte er mit seiner leidenschaftslosen Stimme.

Heinz Behrenz biß sich auf die Lippen. Er war blaß geworden. Seine Finger verkrampften sich ineinander.

Mit einem Ruck blickte er auf. »Verfügen Sie über mich!« sagte er laut.

Dr. Hakanaki lächelte leicht. »Ich danke Ihnen. Ich habe es nicht anders erwartet. Kommen Sie her, ich will Ihnen unsere Pläne zeigen . . .«

Wer eine Karte Rußlands vornimmt, selbst eine Spezialkarte Zentralrußlands, der wird vergeblich nach einem Ort Nowo Krasnienka suchen. Auch die Meßtischblätter der Generalstäbe aller Staaten, Blatt Jsh Njemdjesh, Gebiet zwischen Tolman und Njemda, zwei Flüssen jenseits der Wolga nach Sibirien hin, zeigen dort, wo Nowo Krasnienka liegen soll, Wald, Steppe und Sumpf.

Als vom Zentralbüro der technischen Kriegsführung in Moskau der Befehl erteilt wurde, in kürzester Zeit im Gebiet von Njemda südlich der kleinen Stadt Ljebjashie ein Atomwerk zu errichten, das die Erprobungen der unterirdischen Anlagen im Ural und in Südsibirien industriell auswerten soll, zweifelten auch die Experten des mit Millionen Arbeitern in Tag- und Nachtschicht fertiggestellten Eismeerkanals daran, ob dieser Befehl überhaupt ausführbar sei.

In wochenlangen Transporten wurden alle verfügbaren Kräfte der Armee, der Zwangsarbeitslager, der deutschen Kriegsgefangenen und freiwilliger chinesischer Arbeiter in das Gebiet der Njemda geworfen. Ein Millionen-Ameisenheer krabbelte über die Steppe und durch die Wälder, hoben die Fundamente aus, in die Spezialbetongießmaschinen die meterdicken Grundplatten füllten, richteten die Hochöfen, bauten die weiten Hallen, hoben aus der schwarzen Erde zwanzig Kilometer von Kokscha die Bunker aus, in denen hinter Bleiwänden unvorstellbarer Dicke die Riesenmagneten, die Brenner der Uranatome, getreu den amerikanischen Hanford-Anlagen nachgebildet, versenkt wurden. Dann zogen die Millionen wieder ab – man sprach von 2½ Millionen Arbeitern, die auf einem Gebiet von 2500 Quadratkilometern zusammengedrängt waren –, und eine geheimnisvolle Stille senkte sich über die leeren Riesenanlagen des neuen Ortes Nowo Krasnienka. Heimlich, mit Spezialzügen, die auf gesperrten Strecken fuhren, sickerten die Wissenschaftler ein – aus dem Ural, aus Moskau, aus Gorkij, aus Iwanowo, aus Stalinsk, aus Stalingrad, aus Tiflis, aus Saratow, Odessa, Krasnodar, Shdanow und Makejewka. Aus allen Teilen des unermeßlichen Rußlands kamen sie zusammen und versammelten sich unter dem Stalinpreisträger Prof. Dr. Gregorij Kyrill in Nowo Krasnienka.

Und wieder war es still, bis eines Tages die hohen Schornsteine, die die radioaktiven Gase in alle Winde streuten, zu qualmen begannen. An diesem Tage war aus Thüringen der deutsche Atomphysiker Dr. Ewald v. Kubnitz in Nowo Krasnienka eingetroffen, ein etwa fünfzigjähriger, schlanker kleiner Mann mit hoher Stirn und den durchgeistigten Zügen eines Menschen, der sein Leben ganz in den Dienst einer Idee zu stellen vermag. Er wußte selbst nicht, wo die Reise hinging, als man ihn in Erfurt morgens aus dem Bett holte und mitsamt seiner Familie drei Wochen durch Rußland fuhr, bis er die Riesenhallen von Nowo Krasnienka auftauchen sah. Dort empfing ihn Prof. Dr. Kyrill wie einen guten Freund, umarmte den blassen, zitternden Mann und nannte ihn seinen Bruder.

»Wir werden die Welt umgestalten!« sagte er und küßte Frau v. Kubnitz, an die sich die beiden Kinder ängstlich festklammerten, die Hand. »Ihr Mann und ich werden eine neue Zeit gebären. Man hat Sie, Gnädigste, wohl ein wenig unsanft zu Mütterchen Rußland gebracht, aber Sie werden es nie zu bereuen haben.«

Dr. v. Kubnitz durfte eine wunderschöne, geräumige Villa am Njemda beziehen. Ein Park lag um sie herum, sogar ein Tennisplatz, auf dem Dr. v. Kubnitz oder seine Frau mit Dr. Peter Baumann spielten, einem kriegsgefangenen Stabsarzt, der die Betreuung der im Atomwerk beschäftigten Plennys übertragen bekommen hatte. Es mangelte ihnen an nichts ... ihre Wünsche wurden ihnen alle erfüllt, bis auf einen, den größten – die Rückkehr nach Deutschland.

An diesem Tag hatte Nowo Krasnienka hohen Besuch aus Moskau. Der Volkskommissar für die technische Kriegsführung in Moskau war selbst hinausgekommen, und es mußte in der Tat etwas Wichtiges sein, denn seine Mienen waren ernst und verschlossen, als er Prof. Kyrill und Dr. v. Kubnitz gegenübersaß. Dr. Iwanow Tenuschkow, der Werksassistent, servierte Wodka in Wassergläsern und brannte die Papyrossi an, die der Volkskommissar mitgebracht hatte.

»Haben Sie gestern abend den Rundfunk gehört?« fragte er. Und als er sah, daß die Herren sich erstaunt ansahen, nickte er. »Ganz recht, ich sagte Rundfunk. Amerika brachte eine

Durchsage, die in Moskau einen Alarm auslöste. Prof. Dr. Paerson ist verletzt worden.«

»Na, und?« meinte Dr. Kyrill und zuckte mit den Schultern.

»Bei der Entdeckung einer neuen Kettenreaktion, meine Herren.«

»Was?!« Dr. Kyrill sprang auf. »Man will in Los Alamos weiter sein als wir?! Das ist unmöglich, Genosse Kommissar!«

»Sagen Sie das nicht, Dr. Kyrill. Während Sie noch mit Uran 238 und Uran 235 experimentierten, erfanden die Amerikaner schon das Plutonium! Jetzt haben Sie das Plutonium und entwickeln aus dem Helium eine Superbombe, aber schon ist der Amerikaner wieder weiter als Sie und arbeitet an neuen Kettenreaktionen. Man ist in Moskau sehr unzufrieden mit Ihnen, Genosse.«

Prof. Dr. Kyrill sog erregt an seiner Zigarette. Dr. v. Kubnitz trank ruhig seinen Wodka, während Dr. Tenuschkow blaß geworden war.

»Wenn es sich um eine neue Kettenreaktion handelt, kann sie nur vom Plutonium ausgehen«, meinte Dr. v. Kubnitz langsam. Dr. Kyrill sah ihn erstaunt an.

»Wieso denn?«

»Sie wissen, daß es bisher dem Menschen gelungen ist, nur $^{1}/_{10}$ Prozent der Energie einer Materie durch Spaltung mit Neutronen freizubekommen. Es gibt da einen Weg, nur kennen wir nicht den äußeren Mantel, das Bremsmaterial, das verhindert, daß die Atome unter sich bleiben und nicht in Form einer Explosion sich unserer Kontrolle entziehen. Das ist das Geheimnis von Los Alamos, glaube ich.«

»Dann suchen Sie diesen Mantel!« rief der Volkskommissar erregt.

»Wie Sie wünschen.« Dr. v. Kubnitz lächelte. »Ich verstecke in der Taiga einen Rubel. Irgendwo. Bitte, Genosse Kommissar ... suchen Sie ihn ...« Er wies nach draußen, wo die endlose Steppe am Horizont als brauner Streifen an den Himmel stieß.

Der Volkskommissar biß sich auf die Lippen. Er schaute auf sein Wodkaglas und brannte sich noch eine Papyrossi an. Mit bebenden Fingern rauchte er sie in kurzen, hastigen Zügen.

»Wir müssen in Los Alamos unsere Agenten einsetzen«, sagte er nachdenklich. »Gregoronow und Zanewskij könnten es tun. Wir dürfen keine Mittel scheuen, dieses Geheimnis Prof.

Paersons in die Hand zu bekommen ... und wenn es der Amerikaner selbst ist!«

Dr. Kyrill und Dr. Tenuschkow beugten sich über die Karte, die auf einem der langen Tische lag. Die neuen Flutlichtlampen, die den unterirdischen Raum erhellten, machten die Gesichter leichenfahl.

»Es ist das beste, wenn Gregoronow und Zaneyskij über Alaska nach Kalifornien einsickern und dann quer durch die Rockies nach New Mexico fahren. Es liegt dann an Ihnen, Genosse Kommissar, dafür zu sorgen, daß an der Grenze Kanadas, bei Cordova, ein Flugzeug steht, das die beiden nach Salt Lake City in Nevada bringt, wo ein Wagen wartet, der sie weiterträgt nach Santa Fé. Über einen Kurzwellensender könnten wir dann direkt von hier aus die nötigen Anweisungen geben.«

»Wir werden für alles Sorge tragen.« Der Volkskommissar nickte.

Nach einem Rundgang durch die Werke verabschiedete er sich und fuhr nach Moskau zurück.

In dieser Nacht geschah etwas, was weder Dr. Kyrill noch jemand in Nowo Krasnienka ahnte.

Durch die Parktür seiner Villa schlich Dr. v. Kubnitz hinaus in den nahen Wald, wo versteckt unter Blättern in einer kleinen Erdhöhle, ein altes Fahrrad lag. Er schwang sich auf den Sattel, fuhr langsam den holprigen Waldweg herunter, bog auf eine schmale Landstraße ab und fuhr sie in gerader Richtung entlang. Er trat heftig auf die Pedalen, Schweiß rann ihm über die Stirn, seine Brust keuchte.

Die geheimen Wachen, die das Haus des deutschen Physikers zu beobachten hatten, sahen zufrieden zu den Fenstern empor. Sie waren erleuchtet. Radiomusik tönte in den Park. Wie immer seit anderthalb Jahren gab Dr. v. Kubnitz nicht Anlaß, eine Meldung zu machen.

Die drei Mongolen, die im Schatten der Parkbäume standen, brannten sich eine Zigarette an. In ihren geschlitzten Augen lag Müdigkeit.

Immer dieses Wachen. Der Deutsche ... wohin sollte er schon flüchten? Aus Nowo Krasnienka? Er würde nicht weit kommen.

Die Nacht war dunkel und warm.

Noch immer fuhr Dr. v. Kubnitz. Die Steppe lag weit vor

ihm. Endlich, nach einer Stunde Fahrt, hob sich aus dem Dunkel ein dunkler Fleck ab. Eine der Kolchosen lag inmitten der Steppe und beherbergte die großen Herden, mit denen die Arbeiter von Nowo Krasnienka gespeist wurden.

An dem äußeren Zaun hielt v. Kubnitz an und sprang vom Rad. Er schob es leise den Zaun entlang bis zu einem Lattentor, drückte es auf und schlich um die Ställe herum zum Haupthaus. Hier lehnte er das Rad an einen Balken, klopfte an eine kleine Tür, die seitlich in die Küche führte und wartete.

Der große Komplex der Kolchose lag dunkel und schlafend. Nur aus den Ställen klang ein verschlafenes Brummen und kauendes Mahlen der Rinder.

Wieder klopfte Dr. v. Kubnitz.

Leise, rhythmisch. Klackklack ... klackklackklack ... Klack ...

Die kleine Tür schwang gut geölt zurück. Ein struppiger Kopf erschien in der Spalte. Als er sah, wer draußen stand, ließ er den späten Besucher ins Haus schlüpfen und schloß sofort wieder die Tür.

Ein schwarzer Gang nahm v. Kubnitz auf. Er tappte ihn entlang und trat in ein Zimmer, das von einer kleinen Petroleumlampe notdürftig erhellt war.

Vor einer aufgeklappten Falltür am Boden saßen vier Männer vor einem Kurzwellensender und tasteten den Äther ab. Ein fünfter, der struppige Kopf, der v. Kubnitz eingelassen hatte, schien seinen Platz neben den Empfangsgeräten zu haben, denn ein halb voll geschriebener Block Papier lag auf einem leeren Stuhl. Am Tage, wenn durch die Falltür, die mit Sand überstreut wurde, die Apparate in den Keller verschwanden, diente der Raum als Futterküche. Zwei große Herdöfen standen unter dem verhängten Fenster, Futtertröge und Kornschaufeln standen an den Wänden oder dienten jetzt den Männern am Kurzwellengerät als Sitz.

Die vier blickten kurz auf, als v. Kubnitz den Raum betrat. Auf den ersten Blick erkannte man, daß es Deutsche waren, geflohene Kriegsgefangene, die hier, auf einer sowjetstaatlichen Domäne, eine kleine Gruppe bildeten, die wichtige Informationen ins Ausland funkte. Der Kolchose, ein alter russischer Bauer, der noch den Zar kannte und im Herzen der russischen Krone Treue hielt, deckte die fünf Männer und gab sie als Arbeiter aus. Bei Kontrollen vom Distriktsowjet verschwanden sie in den nahen Wäldern und kamen in der folgenden Nacht wieder zurück.

»Was Neues?« fragte der eine, der gerade eine Meldung empfing und niederschrieb. »Wir hörten, daß der Volkskommissar aus Moskau bei euch war.«

»Darum komme ich.« v. Kubnitz ließ sich schwer atmend auf einen Futtertrog nieder. »Man will Gregoronow und Zanewskij nach Amerika schicken. Atomspionage. Vielleicht sogar Menschenraub, wenn es nicht möglich ist, auf dem Wege der Infiltration in Los Alamos weiterzukommen. Prof. Paerson hat eine neue Kernspaltung entdeckt.« Er atmete schwer. »Wenn Kyrill diese Spaltung in die Hand bekommt, ist es aus mit allen Hoffnungen!«

»Und wie denkst du dir das weitere?« fragte der struppige Kopf.

»Ihr müßt versuchen, Anschluß an einen amerikanischen Kurzwellensender zu bekommen. Fritz spricht englisch, es ist also ein leichtes, die Amerikaner zu warnen.«

»Wenn wir eine Welle der Amis erwischen.«

»Ihr müßt es schaffen! Tastet den ganzen Weltraum ab, Jungs! Und wenn ihr umfallt vor Müdigkeit . . . ihr müßt eine Welle finden!« Dr. v. Kubnitz wischte sich den Schweiß aus den Augen. »Ihr wißt ja gar nicht, was das bedeutet: Atomenergie!«

Und als die fünf ihn groß ansahen, winkte er ab, so, als habe es keinen Zweck, es ihnen zu erzählen. »Sucht, Kerls«, sagte er und erhob sich wieder. »Ich komme morgen nacht wieder. Solltet ihr mit Amerika in eine Verbindung kommen, so sagt ihnen, daß sie Prof. Paerson wie ein rohes Ei behandeln sollen.« Er schaute an die Decke, die von Ruß geschwärzt war. »Fällt er in die Hände von Gregoronow, so gibt er sein Geheimnis preis. Ich weiß es von mir, wie er zu fragen versteht. Und der Mensch, es ist traurig, der Mensch ist schwach, wenn er Schmerzen erleidet.«

Er wandte sich ab und verließ den Raum. Zurück blieb eine dumpfe Spannung.

»Ich möchte nicht in seiner Haut stecken«, sagte der eine leise. »Wenn er einmal auffällt, gibt es für ihn keine Gnade mehr.«

Die anderen schwiegen. Sie drehten an den Knöpfen. Sie tasteten den Äther ab.

Es gibt einen Ort auf dieser Welt, der Tanarenia heißt. Er liegt in Spanien, in der Sierra de Gredos, nahe dem Orte La Adrada und dem 1859 Meter hohen Berg Escusa, östlich der Landschaft Estremadura. Nicht weit von Madrid entfernt, in die rauhen Berge der Sierra de Gredos verschlagen, umgeben von hohen, elektrischen Stachelzäunen und tiefen Gräben, fast an den Quellen des Rio Tietar liegen hier einige weiße, langgestreckte Häuser, die wie Villen verschrobener Millionäre aussehen. Weite Parkanlagen, künstlich in diesen Felsen angelegt, umgeben diese weißen Riesenvillen, und nur die langen, merkwürdig sich nach oben verjüngenden Schornsteine, die mitten aus den Felsen ragen, machen den Blick kritisch für Dinge, die nicht weit von diesen Villen sich innerhalb der Berge abspielen müssen.

Wer in Spanien einen Menschen nach Tanarenia fragt, der wird die Schulter zucken und nicht wissen, wovon man spricht. In Madrid jedoch, im Escorial, dem alten, spanischen Königsschloß, das General Franco als Residenz erkor, ist dieser Name gleichbedeutend mit den kühnsten Träumen, die man hinter verschlossenen und versiegelten Türen träumt.

Als am 6. August 1945, 09.15 Uhr amerikanischer Marinezeit, die erste Atombombe über Hiroshima fiel und 78 150 Tote, 13 983 Vermißte, 9482 Schwerverletzte (die später ebenfalls starben) und 27 997 Leichtverwundete hinterließ, eine einzige Bombe von 2 Pfund Gewicht, da hielt die Welt den Atem an und verhüllte sich Gott das Haupt vor den Menschen. Die neue Sonne, die über dieser Stadt explodierte, die alles im Umkreis von 1000 Metern schwarz verbrannte und die Steine schmolz, ließ auch Spanien aufhorchen. Ende 1945 trafen plötzlich, durch Grenzführer über die Pyrenäen geleitet, deutsche Atomphysiker in Madrid ein, bekannte Größen des nationalsozialistischen Deutschlands, die auf der Flucht vor der Entnazifizierung und ihrer Einweisung in Internierungslager quer durch Frankreich bis nach Spanien flüchteten.

Prof. Dr. Hans Ebberling und Dr. Paul Mehrang waren unter ihnen, zwei Wissenschaftler, die im Werk für Schweres Wasser und in Peenemünde an der deutschen Atomversuchsanstalt eine leitende Rolle spielten. Nach langen Unterredungen zogen sie in Begleitung von Dr. Juan de Sebaio und Dr. José Cabanera in die Berge der Sierra de Gredos und entschwanden endgültig den Augen der übrigen Menschheit.

So entstand Tanarenia. Die spanische Atomstadt.

Prof. Dr. Ebberling, der das Abbremsen der schnellen Neutronen mit Schwerem Wasser schon in Norwegen probierte und mit den langsam gewordenen Neutronen die Kerne von Uran 238 und Uran 235 beschoß, war auf dem Weg, in selbstkonstruierten Konzentrationsstrahlern und gesichert durch neutronenabsorbierende Cadmiumsstreifen innerhalb des Brenners die Freiwerdung der Energien so zu steigern, daß sie über $^1/_{10}$ Prozent hinausgingen, als die Radiomeldung aus Washington den spanischen General Monzalez von Madrid nach Tanarenia hetzte.

Als er in einer der weißen Villen, die innen als großzügige Laboratorien ausgestattet waren, keuchend und erregt erschien, fand er bereits eine Konferenz der an dem Atomprojekt beteiligten Wissenschaftler vor.

»Señores«, sagte er schweratmend. »Wir sind wie vor den Kopf geschlagen! Sollte es möglich sein, Señor Ebberling, daß Ihre neue Methode schon von Paerson vollendet wurde?! Das wäre grauenhaft! Das wäre für Spanien ein Rückfall ohnegleichen! Was wollen Sie jetzt tun?« Er sah Dr. Ebberling an wie ein Mensch, über den man gerade das Todesurteil gefällt hatte.

Dr. Juan de Sebaio winkte ab. Sein schwarzes, fettiges Haar glänzte in der Sonne, die durch die breiten und hohen Fenster in den großen Raum flutete.

»Als man in Columbia am 25. Januar 1939 im Labor die ersten Atomzertrümmerungen vornahm und im Oszilloskop, dem sogenannten Atomthermometer, die Energie ablas, die die beiden Bruchstücke der Spaltung entwickelten, indem sie auseinanderflogen, da sah man die unvorstellbare Zahl von 200 000 000 Volt Spannung innerhalb des Spaltungsvorgangs von Uran. Das ist dreimillionenmal so groß wie die Energie, die beim Verbrennen von Kohle möglich ist. Sie war zwanzigmillionenmal so groß wie die des Dynamits. Wir sind in der Lage, hier in Tanarenia, allerdings nur in winzigen, kaum mikroskopischen Mengen Voltstärke von 600 000 000 zu erzeugen, dank der Konzentrationsspaltung Dr. Ebberlings. Und mehr noch, Herr General: Die erste Bombe über Hiroshima und alle anderen auf Nagasaki und den Bikini-Atollen enthielten eine Sprengwirkung von mehr als 20 000 Tonnen Trinitrotoluol, dem rasantesten, bisher bekannten Sprengmittel. Dr. Ebberlings Spaltung setzt eine Sprengwirkung von 50 000 Tonnen frei, allerdings bei einer Atombombe von $2^1/_2$ Kilogramm Gesamtgewicht an spaltbarer Masse Plutonium.«

General Monzalez kaute auf seinen Lippen. Seine Augenwinkel zuckten vor Erregung. Jetzt, als Dr. Sebaio schwieg, schnellte er von seinem Stuhl auf und drückte Dr. Ebberling beide Hände.

»Wundervoll!« schrie er. »Einzigartig! Sie sind ein Genie, Señor! Aber —«, er ließ die Hände los und sah sich im Kreis um, »— was bedeutet diese Meldung aus Los Alamos? Ist man in Amerika so weit wie bei uns? Ist man weiter? Unsere Regierung ist sehr beunruhigt.«

Dr. José Cabanera brannte sich eine Zigarette an, aber Dr. Sebaio riß sie aus dem Mund.

»Sollen wir alle in die Luft fliegen?« schrie er. Die Nerven gingen mit ihm durch. Die Anspannung der letzten Tage, das Sitzen an den Meßapparaten, das Aufschichten der großen Graphitwürfel, in denen das spaltbare Uran eingelassen war, der Blick in ein Reich von Energie und Kraft, die noch nie ein Mensch wie ein Sklave in der Hand hielt, zerstörten seine Selbstbeherrschung. »Wir können nur warten«, schrie er den General an. »Sagen Sie denen am grünen Tisch von Madrid, sie sollen einmal hierherkommen, sie sollen sehen, was hier geschaffen wird, und dann sollen sie uns fragen: warum, weshalb, warum nicht . . .«

»Ich denke da an einen Marokkaner, der für uns in Washington Spitzendienste leistet. Er ist als Portier in einer Bar beschäftigt und verfügt über gute Verbindungen. Kezah ibn Menra heißt der Bursche.« General Monzalez sah die Herren der Reihe nach an. »Wenn Sie dem Kriegsministerium genaue Angaben geben könnten, wäre es möglich, ibn Menra so einzusetzen, daß wir Genaueres über die Forschungen Dr. Paersons erfahren.«

»Das ließe sich machen.« Prof. Dr. Ebberling schlug eine rote Aktenmappe auf und überflog die Papiere, die sie enthielt. »Ich könnte Ihnen die Dinge aufschreiben, die wir gerne wissen möchten«, sagte er langsam. »Nur bitte ich, Ihrem Agenten einzuschärfen, im Falle eines Mißlingens nie zu sagen, für welche Macht er arbeitet.«

»Das ist selbstverständlich.« General Monzalez beugte sich über die Papiere, die ihm Dr. Ebberling zuschob. Auch Dr. Sebaio und Dr. Cabanera traten näher.

»Was wir brauchen, ist vor allem die genaue Angabe, ob Prof. Paerson Plutonium spaltet oder Helium. Ferner brauchen wir Pläne der Cyclotronen von Hanford, der Betatrone, der Cockcroft-Walton-Protonbeschleuniger, der ...«

Zwei Wochen später.

In diesen zweimal sieben Tagen geschah vieles. In New York sagte Malik sein berühmtes Veto, in Italien trat der Po über die Ufer und vernichtete das Leben von Tausenden von Menschen, in Deutschland wurde ein Massenmörder verurteilt, in Frankreich streikten die U-Bahn-Schaffner. Wohin man blickte, häuften sich die Meldungen der Katastrophen. Die Welt hatte Stoff für Wochen, die Zeitungen druckten höhere Auflagen, in den Illustrierten saßen die Redakteure und rieben sich die Hände.

Es passierte wieder etwas in der Welt. Und dann im Sommer, der schlechten Zeit aller Zeitschriften.

Die Rotationsmaschinen sausten. Ihr Donnern klang über die Straßen.

In diesen zwei Wochen aber sprang in der Nähe von Lubbock am Rande des Llanos Estacados, wenige Meter vor den Ufern des Flusses Double Mountain Fork, in einer regnerischen, gewitterdurchschauerten Nacht, der deutsche Spion Heinz Behrenz aus einer japanischen Langstreckenmaschine ab, die am nächsten Morgen, mit einem roten Kreuz unter den Tragflächen, kurz hinter Cap Colnett auf Nieder-Kalifornien in Mexiko gesichtet und wieder in Richtung auf den Stillen Ozean aus den Augen verloren wurde.

Den einsamen Mann, der sich am Rande des Flusses aus seinen Fallschirmgurten löste und den Schirm in einer Benzinflamme verbrannte, sah niemand. Auch als er nach Lubbock kam und sich an dem berühmten Punkt der Vier-Bundesstraßen-Kreuzung stellte, den Lastwagen zuwinkte und aussah wie ein armer, verluderter Tramp, beachtete ihn niemand, sondern man ging an ihm vorbei wie an all den Landstreichern, die durch die Vereinigten Staaten ziehen. Ein Lastwagen nahm ihn mit, nachdem er zwei Stunden gewinkt hatte. Er fuhr nach Amarilb, südöstlich von Santa Fé, dem Ziel der Reise.

In diesen vierzehn Tagen keuchte auch ein großer, schwerer Cadillac durch die Rocky Mountains, von Los Angeles kommend und durch das herrliche Plateau des Colorado fahrend, auf der vielleicht schönsten Straße der Welt, die von Kalifornien quer durch die Rockies, vorbei am kleinen Colorado bis nach Albuquerque am Rio Grande führt.

Wassilij Gregoronow und Piotre Zanewskij saßen in diesem Wagen und starrten hinaus auf die Cañons und die wilden Wasser des Colorados, auf die Schluchten, in denen noch heute der Grislybär haust und die Pelzjäger wie vor hundert Jahren auf das Wild lauern.

Auch sie beachtete niemand. Es waren Überlandfahrer, vielleicht Kaufleute, die einen Job im Süden oder im Goldenen Westen getätigt hatten. An den Tankstellen fragte man nicht viel. Mein Gott, das Englisch, das sie sprachen, klang hart und holprig. Aber wer achtete in Amerika darauf, wo es mehr Fremde gibt als in jedem anderen Land der Erde?

Der schwere Cadillac fuhr schnell und ungehindert bis nach Santa Fé, wo er vor dem besten Hotel hielt.

In diesen vierzehn Tagen raste, von Osten kommend, ein anderer Wagen über die breite Regierungsstraße fast quer durch den Kontinent. Ein schmaler, brauner Mann saß hinter dem Steuer, mit scharfen Augen und schmalen Lippen. Sein heller Sommeranzug verstärkte die leicht negerhaften Züge, die vom Kinn aus bis zur Stirn zogen.

Der Marokkaner Kezah ibn Menra fuhr von Washington nach Santa Fé, in seiner Tasche auf dünnstem Seidenpapier, das man im Falle der Gefahr verschlucken konnte und sich von der Magensäure noch vor dem Auspumpen des Magens auflösen ließ, die genauen Pläne und Angaben von Prof. Ebberling aus Tanarenia.

Auch ibn Menra stieg in Santa Fé ab – nicht wie die Russen im besten Hotel, sondern in einer Herberge am Stadtrand, wo die Arbeiter aus den Cañons und aus Alamos während der Ferien vorbeikamen und in Andeutungen die Spannung der Bevölkerung auf dem laufenden hielten.

Neben ihm, in einer Herberge für Tramps, saß Heinz Behrenz auf seinem Feldbett und stopfte sich die Strümpfe. Um ihn herum saßen oder lagen andere Tramps, Arbeiter, die zu Fuß oder von den nahen Orten nach Santa Fé gekommen waren, um sich hier anwerben zu lassen für die geheimnisvollen Arbeiten in den Cañons, von denen sie nur wußten, daß man jeden Tag Güterzüge voll Gestein in die Werke fuhr, aber nichts anderes herauskommen sah als Schlacken, schwarz, verbrannt, unter den Fingern wie Lehm zerbröckelnd.

Ein Ring schloß sich um Los Alamos.

Um Prof. Dr. Paerson und Dr. Ralf Bouth.

Ein Ring, geboren aus der Sucht, das Geheimnis des Untergangs zu ergründen.

Ein stiller, nächtlicher Kampf um das Monopol des Atoms.

Ein Streit um die Angst der Menschheit –

In Los Alamos ging unterdessen alles seinen geregelten, seit Jahren eingespielten Gang.

Prof. Dr. Paerson war wieder aus dem Krankenhaus entlasssen. Der radioaktive Strahl hatte nur seinen Arm gestreift und hinterließ nichts als einen dünnen Streifen zerstörten Hautgewebes, das in einigen Wochen durch eine Hautverpflanzung ersetzt werden sollte.

Auch Mabel war noch in Los Alamos – sie wollte den Ort der Einsamkeit nicht mehr verlassen. Sie begleitete deshalb in dem weißen Kittel einer Laborantin ihren Vater oder Dr. Ralf Bouth in die Labors und die riesigen Anlagen der Atombrenner. Sie war überall, wo man sie brauchte. Sie fragte nicht mehr, warum. Sie kehrte nicht mehr ihr Inneres nach oben, um diesen Männern zuzuschreien, welch eine Angst sie über die Menschen bringen. Nein, auch sie fühlte Angst, aber nicht Angst mehr vor den Atomen, sondern Angst um die zwei Menschen, denen ihr Herz gehörte . . . um ihren Vater und Dr. Bouth.

In einer der folgenden Nächte zog Heinz Behrenz mit einem Trupp Arbeiter von Santa Fé die berühmte Straße nordwestlich in die Berge, um dann am Straßenkreuz von einer Militärstreife kontrolliert zu werden.

»James Nichols«, sagte er zu einem Offizier, der über dicken Listen saß. Blätter raschelten, im Schein der starken Lampe wirkte das Gesicht Behrenz wächsern und leblos.

»James Nichols«, wiederholte der Offizier langsam. Er kreuzte einen Namen auf der Liste an. »Kehrer und Schlepper in Block VI. Passiert.«

Der Paß bekam einen Tagesstempel. Heinz Behrenz wurde weitergeschoben. Der Nächste trat in den Lampenschein.

Aufatmend stieg er auf den Lastwagen, der am Straßenrand wartete. Beim Aufsteigen betastete er noch einmal den Paß in seiner Brusttasche. Tausend Dollar, dachte er. Auf der Welt ist alles käuflich, auch der Arbeiter James Nichols, der jetzt irgendwo auf der Fahrt nach Osten war. Nach Kanada, hatte er gesagt. Mit tausend Dollar kann man ein neues Leben anfangen.

Das Anrucken des Wagens riß ihn aus seinen Gedanken. Er fiel gegen andere Menschen, die knurrten und ihn wegstießen.

Der Wagen fuhr. Hinein in die Berge. Über eine schmale, kurvenreiche Straße. Vier Posten kontrollierten sie, viermal nannte er seinen neuen Namen James Nichols.

Beim Morgengrauen passierten sie die innere Sperrzone. Frierend und fluchend fuhr der Arbeiterwagen in die Cañons ein. Die ersten Häuser tauchten auf ... ein Hochplateau mit kleinen Bauten, ein Cañon mit gewölbten Betondecken, schlanke, hohe Schornsteine, die aus den Felsen emporwuchsen.

Los Alamos.

Heinz Behrenz steckte die Hände in die Taschen seines dünnen Anzuges. Seine Blicke gingen von Bau zu Bau.

Er hatte das Gehirn Amerikas erreicht.

Die erste fremde Macht griff nach dem Geheimnis Prof. Paersons.

Japan.

*

Am nächsten Morgen brachte Dr. Bouth Mabel bis an den äußeren Posten. Er hatte ihr seinen Wagen geliehen und beugte sich nun zum Fenster hinein.

»Wenn du in Santa Fé Zeit hast, so bring mir bitte eine neue Pfeife mit«, bat er sie und strich ihr noch einmal über die Hand, die das Steuerrad hielt. Sie nickte ihm zu, lächelte, spitzte die Lippen, als wolle sie ihn küssen und fuhr langsam an.

Ralf winkte ihr nach, bis sie um die Felsenecke bog. Er sah noch ihre Hand, als sie vom Steuer aus sein Winken erwiderte. Dann hörte er nur das Brummen des starken Motors, der sich schnell entfernte.

Es sollte für lange Zeit das letzte sein, was er von Mabel Paerson gesehen hatte ...

In Santa Fé hatten Wassilij Gregoronow und Piotro Zanewskij seit langer Zeit wieder ruhig und angenehm geschlafen. Sie hatten sich gebadet, waren frisch rasiert und sauber gekämmt, frühstückten umfangreich und setzten sich dann in ihren schweren Cadillac. Fast außerhalb der Stadt, auf der Straße nach den Bergen, verloren sie das Gesicht der lässigen Vornehmheit und hielten das Auto an. Gregoronow nahm aus der Tasche einige Zettel und reichte sie Zanewskij herüber.

»Das ist das Neueste, Genosse Kommissar«, sagte er leise, als könne man hier belauscht werden. »Von dem russischen Konsulat wurde mir gestern abend auf der Toilette des Hotels eine genaue Angabe gemacht.«

Zanewskij, ein Mann mittleren Alters mit dem kantigen Gesicht eines europäisch-asiatischen Mischlings und der Brutalität erzogenen Fanatismus' blätterte die Papiere durch.

»Prof. Dr. Paerson hat eine Tochter, Mabel. Hellblond, mittelgroß, auffallend hübsche Erscheinung«, las er leise. »Das ist eine der dümmsten Angaben, die ich kenne. In diese Klassifizierung lassen sich einige tausend amerikanische Mädchen pressen. Weiter: verlobt mit Dr. Ralf Bouth, dem Assistenten Paersons. Dr. Bouth ist über alle Forschungen genauestens orientiert und gehört zu den wenigen, die auch in die neuen Spaltungen eingeweiht wurden. Mabel Paerson kann als Druckmittel gegen Dr. Bouth erfolgreich benutzt werden.« Zanewskij pfiff durch die Zähne. »Nicht übel«, sagte er anerkennend. »Die Leute im Konsulat haben einen Blick für den treffenden Augenblick.« Er las weiter in den Zetteln und nickte ab und zu.

Als er sie in die Jacke steckte, sah ihn Gregoronow von der Seite an.

»Ist alles klar, Genosse?«

»Ja. Fahren wir.«

»Wohin?«

Piotro Zanewskij lachte auf. Er blickte aus dem Fenster und wies nach allen Seiten. »Wohin du willst, du Esel«, schrie er vergnügt. Dann wurde er still und meinte: »Es ist am besten, wir bleiben hier auf der Straße außer Sichtweite der ersten Kontrolle. Vielleicht hilft uns der Zufall und spielt uns ein dickes Tier in die Hände.«

»Und dann?«

Zanewskij wies nach hinten in den Wagen, wo eine flache, dunkle hellederne Tasche auf den Polstern lag.

»Dann wird Wassilij Gregoronow die Tasche nehmen und ein wenig Chloroform auf einen Ballen Watte gießen. Das Weitere findet sich dann ...« Er lachte wieder vor sich hin. »Es ist doch merkwürdig«, stellte er philosophisch fest, »daß überall die Methoden die gleichen sind, was, Genosse?«

Der Zufall spielte an diesem Tage eine große Rolle in dem Spiel, an dem das Leben eines ganzen Erdballs hing. Es war eine Rolle, die das Schicksal in diesen Augenblicken ungleich verteilte und die Regie ein wenig von seinem Haß gegen die Menschen legte, die es wagten, es herauszufordern.

Zanewskij und Gregoronow warteten drei Stunden am Straßenrand. Sie waren ausgestiegen, zogen ihre Overalls über und schraubten am Motor ihres Wagens herum, als habe eine Panne sie gezwungen, an dieser unmöglichen Stelle der Straße anzuhalten. Sie beschmierten ihre Gesichter mit Öl und Stauferfett, Zanewskij legte sich unter die Vorderräder, aber so, daß er die Straße vor sich im Auge behielt und jede Bewegung wahrnahm. Gregoronow arbeitete unter der geöffneten Motorhaube und schraubte stundenlang Zündkerzen aus und ein, denn der Betrieb auf der Straße nahm von Minute zu Minute zu.

Die auswärtigen Arbeiter des Atomwerks fuhren nach Schichtwechsel zurück in die umliegenden ärmlichen Lehmhütten-Dörfer.

Lastwagen nach Lastwagen ratterte vorbei. Man beachtete die beiden Männer im Overall nicht oder man warf einige Scherzworte hinüber wie: »Dreht doch den Benzinhahn auf!« oder »am linken hinteren Rad klebt 'n Kaugummi!« was die beiden Russen mit kräftigen Originalflüchen beantworteten. Dann wurde es etwas stiller, die auswärtige Schicht war heimgefahren.

Gregoronow richtete sich auf und trat an den unter den Rädern liegenden Zanewskij heran.

»Die Zündkerzen glühen schon vom Raus- und Reinschrauben«, meinte er sarkastisch. »Es scheint wenig Sinn zu haben, hier noch länger zu warten. Was Sie ›dicke Tiere‹ nennen, die verlassen bei Einbruch der Dunkelheit ihren Fuchsbau.«

Zanewskij kroch unter den Rädern hervor. Er dehnte die etwas steif gewordenen Glieder und klopfte sich den Staub vom Overall und Hose. Sein breites Gesicht war mit Öl fast unkenntlich gemacht.

»Machen Sie den Motor wieder zu und dann ab«, brummte er mißmutig. »Vielleicht hat das Konsulat doch recht, wenn es vorschlägt, Dr. Bouth oder sonst einen nach Santa Fé zu locken unter dem Vorwand, eine neue Erfindung anzubieten.« Er wischte sich über das Gesicht, betrachtete seine schmierige Ölhand und verzog wie vor Ekel das Gesicht. »Es ist nur gefährlicher.« Er wandte sich ab und blieb plötzlich stehen. »Aber Sie haben doch schon ganz andere Sachen gedreht. Gregoronow. Sie müssen es doch können.«

»Man müßte es versuchen.« Gregoronow warf die Motorhaube zu und klappte die Verschlüsse herab. Dann wischte er sich die schmutzigen Hände an einem Lappen ab, der um die Werkzeuge gewickelt war. »Fahren wir zurück nach Santa Fé«, fragte er, bevor er die Tür öffnete, »oder wollen wir noch ein wenig bis zur Sperrzone fahren? Vielleicht kann man was sehen?«

»Wir wollen nichts sehen, wir wollen was erfahren.« Zanewskij war schlechter Laune und betrachtete sich im Rückspiegel. »Wie ein Kuli sieht man aus, ich möchte mich anständig waschen! So kann ich doch nicht ins Hotel zurückkommen!«

Er wollte ebenfalls in den Wagen steigen, in dem Gregoronow bereits hinter dem Lenkrad saß und den Motor laufen ließ, als aus dem Felsen hervor, wo sich die Straße verengte, ein schwerer Wagen hervorschoß. Er brummte in großem Tempo über das gerade Asphaltband und kam schnell näher.

Gregoronow, der den Wagen zuerst sah, pfiff durch die Zähne und war mit einem Satz auf der Straße. Ehe Zanewskij begriff, was diese Hast zu bedeuten hatte, lag Gregoronow schon unter den Rädern und strampelte mit den Beinen. Man hörte ihn an den Achsen klopfen und leise fluchen.

Zanewskij wollte etwas rufen, als auch er den Wagen sah, zu spät, um seinerseits reagieren zu können. Er beugte sich deshalb zum Wagenboden und wickelte das Werkzeug wieder aus.

Der fremde Wagen hielt mit knirschenden Bremsen auf der anderen Straßenseite. Ein Fenster wurde heruntergedreht, und ein blonder Lockenkopf beugte sich heraus.

»Kann ich Ihnen helfen?« sagte das Mädchen.

Gregoronow fluchte, wie es alle Autofahrer zu eigen haben, wenn sie eine Panne reparieren, schimpfte auf die alte Kiste und kroch langsam unter dem Wagen hervor.

Mabel Paerson stieg aus ihrem Wagen und kam über die Straße zu dem ölverschmierten Mann.

»Kann ich Ihnen mit irgend etwas aushelfen?« fragte sie und

nickte Zanewskij zu, der im Innern des Wagens an den Werkzeugen schraubte.

Gregoronow warf einen schnellen Blick zu Zanewskij. Der beim nächsten Händler verkloppen«, meinte er ärgerlich. »Da sagt man immer: Fahrt Cadillac und ihr fahrt wie im Paradies ... Nichts damit!« Er blickte zu ihrem Wagen hinüber und nickte. »Sie haben es gut, Sie fahren einen Ford. Unverwüstlich, die Wagen.« Er strich sich mit der Hand die Haare aus der Stirn. »Werde mir auch einen Ford kaufen, Miß ...«

»Paerson«, antwortete Mabel naiv.

Gregoronow arf einen schnellen Blick zu Zanewskij. Der spielte mit einem Wattebausch und öffnete die Tür.

»Haben Sie vielleicht einen B-Schraubenschlüssel?« fragte er harmlos. »Unser ist zerbrochen.«

Mabel beugte sich in den Wagen, um sich den Schlüssel anzusehen. Da fühlte sie plötzlich zwei Arme um ihren Hals, sie wurde in den Wagen gestoßen, sie wollte schreien, hieb mit den Armen um sich, trat gegen die Sitze ... ihre Augen waren weit vor Entsetzen, der Mund wollte das Erschrecken hinausschreien ... da sah sie einen Wattebausch vor Mund und Nase, atmete ein widerlich süßes Parfüm — so dachte sie — ein, fühlte, wie sie leicht wurde, so leicht und ohne Schwere ... sie schwebte auf einmal, es war schön, dieses Schweben, dieses Fliegen wie ein Engel ... sie lachte sogar, und ihre um sich schlagenden Arme wurden schlaff und müde.

Müde ... so müde bin ich ... dachte sie noch. Ach, ist es herrlich, zu schlafen ... Man träumt so Schönes ... eine Wiese mit lauter Blumen und ganz, ganz weiße Wolken darüber ... Wolken wie Watte ... und die Blumen duften, herrlich süß ... so süß ...

Dann war Nacht um sie. Aber sie lächelte in dieser Nacht, weil sie erfüllt war mit herrlichen Bildern ...

»Fort!« schrie Zanewskij, indem er Mabel auf den Rücksitz bettete. »Gregoronow, fahren Sie, was die Kiste hergibt. Richtung Chamita—Farmington—Mesa Verde—National-Park, und dann weiter zum Großen Salzsee.«

Der Wagen schoß über die Straße, kreischte an der Kreuzung in der Kurve und raste die gerade Straße in die Rocky Mountains hinein.

Verlassen stand der Wagen Dr. Bouths auf der Straße Santa

Fé—Los Alamos. Man fand ihn zwei Stunden später, und die Militärstreife, die den Wagen kannte, schüttelte den Kopf.

Ein Anruf in Los Alamos alarmierte die ganze Atomstadt. Prof. Paerson und Dr. Bouth fuhren sofort hinaus zu dem verlassenen Wagen. Von Washington, das im Blitzgespräch verständigt wurde, sagte man einige Fachleute des FBI zu. Eine Sperrung aller Straßen New Mexicos, Arizona und Idahos jagte durch den Äther. Militär übernahm die sofortige hermetische Abschließung des ganzen Gebietes von Los Alamos. Es war, als habe man in einen Ameisenhaufen getreten. Aus den Schluchten und Cañons quollen die Truppen und Polizeiformationen hervor. In Santa Fé kämmte die Kriminalpolizei alle Hotels und Herbergen durch, um Anhaltspunkte des rätselhaften Verschwindens zu bekommen.

Prof. Dr. Paerson stand erschüttert und keines Wortes fähig vor der offenen Tür des leeren Wagens. Dr. Bouth hatte die Hände in die Taschen gesteckt und biß die Lippen aufeinander.

»Sie wollte nach Santa Fé und sich ein Brautkleid aussuchen«, sagte er nach einer Weile, als müsse er damit alles erklären. »Ich lieh Mabel meinen Wagen. Es ist mir alles rätselhaft.«

»Der Wagen ist in Ordnung.« Der untersuchende Polizeichef kroch aus dem Auto. »Benzintank ist gefüllt, Motor ist vollkommen intakt. Es kann sich nicht um eine Panne gehandelt haben. Auch sind keinerlei Anzeichen von Gewalt festzustellen. Fräulein Paerson muß den Wagen freiwillig verlassen haben und — anders ist gar keine Erklärung möglich — in einen anderen Wagen umgestiegen sein.«

»Aber das ist doch Irrsinn!« schrie Dr. Bouth. »Warum sollte sie in einen anderen Wagen steigen, wenn mein Wagen völlig in Ordnung ist?«

»Vielleicht traf Fräulein Paerson eine Bekannte?«

»Und läßt meinen Wagen einfach auf der Straße stehen?«

Der Polizeichef nickte. »Das ist ja das Rätselhafte.« Er blickte zur anderen Straßenseite, wo einige Beamte mit hochempfindlichen Folien die Spuren des russischen Cadillac von der Straße abzogen. »Eines ist gewiß, dort, gegenüber Ihrem Wagen, Dr. Bouth, parkte seit längerer Zeit ein anderer Wagen. Sehen Sie den kleinen Ölfleck, die deutlichen Reifenspuren in dem Staub? Es scheint so, als habe der Wagen auf Fräulein Paerson gewartet.«

Prof. Paerson schlug die Tür des Wagens zu und wandte sich ab. »Es sind alles nur Vermutungen«, sagte er mit schwacher Stimme, der man anmerkte, wie sehr ihn dieser Vorfall innerlich ergriff. »Man weiß nichts, man hat nichts gesehen.« Er sah Dr. Bouth an, als wolle er bei ihm Hilfe suchen. »Mabel ist nicht mehr da ... Mabel ...« Die Stimme versagte ihm. Er drehte sich herum und verließ die Gruppe Männer. Allein, wie ausgestoßen, ging er über die helle Straße und stellte sich an seinen Wagen, den Rücken den anderen zugewandt.

Dr. Bouth ballte die Fäuste. Seine Ohnmacht kam ihm erschreckend zum Bewußtsein.

Wie kann ein Mensch auf einer so belebten Straße verschwinden? Am hellen Tage verschwinden?

Ohne Spur? Ohne Grund? Ohne den kleinsten Anlaß?

Ein Mädchen, das keine Feinde hat.

»Versuchen Sie alles, was möglich ist«, sagte er zu dem Polizeichef. Dann ging er zu Prof. Paerson und legte ihm die Hand auf die Schulter. »Kommen Sie«, sagte er leise, als der alte Mann zusammenzuckte. »Wir können hier nichts mehr tun.«

Prof. Paerson sah Dr. Bouth groß an. In seinen Augen stand dunkel die Angst vor einem Etwas, das er nicht auszusprechen wagte.

»Mabel hatte recht«, sagte er leise. »Die Atome werden Opfer fordern. Sie ist das erste.«

»Wie meinen Sie das, Herr Professor?« Dr. Bouth starrte seinen Chef an. »Glauben Sie, daß man Mabel ...?«

Paerson wischte mit der Hand durch die Luft. »Warten wir ab, Dr. Bouth, warten wir ab ... Ich habe nie damit gerechnet, wie gemein die Menschen sein können.« Sein Körper fiel zusammen, er wurde noch kleiner, als er von Natur aus war. Es sah aus, als krieche er in sich zusammen, als griff eine große Kälte nach ihm.

»Es wird nicht das letzte Opfer sein«, sagte er zitternd und stieg schnell in den Wagen.

Der dunkle Cadillac jagte über die Höhenstraße nach Utah, dem steilen Rücken der Uinta Mountains entgegen. Noch bevor die Polizei von Colorado die Straße bei Cortez sperren konnte und die Konstabler und Gebirgstruppen an der Kreuzung von Fairview unterhalb des Utah-Sees ihren Riegel legten, hatte der rasende Wagen die Straße passiert und befand sich auf einem Seitenweg zum Strawberry-River, den er überquerte und auf holprigen Felsenpfaden bis in die Nähe des Emmons Peak vordrang. Hier, in einer Wildnis von Felsenschluchten und unbegehbaren Höhlen, unter dem 4090 Meter hohen Gipfel des mit Schnee bedeckten Berges, in Felsenspalten, die noch nie ein Mensch betreten hatte, versteckten sie den Wagn und trugen das noch immer betäubte Mädchen in eine Höhle, die eingehend auf einen solchen Besuch vorbereitet war. Ein Klappbett mit drei dicken Decken, ein Tisch, sogar ein Spiegel und eine zusammenlegbare Gummiwaschanlage standen in einem hinteren Raum, der durch eine Bohlentür von einem größeren Raum getrennt war, in dem Gregoronow und Zanewskij hausten.

Sie legten dabei Mabel Paerson auf das Klappbett und deckten sie mit den flauschigen Decken zu. Dann schlossen sie die Bohentür, und während Zanewskij seinen größten Wunsch erfüllte und sich prustend wusch, saß Gregoronow an einem Kurzwellengerät und funkte auf geheimer Welle unter Chiffrebuchstaben den Erfolg nach Nowo Krasnienka.

Tick ... tick ... tick ... tick ...

Die Röhren des Empfängers leuchteten auf. Zahlenkolonnen schwirrten hinaus.

354 / 6734 / 5692 / 2 / 59 / 45923459 / 5723 /

In Nowo Krasnienka saß der Funker unter der Erde und schrieb diese Zahlen mit. Mit einem eng beschriebenen Blatt in der Hand klopfte er dann bei Prof. Dr. Kyrill an.

»Aus Amerika«, sagte er, als er das Papier überreichte.

Prof. Kyrill überflog die Meldung und wandte sich lächelnd an Dr. v. Kubnitz, der in seinem weißen Kittel hinter einer Formelreihe saß.

»Wir haben Erfolg, mein Lieber«, sagte Kyrill und seine asiatischen Züge verzerrten sich beim Lachen. »Gregoronow hat Mabel Paerson in den Händen, die einzige Tochter des Professors und Verlobte von Dr. Bouth. Gute Arbeit, sehr gute Arbeit.« Er legte das Chiffreblatt auf seinen Tisch und faltete die Hände wie ein Mann, der soeben eine große Arbeit zur Zufriedenheit vollendet hat. »In spätestens drei Wochen werden wir wissen, was Paerson spaltete«, meinte er grinsend. »Es ist ganz gut, wenn man eine Tochter hat.«

Dr. v. Kubnitz dachte an seine kleine Cornelia und schauderte zusammen. »Tiere«, dachte er. »Es sind Tiere mit dem Geist kleiner Götter.«

Aber er schwieg. Er nickte nur und wandte sich wieder den Formeltabellen zu.

Doch in der Nacht, in der die drei Mongolen wieder rauchend und brummend vor der erleuchteten weißen Villa am Njemda Wache hielten, trat wieder ein Radfahrer keuchend durch die Nacht einer schwarzen Kolchose entgegen.

Er verschwand in der Finsteris des Hofes. Und durch die Nacht tickte wieder ein anderer Sender mit Strahlern nach Amerika und Japan, wo japanische Funker mit deutschen Helfern in Nagoi saßen und die Sprüche aufnahmen.

»Achtung! Achtung! Meldung an alle! Meldung an alle! Mabel Paerson von zwei Russen, Gregoronow und Zanewskij, entführt. Achtung für alle!«

In Nagoi und in Washington nahm man diese Botschaft aus dem Äther wie einen Schlag ins Gesicht auf. Man tastete den Äther ab, man suchte den unbekannten Sender, man versuchte, den Standpunkt zu ermitteln – aber die Welle schwieg und ließ sich nicht anpeilen.

Im Kriegsministerium von Washington saß man in dieser Nacht zusammen und studierte die Meldung. Sie wurde herumgereicht, sie wurde Präsident Truman vorgelegt, sie kam zu General McKinney, dem Abwehrchef der Armee.

Die Tatsache war plötzlich klar. Was man immer geahnt hatte, wurde von einem Geheimsender, der irgendwo im Osten stehen mußte, bestätigt: Mabel Paerson war entführt worden von einer Gruppe, die Interesse an den neuen Spaltungen Prof. Paersons hatte. Es sollten zwei Russen sein. Wußte man im Kreml von dieser Entführung? War es eine staatlich gelenkte Aussageerpressung?

Das Außenministerium in Washington kam zu einer Nachtsitzung zusammen. Die besten Experten gaben ihre Gutachten ab. Wenn es sich um Atomspionage handelt, ist es eine von Rußland staatlich gelenkte Spionage. Es gibt in der ganzen Welt keine Privatgruppen, die die Mittel hätten, Atomspaltungen herzustellen. Anlagen von 2 Milliarden Dollar Kosten kann kein Privatmann errichten!

Man arbeitete eine Note nach Moskau aus. Die Presse wurde

angewiesen, vorerst über diesen Vorfall völlig zu schweigen. Es senkte sich Schweigen über Mabel Paerson. Nach Los Alamos ging ein Telefongespräch mit Prof. Paerson persönlich. An einem zweiten Hörer hörte Dr. Bouth das Gespräch mit.

General McKinney empfand es als schwer, das, was er zu sagen hatte, in tröstende Worte zu kleiden.

»Alle Anzeichen, bester Herr Professor«, sagte er langsam, »deuten darauf hin, daß das Verschwinden Ihrer Tochter eine rein politische Tat ist. Eine russische Interessengruppe hat Ihre Tochter entführt — wie, das wissen wir noch nicht —, um Sie dadurch zu zwingen, das Geheimnis Ihrer neuen Spaltung bekannt zu geben. Es ist eine Erpressung im Großen. Wir nehmen an, daß Sie in den nächsten Tagen von irgendeiner Seite einen Brief bekommen werden, der die Freilassung Ihrer Tochter gegen Preisgabe Ihres Geheimnisses ankündigt. Bitte, unternehmen Sie nichts, ohne uns vorher unterrichtet zu haben.«

»Und wenn man meine Tochter tötet?« schrie Prof. Paerson.

»Denken Sie daran, daß es um den Fortbestand der Nation geht.« General McKinneys Stimme wurde beschwörend. »Wenn Sie das Geheimnis Ihrer Atomspaltung an Rußland weitergeben, haben Sie unsere Erde in Flammen gesteckt!«

»Und meine Tochter?« Prof. Paerson hielt sich an der Tischkante fest. Er schwankte, als stehe er auf einem weichen Boden. »Soll ich sie einfach umbringen lassen?«

General McKinney biß sich auf die Lippen. Er schloß die Augen, während er sagte: »Professor Paerson, denken Sie an den Verteidiger des Alkazar in Spanien. Als man seinen Sohn gefangen hatte, durfte er seinen Vater anrufen. ›Vater‹, sagte er, ›man will mich erschießen, wenn du den Alkazar nicht übergibst.‹ Und der General sagte: ›Mein Sohn, ich küsse dich noch einmal. Denk an Spanien und stirb tapfer. Es lebe Spanien!‹ Der Sohn wurde erschossen, der Alkazar wurde gehalten. Es gab einen Sieg!« McKinney schluckte. »Professor Paerson, es geht hier nicht um meine Burg ... es geht um unsere Welt ...«

Der alte Mann am Apparat von Los Alamos nickte. Dieses Nicken war schwer, der Kopf fiel auf die Brust und erhob sich nur mühsam wieder. »Ich verstehe«, sagte er leise. »Ich verstehe, Herr General ... Stirb tapfer, Mabel ...«

Der Hörer entfiel seiner Hand. Mit einem röchelnden Laut sank er nach hinten zusammen, in die Arme des herbeispringenden Dr. Bouth.
In Nagoi hielt Dr. Hakanaki die Radiodurchsage des unbekannten Senders in der zitternden Hand. General Simanuschi rang die runzeligen Hände und verlor die Beherrschung über sein Gesicht. Es zuckte, als litte es unter unsichtbaren Schlägen.

»Rußland«, keuchte er. »Dr. Hakanaki ... Rußland! Das darf nicht sein! Rußland war es, das Japan den Krieg erklärte, nachdem man ahnte, daß Amerika die Atombomben werfen würde. Rußland, das uns den Markt im Osten streitig macht, das in China gegen uns vorrückt, das in Korea Zugang zu einer Umklammerung sucht. Rußland ...« Simanuschi stöhnte auf und lehnte sich gegen den Tisch. »Und Sie glauben, daß diese Meldung des unbekannten Senders stimmt?«

»Ja, Exzellenz.«

»Es ist kein gut gezielter Schuß im Nervenkrieg?«

»Das nehme ich nicht an. Der unbekannte Sender – er muß nach sofortigen Peilungen irgendwo in Rußland, vielleicht am Flußdreieck Wolga-Wetluga-Sura, liegen – hat bisher mit allen Informationen, die er gab, die Wahrheit gefunkt. Es muß sich um eine russische Untergrundgruppe handeln.« Er sah zu Dr. Yamamaschi hinüber, der soeben eintrat. »Ich habe sofort an unseren Agenten in Los Alamos gefunkt. Haben Sie Antwort, Dr. Yamamaschi?«

Der Assistent schüttelte den Kopf. »Nichts«, meinte er bedrückt. »Heinz Behrenz schweigt. Seit drei Tagen.«

Simanuschi fuhr sich erregt über den kahlen, faltigen Schädel. Seine Augen unter den hängenden Fettpolstern waren ohne Glanz.

»Ich werde mich mit Major Kenneth in Verbindung setzen. Er wird als Militärattaché neue Nachrichten haben. Ich werde ihm unsere Hilfe anbieten. Das lenkt ihn auch ab von unseren Projekten.« Er blickte zu Dr. Hakanaki hin. »Übrigens weiß er nichts von den Spaltungen. Es wäre sinnlos, ihn hier eingehend zu befragen.« Das faltige Greisengesicht lächelte. »Sie können den ›Verhandlungsraum‹ wieder ausräumen lassen, Dr. Hakanaki.«

»Wie Sie wünschen, Exzellenz.« Der Physiker hielt noch immer das Blatt mit der Meldung in den Händen. »Ich werde versuchen, mit unserem Mann in Los Alamos in Verbindung zu treten. Er soll versuchen, Gregoronow und Zanewskij zu finden. Unsere Zentrale in New York wird sofort verständigt.«

In Tanarenia war die Wirkung der Meldung, die man durch Zufall auf einer amerikanischen Wellenlänge entdeckte, von weniger großer Wirkung.

Dr. Sebaio und Dr. Ebberling lasen sie durch und sahen sich dann kurz an.

»Der Kampf beginnt«, meinte der Spanier und zerknüllte den Zettel mit der Meldung. »Dr. Paerson wird noch viel zu ertragen haben.«

Ebberling nickte und sah hinüber in das große Labor und durch die Fenster hinaus auf die schlanken Schornsteine des unterirdischen Werkes.

»Ein Segen, daß man Tanarenia nicht kennt und unsere Versuche. Ich bedauere Professor Paerson, Dr. Sebaio. Er ist ein genialer Kopf. Mit seiner Tochter Mabel hat man ihn jetzt abgeschlagen. Er wird uns nicht mehr gefährlich werden.«

»Und Sie haben keine Tochter?« fragte Dr. Sebaio vorsichtig.

»Nein.« Eine steile Falte grub sich in die Stirn des Deutschen. »Meine Frau und drei Kinder kamen bei einem Bombenangriff auf Bremen um. Ich habe sie nicht wieder gesehen.«

»Verzeihung«, sagte Dr. Sebaio leise und wandte sich ab.

In Nowo Krasnienka hockte Prof. Kyrill vor dem Empfänger. Sein asiatisches Gesicht war gerötet, als treibe Fieber durch seinen Körper.

Hin und her flogen die Worte zwischen Nowo Krasnienka und der Schlucht unterhalb des Emmons Peaks. Dr. v. Kubnitz hockte daneben, und seine Augen lagen tief in den Höhlen.

Gregoronow funkte. Mabel Paerson war erwacht.

»Was tun«, rief er durch den Äther. »Mabel Paerson tobt. Sie erleidet einen Schreikrampf. Zanewskij hat ihr eine Beruhigungsspritze gegeben.«

Prof. Kyrill schaltete um auf Sendung.

»Warten«, sagte er laut, indem er mit geübter Hand die Zahlen funkte. »Warten. Wir werden euch von Moskau die Befehle geben.«

In seinen Augen stand feuriger Triumph, als er den Kopfhörer abnahm und auf den Tisch legte.

Dr. v. Kubnitz schwieg.

3

Heinz Behrenz, unter seinem neuen Namen James Nichols als Schlepper in Werk VI eingesetzt, wusch sich in der langen Waschkaue unter der Erde. Mit ihm standen fünfzig andere Arbeiter unter den warmen Brausen und seiften sich die nackten, beschmierten Körper ab. Der Dampf des heißen Wassers und der herumspringenden Leiber legte sich auf die Zunge.

Heinz Behrenz hustete und trat aus dem gekachelten Raum in ein Nebenzimmer, wo seine Kleider, ähnlich wie in den Kohlengruben, an langen Ketten unter der Decke hingen und durch ein paar Züge herabgeholt werden konnten.

Er trocknete sich ab und zog sich an. Man fragte ihn nicht, wo er herkam, wie er hieß. Er war ein Neuer, mochte der Boß im Personalbüro wissen, wer der Mann war. Ein paar sahen zu ihm hin und zogen sich dann weiter an. Wird wohl ein Ersatz für den Nichols, das alte Saufloch, sein, dachte man. Ist ja einfach weggeblieben, der Kerl. Schuldet noch fünf Dollar und fünfzehn Cents vom Pokern. Na ja, laß sie sausen ... man verdient hier ja genug in der Stunde.

Heinz Behrenz sprach nicht von selbst mit seinen Arbeitskameraden. Er hielt nur die Augen offen, wo er auch hinkam, betrachtete genau die Cyclotronen, zu denen er Uran 235 schleppen mußte, beobachtete die Stapelung der Graphitblöcke in den Hanford-Brennern und besah sich genau das Kühlsystem und die Bremsvorrichtung für die schnellen Neutronen. Er hatte seine Blicke überall, wo er Wissenswertes zu entdecken glaubte, und er stellte Vergleiche an zu Nagoi, wo unter den Felsen von Hondo ein Atomwerk arbeitete, das ein Zwerg war gegen den Riesen von Los Alamos.

Einmal sah er ganz kurz einen blonden Lockenkopf durch die hohen Räume eilen. Er blickte ihm nach und vergaß, seine Lore weiterzuschieben. Die Arbeiter um ihn herum grinsten sich an.

»Netter Käfer, was?« sagte einer der Schlepper zu ihm und boxte ihm lachend in die Rippen.

»Ist die Tochter vom Alten! Mabel Paerson.«

»Ach so«, sagte Heinz Behrenz und sah ihr nach. Mabel Paerson, dachte er. Sie ist hübsch, was macht sie hier in der Atomstadt?

»Ist sie öfters hier?« fragte er seinen Nebenmann, während er die Lore weiterschob zum Hanford-Brenner.

»In letzter Zeit ja. Sie ist mit dem Dr. Bouth verlobt.«

»Dr. Bouth?«

»Der Assistent vom Alten. Der Lange.«

»Ach der?!«

»Ja.«

Sie schoben die Lore an die Schüttfläche und rollten das Gestein hinab in den Sammler. Dann schoben sie die leere Karre zurück und luden von den Eisenbahnwaggons neues, schwarzes Uran in die Eisenwannen.

Das war gestern gewesen. Heute hatte er Mabel Paerson vergeblich zu treffen versucht, und auch Dr. Bouth war nirgends zu sehen. Irgend etwas von einem Vorfall sickerte in den acht Stunden durch, die Heinz Behrenz seine Lore hin und her drückte. Auch nachher, im Schlafsaal sieben, drittes Plateau, wußte man nichts Genaues über das, was — man konnte jetzt schon deutlicher sprechen — außerhalb des Cañons vorgekommen sein mußte. Nur soviel hatte ein Arbeiter, der wegen einer Handverletzung zum Lazarett mußte, erfahren, daß Prof. Paerson plötzlich erkrankt war und seit dem Morgen sein Haus nicht mehr verlassen hatte. Dr. Bouth war die ganze Zeit bei ihm.

Heinz Behrenz legte sich auf sein Feldbett und nahm die neueste Ausgabe der Santa Fé Times von dem kleinen Tisch, der neben dem Bett stand. Ein Postdienst, der genau kontrolliert wurde, brachte auch die neuen Illustrierten und Tageszeitungen mit.

Wie kann ich meinen Kurzwellenapparat nach Los Alamos bekommen, dachte er, während er ein Lesen der Zeitung vortäuschte. Und wo soll ich ihn hier, wo jeder Winkel bewacht wird, aufbauen? In den Werken ist es unmöglich, in den angrenzenden Cañons liegen die Truppen und die Polizei, und außerdem wäre es ein leichtes, den Sender dann anzupeilen, einen Sender, der wenige hundert Meter vom Funkhaus der Atomstadt entfernt japanische Meldungen funkt!

Er schaute auf seine Armbanduhr. Zweiundzwanzig Uhr dreißig. Jetzt hockt Dr. Hakanaki am Empfänger und sucht den

Äther ab. Man wird in Nagoi nicht wissen, was eigentlich los ist mit dem Agenten Heinz Behrenz, Geheimnummer 12 B in den Listen der Militärs. Es muß doch einen Weg geben, den Sender, der in dem schweren Wagen außerhalb Santa Fés in den Hügelketten nahe Las Vegas steht, nach Los Alamos einzuschleppen. Die Zentrale in New York hatte alles pünktlich an die verabredeten Orte gebracht, nur er versagte jetzt, in einem Augenblick, wo es vielleicht um Stunden ging.

Unruhig erhob er sich und brannte sich eine Zigarette an. Ein Arbeiter vom Nebenbett gab ihm Feuer, als er sah, daß er vergeblich in seinen Taschen herumsuchte.

»Danke«, sagte Heinz Behrenz und bot dem Arbeiter eine Zigarette an. Der nickte und setzte sich auf sein knarrendes Bett. Es war ein älterer Mann mit vergilbten Gesichtszügen und einer roten Nase, die weniger wie die eines Trinkers aussah, sondern in einem kalten Winter erfroren sein mußte. Sein Anzug war sauber, aber alt und fadenscheinig. Ein Trauring an der Hand verriet, daß er hier arbeitete, um eine Familie zu ernähren.

»Wo arbeitest du?« fragte er Heinz Behrenz. »In der Strahlabteilung?«

»Nee. Ich bin Schlepper.«

»Block VI?«

»Hm.« Behrenz war vorsichtig und kroch in sich zusammen. Der Alte sog an seiner Zigarette und sah dem Rauch nach.

»Ist 'n komischer Dienst, was? War auch dabei, zuerst, vor zwei Jahren. Aber dann wurde ich zu schlapp und kehre jetzt die Säle aus und die Betonböden neben den Brennern. Immerhin ein Dollar die Stunde. Du kriegst mehr, was?«

»Ein Dollar fünfzig.«

»Ganz nett für 'n solch jungen Burschen wie dich. Als ich so alt war wie du, habe ich in Kanada Pelztiere gejagt, mit 'ner alten Flinte, deren Lauf wackelte, bei jedem Schuß ... Menschenskind, und doch habe ich was geschossen und habe immer meinen Whisky bezahlt, droben in Big River im Paradies von Saskatchewan.« Er schaute die glimmende Spitze seiner Zigarette an und schnippte die Asche auf den Boden. »Bis zum großen Bärensee, über den nördlichen Polarkreis hinaus bin ich gewandert und habe Bären, Füchse, Hermeline und Silberottern geschossen. Und habe doch nie die Stunde einen Dollar fünfzig verdient. Hm ...«

Heinz Behrenz faltete die Zeitung zusammen und legte sie auf den Tisch zurück. »Mit Atomen kann man was verdienen«, meinte er vorsichtig. »So eine Bombe, die ganze Städte wegschmilzt, ist schon was wert!«

»Bombe!« Der Alte machte eine wegwerfende Handbewegung. »Was redet ihr Jungen immer von Bomben. Bei euch muß es immer krachen, sonst ist alles nichts wert. Ich habe mal gelesen, was der Chef, der Dr. Paerson, in einem Blatt geschrieben hat. Er will keine Bomben ... er will mit der Atomforschung uns Menschen glücklich machen. Wie, das weiß ich auch nicht.« Er sah Heinz Behrenz an. »Kannst du glauben, daß man billiger leben wird, wenn man Mehl und Butter und Gemüse und Milch künstlich herstellen kann?«

»Ich weiß nicht. Ich habe noch nicht darüber nachgedacht.«

»Der Prof. Paerson schreibt es aber. Er will uns Menschen von der Sonne unabhängig machen, indem er eine neue, viel stärkere Sonne schafft. Das hat noch kein Mensch gewagt, mein Junge.«

»Und wenn diese Sonne explodiert, gibt es keine Welt und keine Menschen mehr.« Heinz Behrenz stockte. Wie ein Strahl plötzlich aus unbekannter Ferne ein Feuer entfacht, so fiel in sein Herz der Gedanke des großen Untergangs.

Ich bin ja hier, durchzuckte es ihn plötzlich, diesen Untergang zu fördern. Ich soll ja spionieren, damit nicht Amerika, sondern Japan der Staat ist, der es in der Hand hat, die Menschheit wegzufegen. Ich selbst, ich, der kleine Mensch Heinz Behrenz, bin ja mitschuldig an der Katastrophe, vor der sie zittern ... draußen, die Mütter und Frauen und Bräute, die Väter, Männer und Verliebten. Ich gehöre ja zu denen, die die Fackel des Entsetzens in den Händen tragen und sich nicht scheuen, durch Lüge und Betrug, durch Kampf mit allen Mitteln sich dieses einen Wahns zu bemächtigen — Herr über diese Erde zu sein! Ich sitze ja hier in der Arbeitskleidung auf einem Feldbett in Los Alamos, weil Japan, weil die heimliche Atomstadt Nagoi Angst hat, daß einer weiter in der Vernichtung sein könnte als sie. Mein Got, warum rede ich denn noch? Warum springe ich nicht auf und sage diesem alten Mann da: »Freund, nimm den ersten besten Gegenstand und schlage ihn mir über den Schädel. Ich bin ein Lump. Ein Verräter! Nicht ein Verräter an Amerika oder Japan, sondern ein Verräter der Menschheit und der Menschlichkeit! Mein Gott

... o mein Gott ... warum hast du mir das nicht früher gesagt ...?«

Auf einmal kam ihm sein Hiersein sinnlos vor, verbrecherisch, mörderhaft. Er hatte aus Haß gehandelt, weil ihm ein amerikanischer Major in Okinawa drei Zähne ausschlug ... er, der dicke Sieger dem armen, wehrlosen Gefangenen. Das war sein Haß gewesen gegen das Land Amerika, aus diesem Haß ging er nach Los Alamos, um es zu vernichten ... wegen drei Vorderzähnen setzte er die Menschheit auf das Spiel.

Er tastete mit den Fingern unter die Lippen und fühlte die drei künstlichen Zähne, die durch eine schmale Goldbrücke mit den gesunden verbunden waren. Ein japanischer Zahnarzt hatte sie ihm eingesetzt, eine unbekannte Kasse hatte sie bezahlt ... die Kasse, die nun einen einlösfälligen Wechsel präsentierte: Spionage für Japan.

Spionage gegen den Menschen.

»Was würdest du tun, wenn man dir drei Zähne ausschlägt?« fragte er den Alten mit verhaltener Stimme.

»Ich würde wiederschlagen.«

»Aber du kannst es nicht. Du bist gefesselt, wehrlos, rechtlos. Du mußt stillhalten, du mußt einfach. Und dann kommt so ein großer dicker Mann und schlägt dir drei Zähne aus. Mit einem Schlag ... und er lacht dabei, wie du Blut und Zähne auskotzt und freut sich, daß dir die Tränen der Wut und Scham über die Backen laufen. Was würdest du da tun?«

»Ich würde still sein und denken: Gebe Gott, daß du nicht einen Menschen findest, der dich einmal noch schlimmer behandelt wie du jetzt mich. Du würdest winseln ... ich aber bleib stumm. Und dann würde ich die Augen schließen und nichts mehr sehen.«

»Und das nennt man richtig?!«

Der Alte wiegte den Kopf. Er nahm den Rest der Zigarette zwischen die Nägel und zog noch ein paarmal daran, bis er sie auf den Boden warf und austrat.

»Richtig. Was ist richtig auf der Welt, mein Junge? Der Mensch ist ein Tier, wenn er groß ist und Gewalt hat, und er ist ein Tier, wenn er klein ist und getreten wird. Was liegt dazwischen? Eigentlich nichts. Warum sich über ein Nichts Gedanken machen?«

Heinz Behrenz stützte den Kopf in beide Hände und starrte auf die Beine des Alten, die über der Asche der ausgetretenen

Zigarette hin und her pendelten. Die Schuhe waren derb, aber sauber gewichst, die Hose alt, aber an manchen Stellen sorgsam geflickt. Und nun pendelten die Beine hin und her, und der Mund, der weiter oben in einem vergilbten Gesicht war, sagte: Es ist alles Nichts.

Der Alte stieß Behrenz an die Stirn. »Du, woran denkst du?«

»An das, was du gesagt hast. Es muß alles so sein, weil es nichts gibt, was richtig ist. Ich glaube, du, du hast wirklich recht.«

»Das meine ich auch. Ich habe immer so gedacht. Damals, als man mich in Kanada aus der Hütte jagte, weil ich die niedrigen Preise für die Felle nicht annehmen wollte, da habe ich mir die Nase erfroren. Siehst du sie — ganz rot ist sie geblieben. Damals, da habe ich geflucht, da wollte ich den fetten Kerl vom Fellsyndikat einfach in der Nacht umknallen, mit der alten Flinte, weißt du, an der immer der Lauf wackelte. Aber dann habe ich es doch nicht getan, trotzdem mir die Nase einfror, weil sie mir die Mütze vom Kopf gerissen hatten. Die Mütze, Junge, bei vierunddreißig Grad Kälte. Ich habe nicht geschossen, denn sie hätten mich gelyncht, die besten Kameraden, die, mit denen ich am Großen Bärensee im Schnee gelegen habe, um den Füchsen aufzulauern, die aus meiner Flasche den Brandy tranken, denen ich das Leben rettete. Sie hätten mich einfach an den nächsten Ast gehängt, obwohl ich im Recht war. Ich hatte ein moralisches Recht — so sagte man doch so schön. Moral. Guter Junge. Der Fellkerl war ihr Brotgeber, und wenn ich den umgelegt hätte, wären sie ohne Whisky gewesen und ohne Dollars für die Weiber in Winnipeg. Und das wäre schlimm gewesen, schlimm nach fünf Monaten Wildnis und Schnee, wo man höchstens ein Eskimomädchen traf, das widerlich nach Tran stank. Recht? Moral? Es sind schöne Sachen, mein Junge, wenn die anderen auch so denken würden. Aber dann stehst du immer allein, dann bist du immer das Gesicht, das geohrfeigt wird, dann bist du ein Blöder, der an den Weihnachtsmann glaubt. Also sage ich: Alles ist nichts! Und ich freue mich, wenn es dann doch etwas ist . . . eine Frau und die Kinder, das Häuschen draußen bei Bernalillo und der kleine Garten, in dem ich Tomaten ziehe und wunderschöne gelbe Äpfel, die schmecken wie Ananas.« Der Alte holte tief Atem. Die lange Rede machte ihn durstig. Er schielte nach dem Hintergrund des Schlafsaals, wo eine primitive Theke aufgebaut war. »Wenn du das alles einmal hast, mein Junge, dann machst du dir keine Gedanken mehr, außer einem ... wie lebe ich weiter und wie behalte ich das, was ich habe ...« Er erhob sich und nickte Behrenz zu. »Komm, ein Gin kann nicht schaden. Man schläft dann besser.«

Behrenz schüttelte den Kopf. Er blickte nicht auf, als der Alte fortstampfte. Wie lebe ich weiter ... daran denken die Menschen. Und hier lebe ich und suche einen Weg, dieses Leben auf einen Sekundenblitz zu verkürzen.

Ein Blitz in der Nacht Asiens.

Wegen drei lächerlicher Zähne.

Wegen nichts.

Nichts!

Er warf sich auf das Bett, mit dem Gesicht nach unten. Es würgte in seinem Hals. Er ekelte sich vor sich selbst.

Durch den Boden, getragen durch die Stahlbeine des Bettes, spürte er das Vibrieren des Bodens unter den Maschinen in den Felsen. Es war ein Zittern, das durch seinen ganzen Körper rann.

Mit der Ablösung der Nachtschicht ließ sich auch Heinz Behrenz aus Los Alamos hinausfahren. Wieder passierte er die Kontrollen, nannte seinen Namen – James Nichols – erhielt einen Stempel in den falschen Paß und verließ den Sperrgürtel der Atomstadt. Am Rand von Santa Fé setzte man ihn von dem Lastwagen ab. Dann entfernten sich die roten Rücklichter.

Die warme Sommernacht war um ihn. Über dem Himmel der Stadt stand der fahle Widerschein der Lampen. Um ihn herum dehnte sich das flache Sandplateau mit den bizarren Kakteen.

Frei, dachte er glücklich. Endlich wieder frei. Erlöst. Gerettet.

Er breitete die Arme aus und atmete die Luft ein.

Wie ein Vogel, der den ersten Flug wagt, wiegte er die Arme auf und ab.

Wie soll ein neues Leben aussehen, dachte er. Arbeiter auf einer Farm, oder Fahrer eines Lastwagens, oder Kumpel in einer Erzgrube? Egal – es gibt so manchen Dollar in Amerika, den man verdienen kann, wenn man will.

Er wanderte durch die Nacht. In den Taschen klimperte der Lohn von zwei Tagen.

Vierundzwanzig Dollar.

Zweitausendvierhundert Cents.

Kerls, was kostet die Welt!

Er schlug die Straße nach Las Vegas ein, wo in den Hügeln der Wagen der Zentrale wartete. Das Auto mit dem Funkgerät nach Nagoi.

Als er beim Morgengrauen die Hügelkette liegen sah, atmete er auf. Jetzt noch ein Funkspruch, und alles ist erledigt, dachte er. Ich werde Dr. Hakanaki sagen, daß ich nicht schuldig sein will an den Tränen von Millionen.

Ich will ihm sagen ...

Und dann verbrenne ich das Gerät ... Das Gerät und mein bisheriges Leben ...

Mit schnellen Schritten eilte er Las Vegas entgegen.

*

Der Marokkaner Kezah ibn Menra hatte in dieser Zeit Santa Fé noch nicht verlassen. Er saß noch immer in der Herberge für reisende Kaufleute und lebte den sorglosen Tag eines Händlers, der auf seinen Zügen einen guten Abschluß gemacht haben mußte. Er ging viel spazieren, immer in der Stadt, saß in den Cafés herum und las in den Tageszeitungen und Journalen. Er fiel nicht auf, er war einer von den vielen Tausenden, die täglich durch Santa Fé gingen und das Wohlleben der Stadt bewunderten.

Aber er war nicht untätig. Was Heinz Behrenz und Gregoronow nebst Zanewskij als erste Aufgabe gestellt bekamen, nämlich Verbindungen zu suchen, fiel bei ibn Menra fort. Er kannte innerhalb von vier Stunden alle altspanischen Geschäfte Santa Fés, die sich wehrten, im Amerikanismus unterzugehen und treu zum alten Mutterland hielten, er wußte innerhalb sechs Stunden die Adressen spanischer Emigranten und einer Gruppe Männer, die Verbindung hatten zu Ingenieuren von Los Alamos. Er suchte spanische Wirtschaften auf, ließ sich bei einem spanischen Friseur rasieren und erfuhr aus vielen Einzelheiten das, was Behrenz und die Russen vergeblich suchten. Er war einer der ersten außerhalb des engen Kreises in Los Alamos, der von der Entführung Mabels wußte und der mit einer angeborenen Intelligenz, ohne in Tanarenia anzufragen, beschloß, sich in dieses Spiel der Kräfte einzuschalten.

Still. Unauffällig. Aus dem Dunkel heraus.

Während Gregoronow und Zanewskij noch in ihrer Höhle am Fuße des Emmons Peak saßen und mit Nowo Krasnienka funkten, während Heinz Behrenz auf der Straße nach Las Vegas wanderte, ein neuer Mensch mit dem Vorsatz, alles hinter sich abzubrechen, saß ibn Menra vor einem Telefon und sprach mit einem spanischen Fellhändler in Salt Lake City.

Es war ein reines Privatgespräch, das er führte. Der Händler war ein guter Bekannter, und ibn Menra freute sich, ihn jetzt wieder einmal hören zu können.

So erfuhr er ganz nebenbei und begünstigt von einem unvorstellbaren Glück, daß man am Ufer des Salzsees, bei Ogdon, in einer Höhe von 1200 Metern die Trümmer eines verbrannten Flugzeuges gefunden habe, dessen Herkunft nicht mehr festzustellen sei. Die Polizei von Nevada rätselte herum und habe die Trümmer beschlagnahmt.

Kezah ibn Menra war wie elektrisiert. Er notierte sich die Angaben fieberhaft und verglich sie auf einer Karte.

Die Aleuten. Alaska. Kalifornien. Großer Salzsee. Santa Fé. Los Alamos. Es mußte stimmen, es gab gar keine andere Lösung. Es war das Flugzeug der Russen, die Mabel entführten. Und wo das Flugzeug war, mußten auch die Männer sein, mußte sich das Lager befinden, in dem man Mabel Paerson gefangen hielt.

Wie zufällig zeigte der Finger ibn Menras auf den Emmons Peak.

Die Augen des Marokkaners verengten sich. Sie wurden klein, schmal, kalt.

Seine Hand griff nach dem Telefon.

»Bitte, Los Alamos«, sagte er langsam, jedes Wort betonend. »Herrn Dr. Bouth oder Prof. Dr. Paerson. Die Nummern kenne ich nicht. Es eilt, Fräulein, es eilt sehr.«

Dann hängte er ein und wartete, trank seinen Kaffee und las weiter in der Zeitung, als sei in den letzten fünf Minuten nichts Besonderes geschehen.

Auch als der Apparat schellte, hatte er keine Eile, sondern legte die Zeitung bedächtig hin und warf noch einmal einen Blick nach der Karte.

Dann erst nahm er den Hörer ab.

Die Atomstadt Tanarenia, Spanien, griff in das Spiel ein.

*

In der Höhle unterhalb des Emmons Peaks standen Wassilij Gregoronow und Piotre Zanewskij vor Mabel Paerson.

Das Mädchen saß auf dem Feldbett und starrte die beiden Russen an, als erwarte sie jeden Augenblick einen Anfall. Sie hatte die drei Decken eng um ihren Körper gewickelt und die Beine angezogen. Es war trotz der Sommerhitze in den Bergen innerhalb der Höhle feucht und kalt. Das moosige Gestein atmete Fäulnis aus.

Zanewskij betrachtete Mabel Paerson mit dem breiten Grinsen eines Mannes, der im Augenblick über jeder Situation steht. Er stand, gegen die feuchte Felswand gelehnt, und rauchte eine Zigarette. Gregoronow kaute an den Knochen eines Koteletts und wischte sich dann die Finger an einem Handtuch ab, das er um den Hals gelegt hatte. Seine Blicke tasteten Mabel Paerson ab – sie waren hungrig nach Schönheit und blondem Erleben.

Zanewskij blies den Rauch gegen die Decke. »Nachdem Sie getobt haben, Mabel, werden Sie sicherlich einsehen, daß es sinnlos ist, sich mit uns anders zu unterhalten als vernünftig. Es läßt sich nicht leugnen, daß wir im Augenblick den Vorteil auf unserer Seite haben und alles versuchen werden, ihn auszunützen.«

»Was wollen Sie eigentlich von mir?« Mabel Paerson sah Zanewskij haßerfüllt an. Aber in ihrem Blick lag mehr Verachtung und Ekel als Wut. »Sie haben mich mit Chloroform betäubt und in diese Höhle geschleppt. Sie haben mir dumme Fragen gestellt, auf die ich Ihnen keine Antwort geben kann.«

»Will!« sagte Gregoronow hart.

Zanewskij winkte ab. Schweig, sollte das heißen. Zu einem Verhör braucht man Intelligenz. Deine Stärke kommt erst, wenn Worte nicht zu überzeugen vermögen. Er schnippte die Asche von seiner Zigarette. Er sah elegant aus, überlegen. Unheimlich sicher in diesem Augenblick.

»Sie mögen recht haben, Mabel Paerson. Sie wissen nichts. Aber Ihr Vater weiß es, und Dr. Bouth weiß es auch, nämlich das, was wir wissen wollen. Da es aussichtslos ist, sich mit diesen beiden Herren privatim zusammenzusetzen, haben wir aus der Klamottenkiste politischer Machtkämpfe die größte und älteste Klamotte genommen: Entführung zum Zwecke der Erpressung! Es bewahrheitet sich auch hier, daß die guten, alten Hausmittel doch immer die besten sind.«

»Mein Vater hat Ihnen schon geantwortet?«

Zanewskij schüttelte den Kopf. »Nein. Unser Schreiben kommt erst heute in seine Hände.« Er lächelte verbindlich. »Sie mögen uns für Gauner halten – wenn Ihr Vater oder Dr. Bouth sich weigert, werden Sie sehen, daß wir sogar Mörder sein können, aber ich stehe auf dem Standpunkt, daß dieses Mittel der Freiheitsberaubung immer noch das beste ist. Sehen Sie, da hat man von Moskau aus unter einem gewissen Yakowiew einen großen Spionagering in Amerika aufgezogen. Unser berühmter Fachmann A. A. A. –« Zanewskij lachte leise vor sich hin – »der gute Arthur Alexandrowitsch Adam spann sein Netz über ganz USA, nur zu dem Zweck, um hinter die Cañons von Los Alamos zu blicken. Man schickte den kleinen, dicken Chemiker Harry Gold nach Santa Fé, man brachte ihn mit dem Dr. Klaus Fuchs zusammen, einem der drei Engländer, der Einblick in die amerikanische Atombombengeheimnisse besaß, man scheute keine Mittel, man spielte mit den raffiniertesten Tricks. Und der Erfolg? Man bekam so etwas wie einen Teil der Atombombe in die Hand, eine Zündeinrichtung, eine Mantelprobe, ein wenig technische Zeichnungen über die Innendekoration ... Dinge, die jetzt alle veraltet sind und deshalb wertlos. Und dafür der Riesenaufwand, dafür die Opfer auf dem elektrischen Stuhl, dafür der Kampf gegen den starken General Leslie Groves, der Los Alamos bewachte.« Zanewskij drückte seine Zigarette an der feuchten Mauer aus. Es zischte leise. »Heute spielen wir ein offeneres Spiel, primitiver, aber wirksamer: Ihr Tod oder das Geheimnis!«

Der letzte Satz riß Mabel Paerson empor. »Sie wollen mich umbringen?«

»Ihr Vater wird es tun, wenn er nicht auf unsere Vorschläge eingeht«, sagte Gregoronow gemein und fuhr sich mit der Zungenspitze über die Lippen, als bereite ihm dieser Gedanke einen kulinarischen Genuß.

»Sie Tier!« Mabel Paerson wandte den Kopf zur Seite, damit andeutend, daß sie nicht mehr gewillt war, auf die Fragen der Russen zu antworten.

Zanewskij warf Gregoronow einen wütenden Blick zu und nickte mit dem Kopf zur Tür. Widerwillig ging Gregoronow aus dem Raum und schloß hinter sich die Bohlentür.

»Miß Paerson?« Zanewskij trat einen Schritt näher. Mabel fuhr herum und verkrampfte die Finger ineinander.

»Rühren Sie mich nicht an«, zischte sie.

»Keinesfalls. Diese Absicht habe ich nicht. Ich möchte mich mit Ihnen nur allein unterhalten. Gregoronow ist ein Affe.« Er setzte sich auf einen Hocker, der neben der Gummiwanne stand. »Es wäre schade«, sagte er eindringlich, »wenn eine Frau wie Sie für immer verschwinden würde.«

»Mein Vater wird mich erlösen.«

»Aber nur gegen sein Geheimnis.«

»Das wird er nie preisgeben!«

»Auch nicht um den Preis seiner Tochter?!«

»Auch um den nicht!« Sie sah ihn starr an. »Ich würde es selber nicht wollen!«

»Sie sprechen leichtsinnig über Ihr Leben, Miß Paerson.«

»Weil ich weiß, daß Dr. Bouth Sie jagen wird, und wenn es sein muß rund um die Welt!«

Zanewskij lächelte zynisch. »Unterschätzen Sie den jungen Mann da nicht ein wenig? Hinter mir steht Moskau.«

»Und hinter Dr. Bouth steht der Glaube an das Gute!«

Zanewskij lachte. »Merken Sie nicht, daß dies ein bißchen dumm klingt? Etwas sehr dramatisch? So wie im Film, wenn Errol Flynn seinen Degen zieht, Flynn, der edle Ritter! Das wahre Leben, Miß Paerson, ist grausamer. Sie kennen es noch nicht — was Sie heute erleben, ist nur eine kleine Ouvertüre. Spätestens morgen abend werden wir Ihren Vater sprechen. Ganz unromantisch in der Nacht in einem Waldstück. Sagt er ja, sind Sie frei — sagt er nein ...« Zanewskij schwieg und betrachtete seine Fingernägel. »Wie gesagt —«, er hatte die Stimme gesenkt, »— ich würde es rein menschlich sehr bedauern, Miß Paerson.«

Mabel schauderte unter ihren drei Decken zusammen. Sie sah plötzlich, daß die Worte des Russen keinerlei Drohung mehr enthielten, sondern sie mit der Zukunft, die sie zu erwarten hatte, nüchtern und kalt bekannt machte. Sie wußte plötzlich, daß es keinen Ausweg mehr gab, daß kein Reden mehr nützte, keine Vorhaltungen, kein Flehen und Erbarmen ... Dieser Mensch war kalt und leblos wie das Gestein über und neben ihr. Er war eine seelenlose Maschine, die man in Moskau aufzog und die nun ablief, präzise, mit der Genauigkeit eines feinmechanischen Uhrwerkes. Gregoronow war ein Tier, triebhaft und ohne Skrupel ... aber dieser Zanewskij wußte, was er sagte, er wog die Worte ab und gab ihnen den eindeutigen Sinn, gegen den es keine Polemik mehr gab. Er war die Intelligenz, die zum Verbrecher wurde.

»Warum sagen Sie mir das alles?« fragte sie leise.

»Sie werden es mir nicht glauben, Mabel — weil Sie mir leid tun! Es wäre mir lieber gewesen, nicht Sie hätten in dem Wagen gesessen, sondern Dr. Bouth. Ich spreche über diese Dinge am Rande des Lebens lieber mit einem Mann als mit einer Frau, die ich insgeheim bewundere. Mit Männern verstehe ich umzugehen . . . bei Frauen — verzeihen Sie, Mabel — habe ich Hemmungen . . . als Mann.«

»Und trotzdem wollen Sie mich umbringen?«

Mabel wunderte sich, wie einfach und klar sie dieses schreckliche Wort in dieser Stunde aussprechen konnte, wie glatt es von ihren Lippen kam, ohne das Gefühl der Angst und der Verzweiflung aufkommen zu lassen. Bin ich denn schon so weit, daß mich der Tod nicht scheuen kann? Bin ich schon so gleichgültig gegen alles geworden, was ich im Innern kommen fühle? Kann ein Mensch, der vor einer Ausweglosigkeit steht, so nüchtern werden, daß er sich über sein Ende wie über einen neuen Film unterhält?

Sie steckte die Arme aus den Decken und preßte sie gegen die Stirn und Schläfen.

Zanewskij beobachtete sie und schien zu fühlen, was sie dachte.

»Ich will es nicht, Miß Paerson«, sagte er bedauernd und hob beide Arme, als wolle er diese Feststellung wie beschwörend bekräftigen. »Ich werde es müssen. Man wird in Nowo Krasnienka verlangen, daß alle Zeugen unserer Bemühungen um das Atom in Amerika verschwinden. Wir werden ein Vakuum hinterlassen.«

»Soll das heißen, daß Sie sich auch mit der Bekanntgabe des Spaltungsgeheimnisses nicht zufrieden geben?«

»Allerdings. Ich bewundere Ihre Begabung, meiner Dialektik zu folgen. Nehmen wir an, Ihr Vater löst Sie wirklich aus. Wir erhalten die Formeln und die technischen Daten. Bevor wir sie in Nowo Krasnienka und auf unseren Versuchsfeldern in Sibirien, in den Tschur-Njar-Sümpfen, den Flußniederungen zwischen Markuoka und Ygyetta und der einsamsten Gegend der Welt, dem Plateau südlich des Werinjach-Gebirges unterhalb des nördlichen Polarkreises in Hintersibirien ausprobieren — Sie sehen, ich spreche ganz offen zu Ihnen und nenne Ihnen

Orte, die noch keiner kennt außer einer Handvoll russischer Atomphysiker – bevor wir zur Erprobung der Angaben kommen, ist Ihr Vater uns schon wieder voraus! Das wäre also dieses Mal eine genauso sinnlose Spionage wie die der Genossen Dr. Fuchs, Harry Gold und A. A. Adam.« Zanewskij drückte mit dem Zeigefinger gegen die Wand der Gummiwanne und schien sich an dem elastischen Spiel zu amüsieren. »Unsere Aktion hat nur einen Sinn, wenn nach dem Bekanntwerden der neuen Spaltung alle Personen, die darüber wissen, liquidiert werden.«

»Sie wollen meinen Vater töten?« schrie Mabel auf.

»Er wird das Opfer seiner eigenen Erfindung sein. Auch Dr. Bouth wird ihm folgen müssen.«

»Sie Satan!«

»Miß Mabel, Sie überschätzen mich. Ich bin sogar bereit, Sie freizulassen und nicht wieder zu belästigen, wenn wir unsere Aufgabe erfüllt haben! Das ist gefährlich für uns, weil Sie uns kennen, aber ich bin für Gerechtigkeit. Sie haben uns nichts getan, Sie haben nichts zu verheimlichen. Sie wissen von nichts . . . warum sollten wir Sie liquidieren? Was die Herren von Los Alamos erleiden, ist Erfinderschicksal. Bei anderen Zweigen ist es die Materie selbst, die vernichtet – denken Sie an die Medizin, die Chemie, die Toxikologie, die Archäologie –, hier ist die Materie personifiziert und hat ihre Handlanger – uns!«

»Sie sind mir unheimlich.« Mabel Paerson erhob sich und trat hinter das Bett. In ihren Augen stand keinerlei Schrecken oder Angst, sondern eine Art von Traurigkeit, die schon jenseits der Sphäre lag, in der man das Gefühl der Auflehnung gegen das Schicksal sucht. »Haben Sie persönlich einen Vorteil davon, wenn Sie Ihre schreckliche Arbeit vollendet haben?«

»Ich werde einen Orden bekommen.« Zanewskij lachte leise. »Vielleicht auch eine nette Villa auf der Krim. Die Armee wird mir eine schöne Pension geben. Das wird genügen, um den weiteren Rest meines Lebens mit meiner Familie sorglos leben zu können.«

Mabel Paerson sah Zanewskij groß an.

»Sie haben eine Frau?«

»Ja. Wanda Feodora Zanewskaja.«

»Und Sie haben Kinder?«

»Drei Stück, Miß Paerson. Gregor, Iwanow und die kleine Terufina.«

Er sah Mabel Paerson an, die plötzlich vor ihm stand. An ihrem Blick zerbrach er innerlich. Bewundernd und mit aufquellendem Haß erkannte er, daß sie stärker war als er.

»Was für ein Mensch sind Sie nur . . .« sagte sie leise.

Er schloß die Augen und wandte sich ab.

»Piotre Zanewskij . . .« stotterte er. »Sonst nichts . . .«

Schnell verließ er das Zimmer.

*

Der Brief, den Prof. Dr. Paerson an diesem Tage erhielt, bestätigte die Vermutungen General McKinneys und die geheimnisvolle Funkmeldung. Die Entführung Mabels war eine Erpressung zur Gewinnung des neuen Spaltungsgeheimnisses.

Das Schreiben war ordnungsgemäß mit der Post gekommen, die in Santa Fé besonders kontrolliert wurde. Als Aufgabeort war Panguitch im Staate Utah genannt, ein kleiner Ort nahe dem Bryce Cañon National-Park, in dem ein Nebenfluß des Colorado, der sich tief in die Felsen einschneidenden Eskalante, entspringt. Sofort nach Empfang des Schreibens gab Dr. Bouth den Inhalt nach Washington durch, wo General McKinney sämtliche Außenstellen des FBI alarmierte, die innerhalb vier Stunden das gesamte Gebiet Panguitch und Kanab, südlich des Zion-National-Parks umstellte und hermetisch abriegelte. Daß Gregoronow den Brief fast 300 Kilometer südlich des Emmons Peaks aufgegeben hatte, ahnte niemand.

Im Außenministerium lag der Wortlaut des Briefes ebenfalls vor. Der Sinn war klar und konnte nicht mißverstanden werden. General McKinney verlas ihn unter atemloser Spannung aller Anwesenden und schämte sich nicht beim Lesen der Zeilen in große Erregung zu kommen.

Der Brief lautete in seiner kurzen, knappen, deshalb doppelt wirksamen Sprache:

»Sehr geehrter Herr Prof. Dr. Paerson!

Ihre Tochter befindet sich zur Zeit gesund und der Lage entsprechend auch wohlbehalten in den Händen einer Gruppe, die bereit ist, Ihre Tochter Mabel sofort und ohne weitere Repressalien freizugeben, wenn uns von Ihnen folgende Informationen ausgehändigt werden:

a) die Masse, die Sie spalten;

b) das Material des äußeren Mantels;
c) die Kühlung der neuen Elektronengeschütze sowie der umkonstruierten Brenner;
d) die Formel und technischen Daten aller neuen Versuche;
e) genaueste Angaben über die jetzige kritische Größe Ihrer Spaltung unter Berücksichtigung der industriellen Auswertung.

Falls Sie diese Angaben zu unterbreiten gewillt sind, wird ein Herr unserer Gruppe Sie oder Ihren bevollmächtigten Vertreter drei Tage nach Erhalt dieses Schreibens im Südcañon von Gleenwood Springs (Colorado) erwarten. Sollten Sie die Polizei oder Militär benachrichtigen und unserem Unterhändler Schwierigkeiten entstehen, wird Ihre Tochter Mabel erschossen werden. Das gleiche trifft zu, wenn Sie sich weigern sollten, uns die Angaben zu machen.«

General McKinney schwieg. Die Herren sahen sich an und blickten dann auf ihre Notizblocks.

Das Schweigen war drückend und ohnmächtig.

»Ich stelle fest«, sagte General McKinney laut, »daß keiner der Herren einen Weg weiß.«

Senator Petterson, ein großer, dicker, weißhaariger Mann, schlug mit der Faust auf den Tisch.

»Es gibt da keinen Ausweg mehr! Die Arbeit geht weiter!«

»Und Mabel Paerson?«

Petterson schielte zu dem General hinüber. »Wie verhält sich Prof. Paerson?«

»Er ist vollkommen zusammengebrochen. Er wird seine Arbeit niederlegen. Das Labor führt im Augenblick Dr. Bouth. Prof. Paerson ist unfähig, irgendwelche Verhandlungen zu führen.«

Petterson schnaufte und steckte die Fäuste in die Hosentaschen.

»Es geht nicht um ein Mädchen«, brummte er. »Es geht um die Welt!«

»Das weiß Prof. Paerson. Aber Sie haben doch auch eine Tochter, eine sehr schöne Tochter sogar, Herr Senator?«

»Lassen Sie Virgin aus dem Spiel, Herr General«, schnaubte Petterson. »Ich habe keine Atome gespalten! Ich habe mir nicht diese Bürde aufgeladen.«

»Aber Sie verlangen von anderen, daß man sie trägt!«

Der Staatssekretär des Außenministeriums hob beide Hände.

»Meine Herren — bitte keine privaten Diskussionen. Wenn ich einen Vorschlag machen darf: hinhalten! Wenden wir die Taktik der Russen an ... verhandeln mit der Gruppe, zögern wir die Entscheidung hinaus ... vielleicht eine oder zwei Wochen. Bis dahin haben wir Mittel gefunden, Miß Paerson zu erlösen. Wir werden außerdem in einer sehr scharfen Note in Moskau gegen dieses Vorgehen protestieren.«

»Wie Sie wünschen.« McKinney packte seine Aktenmappe ein. »Ich fliege heute mit dem Regierungsflugzeug selbst nach Los Alamos und werde mit Paerson sprechen. Vielleicht haben wir die Möglichkeit, mit falschen, aber glaubwürdigen Angaben die Russen zu täuschen. Wenn Dr. Bouth in der Lage ist, innerhalb drei Tagen eine unmögliche Spaltung technisch und formelgetreu auszuarbeiten, hätten wir vielleicht eine Gelegenheit, neben der Auslösung Miß Paersons den russischen Forschungen durch eine gewaltige Atomexplosion einen Riegel vorzuschieben.«

»Nicht übel.« Der Staatssekretär erhob sich. Senator Petterson knöpfte sich den Hemdkragen auf. Es war ihm schwül geworden.

»Wenn man bedenkt«, sagte er, »daß man in zehn Minuten über den Fortbestand der Erde entscheiden kann, kann man an gar nichts mehr glauben.«

*

Wenn man aus Tokio hinausgeht, nach Süden hin, liegt der Flußlauf des Roku hinter den Häusern der Riesenstadt. In den weiten Schilfwäldern, die bis nach Kowa reichen, wiegen sich die Blumenboote im trägen, lehmig gelben Wasser. Es sind die Boote, die tagsüber den schwimmenden Markt Tokios bilden, auf denen es Obst gibt, Gemüse, Reis, gebratene Hühner und gesottenen Fisch in Öl. Man kann hier seinen Reisschnaps trinken, den widerlich süßen Sakhi, der schmeckt wie brennendes Zuckerwasser und den Europäer nach zwei Gläsern umwirft, man kann hier seinen Curry essen, seinen Stockfisch mit Sahnetunke und kleinen Klößen aus gesäuertem Fischmehl. Hier, auf diesen Blumenbooten wohnen die fleißigen japanischen Wäscher, die in Oberhemd blütenweiß und gestärkt mit feinstem Reispuder aus den alten, schmutzigen Bottichen zaubern; es wohnen hier die Geldwechsler, die Lackmaler, die Tonformer, die Korbflechter und des Abends, wenn über Tokio das Lichtermeer der Glühlampen aufflammt, die Armee der Mädchen für käufliche Liebe.

Seit Tokio der Sitz der amerikanischen Besatzungszentrale ist, herrscht lautes und vielfältiges Leben an diesen Blumenbooten auf dem Roku. Es fällt nicht auf, wenn gut gekleidete Männer aller Hautfarben bei Dunkelheit an den Ufern stehen oder an den Bootsstegen im Schilfwald verhandeln. Eine Blüte ist über die Blumenboote gekommen, ein Wohlstand, wie ihn die Kulis, die Getretenen, die Rechtlosen, die Menschen, deren Sehnsucht eine Handvoll Reis und ein getrockneter Fisch war, es nie erträumten.

So fiel es auch nicht auf, daß außerhalb Tokios ein kleiner schmutziger Sportwagen parkte und zwei elegant gekleidete Japaner dem Ufer des Roku zugingen. Sie beeilten sich nicht, sondern blieben öfter stehen, blickten auf ihre Armbanduhren und sahen einer Gauklertruppe zu, die auf dem flachen Dach eines Bootes vor einigen angetrunkenen amerikanischen GIs ihre trickhaften Kunststückchen zeigten.

Die Soldaten amüsierten sich sehr. Ihr Gejohle drang weit über den stillen Fluß.

Der eine der Japaner schaute wieder auf die Uhr.

»Noch zehn Minuten, Dr. Hakanaki«, sagte er leise.

»Es ist gut.«

Dr. Yamamaschi fühlte in die Rocktasche. Der metallene Griff der Pistole war kalt und glatt.

»Wollen Sie allein mit ihm sprechen?« fragte er. Dr. Hakanaki nickte. »Es ist vielleicht besser. Bleiben Sie in Sichtweite, Yamamaschi. Wenn ich huste, kommen Sie sofort.«

Sie gingen von dem Gauklerboot fort und wanden sich durch das Schilfdickicht bis zu einem Knick des Flusses durch. Hier, an der seichten Stelle, lagen die Boote der käuflichen Mädchen – die Boote der himmlischen Freude, wie sie der Japaner blumenreich nennt. Es war dunkel hier, man scheute sich, Lampen anzubrennen. Nur auf den Booten in den weit gestreckten Aufbauten, glühten hinter dichten Vorhängen, die ab und zu einen Ritz freigaben, die Kerzen der Blumenmädchen.

Dr. Hakanaki nickte Yamamaschi zu. Während dieser stehenblieb, ging Hakanaki weiter und trat auf einen Platz, der künstlich als Rastplatz aus dem das Ufer überwuchernden Schilf geschlagen war. Schwach konnte der Zurückbleibende die dunklen Konturen des Mannes gegen den etwas fahleren Nachthimmel sehen.

Er blieb stehen. Dr. Yamamaschi beugte sich etwas vor und griff in die Tasche. Fest umklammerte er den Griff der Waffe.

Aus dem Schilf trat eine zweite, dunkle Gestalt. Sie blieb etwa zwei Meter vor Dr. Hakanaki stehen. Der Fremde trug einen weiten, schwarzen Mantel, aus dessen Kragen ein schmaler, blondhaariger Kopf hervorragte.

Dr. Hakanaki hob erstaunt den Kopf. Es war das einzige Zeichen seiner grenzenlosen Überraschung.

Ein Europäer, dachte er. Ein Deutscher?

»Sie haben unseren Brief erhalten?« sagte die Gestalt. An der Art, wie er die englische Sprache betonte, erkannte Hakanaki den Deutschen.

»Ja.« Der Physiker versuchte, in der Dunkelheit mehr zu sehen als die blonden Haare. »Es war unvorsichtig von Ihnen, einfach an General Simanuschi zu schreiben.« Er dachte an diesen Brief, der gestern abend von einem Eilkurier in die unterirdische Stadt Nagoi gebracht wurde. Man hatte ihn genau auf Fingerabdrücke untersucht, aber nichts feststellen können. Auch der Absender war unbekannt. Der Brief war auf dem Hauptpostamt in Tokio aufgegeben worden. Er enthielt nichts als die Bitte, am nächsten Abend Dr. Hakanaki an dem zweiten Knick des Roku bei den Blumenbooten zu schicken, da eine sehr wichtige Angelegenheit im Zusammenhang mit den neuesten Ereignissen in Amerika zu besprechen wäre.

Keine Unterschrift. Keine näheren Angaben — nichts.

Dr. Hakanaki hatte sich nach einem Gespräch mit General Simanuschi sofort bereit erklärt, dieser Aufforderung des Unbekannten Folge zu leisten. Er ahnte etwas von einer Sensation und wies alle Angebote zurück, sich von Militär oder Geheimpolizisten begleiten zu lassen. Dr. Yamamaschi durfte ihn begleiten, während General Sumanuschi am Stadtrand Tokios in einer großen Limousine wartete und ungeduldig mit seinen Handschuhen spielte.

Jetzt stand Hakanaki dem Fremden gegenüber. Und es war ein Deutscher.

Der Fremde schien zu lächeln.

»Wir sahen keine andere Möglichkeit, mit Ihnen in Verbindung zu treten.«

Dr. Hakanaki schüttelte den Kopf. »Woher wissen Sie, daß es ein Nagoi gibt? Woher kennen Sie mich? Was wissen Sie über die Atomversuche Japans?«

»Eigentlich alles.« Der Unbekannte sah, wie Dr. Hakanaki zusammenzuckte und hob die Hand. »Bitte, sorgen Sie sich nicht. Hätten wir die Absicht, Nagoi zu verraten, wäre dieses längst geschehen. Wir sind eine Gruppe kriegsgefangener deutscher Soldaten, die aus Rußland nach Japan flüchteten. Ein Teil ist noch an der Wolga, in der Nähe von Nowo Krasnienka. Sie werden von unseren Geheimsendern Kenntnis haben, Dr. Hakanaki . . .«

Der Physiker atmete auf. »Sie sind die geheimnisvolle Informationsquelle? Es ist mir angenehm, mit Ihnen zu sprechen.«

»Wir kommen heute im Auftrag von Dr. v. Kubnitz zu Ihnen. Dr. v. Kubnitz leitet neben Prof. Dr. Kyrill die russischen Atomversuche in Nowo Krasnienka. Er ist unser Verbindungsmann zum russischen Atomzentrum.«

»Sehr interessant.« Dr. Hakanaki beugte sich vor. »Was hat mir der deutsche Kollege zu sagen?«

»Sie wissen von der Entführung Mabel Paersons?«

»Ja. Ihr Sender gab es durch. In Amerika schweigt man darüber. Es stimmt also, daß zwei russische Agenten diesen Handstreich ausführten?«

»Ja. Man will Prof. Paerson zwingen, gegen die Freigabe seiner Tochter sein Geheimnis zu verraten. Uns ist auch bekannt, daß Japan einige Agenten in Amerika hat.«

»Sie arbeiten gut. Das Kompliment muß ich Ihnen machen.«

»Danke. Wir kommen nun mit einem Vorschlag zu Ihnen. Unter Zurückstellung aller eigenen Interessen bitten wir Sie, Ihre Agenten anzuweisen, unverzüglich den Kampf gegen die Russen aufzunehmen, Mabel Paerson aus ihren Händen zu befreien. Wir sind in der Lage, Ihnen beim Gelingen dieser Aufgabe genaue Informationen über den Stand der russischen Atomversuche zu geben.«

Dr. Hakanaki sah den Unbekannten lange an. Das Gesicht des Fremden lag im Schatten der Schilfgräser.

»Was haben Sie für einen Vorteil, wenn Mabel Paerson befreit wird?«

»Keinen, Dr. Hakanaki. Wir haben keine Mittelsmänner in den Vereinigten Staaten, um selbst in Aktion zu treten. Wir müssen aber agieren, da es unmöglich ist, daß Rußland das Geheimnis der Atomkernspaltung Paersons erhält. Es bedeutete Folgen, die nicht zu übersehen sind.«

»Und bei Japan befürchten Sie das nicht?«

»Nein, Japan wird nie mehr die Macht haben, gegen eine Welt zu ziehen.«

Dr. Hakanaki richtete sich steil auf. »Sie sind sehr ehrlich«, sagte er hart.

»Es ist das einzige Prinzip, auf dem wir eine Zusammenarbeit aufbauen könnten.« Der Unbekannte lachte. »Wissen Sie, was der große französische Schauspieler und Dichter Sascha Guitry einmal sagte? ›Es gibt ein sicheres Mittel, jeder Versuchung ein Ende zu machen‹.«

Hakanaki schüttelte den Kopf. »Und was ist das für ein Wundermittel?«

Der Fremde schien zu lächeln. »Der Versuchung zu erliegen.«

Dr. Hakanaki verzog sein blasses Gesicht. »Sie haben einen guten sarkastischen Geist in Europa. Gut – wie Sie wünschen. Ich darf Ihnen sagen, daß wir unseren Agenten bereits in Amerika zu erreichen versuchten, um von uns aus gegen die russische Gewalttat vorzugehen, allein aus der Erkenntnis heraus, die Konkurrenz auszuschalten. Aber unser Agent antwortet nicht. Wir wollen noch einen Tag warten und dann einen anderen Mann mit einem Fallschirm absetzen.«

Der unbekannte Deutsche griff in die Tasche und reichte Dr. Hakanaki einen Zettel hinüber. Dabei kam er etwas näher, und der Physiker blickte in ein bartloses, weißes Gesicht. Nur sekundenlang war es deutlich, dann verschwand es wieder im Schatten.

»Unter dieser Nummer werden Sie uns immer telefonisch erreichen. Forschen Sie nicht nach – die Nummer läuft im Telefonbuch unter dem Namen des Fellhändlers Matsoukiyo. Er weiß nicht, daß wir an seiner Leitung eine Nebenleitung haben, die von vierundzwanzig Uhr japanischer Zeit ab besetzt ist.«

Dr. Hakanaki steckte den Zettel ein. »Ich danke Ihnen. Und welche Garantie geben Sie mir für Ihre angebotene Gegenleistung?«

Der Fremde trat an das Schilf zurück. »Sie werden morgen mit der gewöhnlichen Briefpost einen genauen technischen Plan über die neuen Konstruktionsmerkmale der russischen Atombombe erhalten. Die Details und Zeichnungen stellen wir Ihnen nach der Rückkehr Mabel Paersons nach Los Alamos zu.«

Es raschelte im Schilf. Dr. Hakanaki stand allein in der Nacht. Er rannte ein paar Schritte vorwärts und drang in das Schilf ein. Als er das Ufer des Roku erreichte, sah er, wie ein kleines, dunkles Ruderboot still und langsam über den Fluß glitt. Die große Gestalt saß hinten auf dem Sitz, während eine kleinere Gestalt, anscheinend ein Japaner, die Ruder durch das Wasser zog.

Hakanaki stand am Ufer und starrte dem Boot nach, bis es von der Dunkelheit aufgesaugt wurde. Als er die Hand in die Tasche steckte, raschelte der Zettel zwischen seinen Fingern.

Langsam ging er zu Dr. Yamamaschi zurück, der ungeduldig auf ihn wartete.

»Nun?« fragte er.

»Sofort zu General Simanuschi.« Dr. Hakanaki fuhr sich über die Augen. Sein blasses Gesicht mit den dunklen Schatten unter den Augen war wie eingefallen. »Wenn Sie nicht bei mir wären, Yamamaschi«, sagte er leise, »würde ich glauben, ich träumte noch immer . . .«

Wenig später raste der kleine Sportwagen dem Stadtrand von Tokio entgegen.

Der Ruko floß träge durch das Schilf. In den Blumenbooten kicherten die Mädchen. Ein Betrunkener zankte sich mit einem bellenden Hund.

Etwas oberhalb der Boote lag im Dickicht eine alte Hütte. Sie diente früher als Stapelplatz für Stockfische. Jetzt war sie verlassen und verfiel langsam.

In ihrem Innern tickte zu dieser Stunde ein kleines Gerät. Es tickte merkwürdige Zeichen hinaus in den Äther. Ein Mann lag auf dem Bauch vor dem Apparat und bediente die Taste.

Und in der Kolchose bei Ljebjashie nahm man die Zeichen auf und schrieb sie verwandelt auf ein Stück Papier.

»Auftrag erfüllt«, stand darauf.

»An B 93 Achtung: Auftrag erfüllt . . .«

*

Heinz Behrenz brauchte in dem Hügelgelände von Las Vegas nicht lange zu suchen. Der Plan, den er in Nagoi bekommen hatte und den die japanische Zentrale in New York ausgearbeitet hatte, war hervorragend. Er bezeichnete genau die Stelle, wo in einem Seitental, angelehnt an den Berg, eine schmale Hütte stand, äußerlich aussehend wie ein Schober oder eine Abstellaube für Feldgeräte. In ihrem Innern stand ein schneller, gepanzerter Studebaker, dessen Radioanlage und Antenne gleichzeitig ein Kurzwellensender war, eingerichtet zum Morsen wie zum Sprechfunk. Ein Mikrofon befand sich am Armaturenbrett unter der Uhr, unsichtbar selbst dem kritisch forschenden Auge.

Die Gegend war einsam und nicht begangen. Die Straße nach Watrous führte 500 Meter hinter zwei Hügeln vorbei, die jede Sicht in dieses Tal abdeckten.

Heinz Behrenz schloß die Tür der Hütte auf und betrachtete den Wagen. Ein Gefühl wie Komik überkam ihn. Da steht man mit vierundzwanzig Dollar in der Tasche und hat einen Wagen für einige tausend. Man kann in Amerika herumfahren, so lange das Benzin reicht, — es werden immerhin mit dem Reservetank und den gefüllten Kanistern im Kofferraum gute 1000 Kilometer sein —, und wenn man dann auf der Straße stehenbleibt, weil das Benzin verbraucht ist, kann man ein Feuerchen anlegen und den guten Studebaker in die Luft jagen. Ihn mit dem Kurzwellensender und den eingebauten Panzerplatten zu verkaufen, wäre unmöglich.

Sinnend stand Heinz Behrenz vor dem Wagen. Meine letzte Tat für Japan, dachte er. Ich melde mich ab und werde Landarbeiter irgendwo, wo es Dollars zu verdienen gibt. Ich habe einen Paß auf James Nichols, ich bin Amerikaner, in Durham geboren, neunundzwanzig Jahre alt, von Beruf Bauarbeiter, im Augenblick ohne Arbeit und hungrig wie ein Grisly im Winter. Na ja — es wird sich zeigen, ob der goldene Westen wirklich golden ist.

Er setzte sich hinter das Steuer und fuhr den Wagen langsam hinaus in die Schlucht. Dann schaltete er den Sender auf Sprache um und suchte die Wellenlänge von Nagoi. Als er sie gefunden hatte, klopfte er gegen das Mikrofon und sagte laut: »Hier B 12. Hier B 12. Meldet euch.«

Der Hebel flog herum. Eine Stimme, fern, durch Störungen schwankend und zitternd, geisterte aus dem Lautsprecher.

Heinz Behrenz beugte sich vor und lauschte. Er erkannte Dr. Hakanakis Stimme und mußte lächeln. Hakanaki, dachte er. Jetzt um diese Zeit? Das war ungewöhnlich. Was wird er sagen, wenn ich ihm melde, daß ich Schluß mache mit ihm und der ganzen Schweinerei, die man Atomzeitalter nennt?

»Wir hören«, sagte die Stimme. »Wir hören B 12! Warum bisher so schweigsam? Ist etwas vorgefallen?«

Heinz Behrenz legte den Hebel um.

»Nein, Dr. Hakanaki. Ich war in Los Alamos und habe es verlassen. Endgültig verlassen. Ich befinde mich jetzt an Platz 5 des Planes. Und ich werde auch nicht mehr nach Los Alamos zurückkehren. Ich will nicht mehr, hören Sie, Dr. Hakanaki? Ich will nicht mitschuldig sein an der Angst der Menschheit.«

Der Hebel flog herum. Im Apparat knackte es. Dr. Hakanaki antwortete nicht. Dann, als sei eine Störung gewesen, kam wieder die Stimme.

»Auftrag in Los Alamos für Sie erledigt. Neuer Auftrag unter eilt: Suchen Sie Mabel Paerson. Mabel Paerson ist von zwei Russen, Zanewskij und Gregoronow, entführt worden.«

»Was?« schrie Heinz Behrenz. Er vergaß, den Hebel auf Senden herumzulegen. »Mabel Paerson entführt?« Die Tragweite dieser Meldung fiel über ihn wie ein gewaltiger Schlag. Er duckte sich und riß den Hebel herum.

»Auftrag verstanden«, sagte er stockend. »Ich werde Mabel suchen. Was soll mit ihr geschehen?«

Hebel rum . . . die Stimme:

»An Prof. Paerson zurückgeben, sonst nichts. Wenden Sie sich an das Gemüsegeschäft Pierre Verneuille in El Paso. Dort liegen 2000 Dollar für Sie.«

Hebel rum.

»Danke, Dr. Hakanaki.« Heinz Behrenz sank mit dem Kopf an die Frontscheibe des Wagens. »Ich werde alles versuchen. Ende.«

Er stellte den Sender ab und starrte auf die Uhr, hinter der sich das Mikrofon befand. Leise tickte sie . . . der Zeiger kroch über das weiße Zifferblatt.

Mein neues Leben, dachte er. Das ist es! Nicht Arbeiter auf einer Farm für einen Dollar die Stunde, sondern Hetzhund Japans für zweitausend Dollar. Hetzhund nach einem Mädchen, das der Schlüssel zur Weltherrschaft werden soll.

Die blonde Mabel, der er in Los Alamos sehnsüchtig nachschaute.

Es gibt keine Ruhe auf dieser Welt, dachte er. Es wird immer Jäger und Gejagte geben. Immer. Wie sagte doch der Alte in Los Alamos? Alles ist eigentlich nichts. Nur das, was man selbst schafft, ist etwas, und das sollte man festhalten, darum sollte man leben. Und das Etwas ist jetzt die Welt, deren Leben man angreifen will, angreifen durch ein junges, blondes Mädchen ...

Heinz Behrenz richtete sich auf. Mit einem Ruck riß er den Zündschlüssel herum. Der schwere Motor heulte auf. Mit einem Satz schoß der Wagen vorwärts, holperte über den Feldweg und bog auf die Straße ab.

Das gewalzte Band unter sich, zitterte er und raste dann nach Süden, der new-mexikanischen Wüste entgegen, zur Südgrenze Amerikas, nach El Paso.

Der Motor sang und fraß hungrig die Kilometer in sich hinein. Über der Straße hing flimmernd die heiße Luft.

Wie soll ich Mabel Paerson finden, dachte Heinz Behrenz verwirrt. Wo soll ich sie suchen. Ich weiß doch gar nicht, wo sie ist. Mein Gott, Amerika ist groß. Wie soll ich sie jemals finden?

Sie muß in der Nähe von Los Alamos sein, dachte er. Man kann sie nicht weit transportiert haben, wenn sie als Druckmittel dienen soll. Sie muß irgendwo in den Cañons des Colorado stecken. Ich werde von El Paso zurückfahren und systematisch suchen.

Es wurde Abend.

Die Nacht stieg über die Wüste.

Wie ein glühender Pfeil schoß der Wagen nach Süden.

*

In dieser Nacht standen, von wild wuchernden Büschen umgeben, zwei Männer im Südcañon von Gleenwood Springs. Sie hatten die Mäntel eng um sich geschlagen und lehnten gegen eine Felsnase. Der eine von ihnen, ein großer Mann mit dunklem Hut, rauchte eine Zigarette, während der zweite, ein älterer, dicker Mann, nervös von einem Bein auf das andere trat.

Die Nacht war dunkel. Dicke Regenwolken verdeckten den Mond und zogen tief und langsam über die Cañons von Colorado. Die Steine und der sandige Boden reflektierten die am

Tage aufgespeicherte Sonnenhitze und machten die Luft in der schmalen Schlucht stickig und atembeklemmend.

»Man hat uns falsch bestellt, Dr. Bouth«, sagte der kleine Dicke flüsternd. »Nach meiner Uhr müßten die Russen schon hier sein.«

Dr. Bouth schaute auf die Leuchtziffern seiner Armbanduhr. »So genau hält man das nicht, Professor Shuster«, entgegnete er. »Wer lange wartet, wird weich. Das ist ein alter Trick.«

»Es ist eine Hundsgemeinheit!«

»Von Ihrer Warte aus, bestimmt. Unsere Rendezvous-Partner sind darin anderer Ansicht.«

Prof. Dr. Shuster brummelte etwas Unverständliches vor sich hin. Er dachte an die zurückliegenden Stunden, und eine dumpfe, verzweifelte Wut klomm in ihm empor.

Als der Brief in Los Alamos eintraf, jener gemeine Brief Piotre Zanewskijs, der den Tod Mabel Paersons androhte, falls man nicht das Geheimnis der neuen Spaltung verriet, war Prof. Paerson zusammengebrochen. Nach einer tiefen Ohnmacht, der ein Nervenfieber folgte, hatte er wie ein Tier geschrien, hatte mit den Händen um sich geschlagen und unverständliche Laute ausgestoßen. Erst nach drei Stunden war das Bewußtsein wiedergekommen, ein stumpfes, resignierendes, gleichgültiges Bewußtsein. Er hatte Dr. Bouth angesehen und mit schwacher Stimme, in der kein Leben mehr war, gesagt: »Machen Sie das alles, Ralf ... ich ... ich will nicht mehr.«

Dr. Bouth hatte dann mit Washington gesprochen. Den Vorschlag, den Russen falsche Formeln zu geben, mußte er als unmöglich ablehnen, da jeder Physiker sofort erkennen mußte, daß es sich um eine Täuschung handelte. Und man wußte nicht, ob Zanewskij oder Gregoronow Physiker waren und an Ort und Stelle die Formel überprüften.

General McKinney verschloß sich diesen Argumenten nicht und willigte ein, die Form der Hinhaltung und der Verzögerung zu wählen, um in der Zwischenzeit der FBI und den aufgebotenen Militärformationen die Gelegenheit zu geben, den Standpunkt der Agenten ausfindig zu machen.

Dr. Bouth warf die Zigarette weg. Sie glühte noch ein wenig auf dem Boden, ehe sie erlosch. Prof. Shuster knöpfte seinen Mantel auf. Ihm wurde es warm vor Erregung. Seit er nach Los Alamos kam, um das dortige Hospital zu leiten, hatte er eine solche erregende Nacht nicht wieder gehabt. Aber als bester

Freund Prof. Paersons, als Studienkamerad und Vertrauter ließ er es sich nicht nehmen, an dieser entscheidenden Wende des Lebens seines Freundes teilzunehmen und vielleicht auch einzugreifen.

Die beiden Männer fuhren herum. Von der Seite rollten Steine über den Weg. Ein tastender Schritt kam näher. Er verhielt hinter einer Buschreihe. Der Unsichtbare schien zu lauschen, vorsichtig, witternd wie ein Reh, das aus den Stangen auf die Wiese tritt. Dann bogen sich die Zweige auseinander und ein dunkler Schatten glitt auf den schmalen Hohlweg des Cañons.

»Hallo?« fragte eine gedämpfte Stimme.

»Ja.« Dr. Bouth und Prof. Shuster kamen ein paar Schritte näher. Der Unbekannte wich zurück.

»Bitte, bleiben Sie stehen«, zischte er. »Wir können uns mit etwas Abstand auch verständlich machen. Darf ich fragen, mit wem ich spreche?«

»Mit Dr. Bouth.«

»Und Prof. Shuster«, sagte der Alte laut.

»Die Prominenz von Los Alamos. Das freut mich. Mein Name ist Piotre Zanewskij.« Der Russe nahm die Hände aus der Tasche, wo er zwei Revolver umklammert hielt. »Sie haben meinen Brief genau durchgelesen?«

»Er war deutlich genug.« Dr. Bouth ballte hinter dem Rücken die Fäuste. Diese Entehrung, diese Blamage, sich hier in der Nacht in einem kleinen Cañon mit einem Verbrecher unterhalten zu müssen. »Was wollen Sie von uns?« stieß er wütend hervor.

Zanewskijs Stimme war höflich und glatt. Es klang, als konversiere er in einer der besten Gesellschaften über ein aktuelles, interessantes Thema.

»Auch das haben wir Ihnen genau geschrieben. Ein seltener Glücksumstand führte uns Ihr Fräulein Braut in die Hände. Wir wollten es selbst nicht, Herr Bouth. Wir hatten gehofft, Sie oder Herrn Prof. Paerson zu treffen. Es wäre dann alles leichter gekommen, unkomplizierter, denn wir hätten Mittel gefunden, Ihre Schweigsamkeit zu brechen. Aber einer Frau gegenüber – Herr Dr. Bouth, ich gestehe es ein – einer schönen Frau auch noch, bin ich ein wenig wehrlos und nicht zu Taten fähig, die ich bei Ihnen angewandt hätte.«

»Schuft« sagte Prof. Shuster unbeherrscht. Zanewskij lachte.

»Herr Prof. Shuster — Sie mögen ein guter Arzt sein, aber Sie sind ein schlechter Unterhändler. Kein Gegner hat es gern, wenn man ihm unter der weißen Fahne einer möglichen Verständigung ins Gesäß tritt. Immerhin freut es mich, meine Herren, daß Sie gekommen sind.«

»Geben Sie Mabel frei!« knirschte Dr. Bouth.

»Sofort! Noch heute nacht. Bitte, händigen Sie mir die gewünschten Pläne aus.«

»Das kann ich nicht.« Dr. Bouths Stimme wurde laut. »Ich habe nicht die Pläne!«

Zanewskij schüttelte den Kopf. »Was denken Sie eigentlich von mir, Herr Dr. Bouth? Halten Sie mich für einen Stümper wie Dr. Fuchs oder Harry Gold? Sie haben die Pläne nicht — wir brauchen also nicht weiterzureden. Ihre Taktik, Zeit zu gewinnen, habe ich längst erwartet. Aber ich möchte nicht warten, Dr. Bouth. Ich habe eine tiefe Aversion gegen elektrische Stühle oder die Gittertüren Ihres berühmten Sing-Sing. Reden wir ein klares Wort: Sie wollen die Pläne nicht geben?!«

»Ich kann es nicht!«

»Wie Sie wünschen.« Zanewskijs Stimme wurde kalt, eisig — sie löste einen Schauer bei Prof. Shuster aus. »Darf ich Ihrer Verlobten noch etwas von Ihnen bestellen, Dr. Bouth? Darf ich ihr sagen, daß Sie sie sehr liebten, aber nicht so sehr, daß Sie mir einige dumme Formeln geben?« Man sah an der Bewegung des Schattens, daß Zanewskij auf seine Uhr blickte. »In vier Stunden, beim Morgengrauen, steht Ihnen Ihre Braut wieder zur Verfügung, Herr Dr. Bouth. Wir werden ihr das Grauen einer Erschießung ersparen, sondern sie mit einem Schlafmittel betäuben, bevor wir abdrücken. Sie sehen, daß wir human, aber fest entschlossen handeln.«

Dr. Bouths Gesicht war verzerrt. Er wußte, daß diese Worte keine leere Drohung waren ... hinter ihnen stand die blutige Wahrheit, die Erbarmungslosigkeit des Asiaten. Er riß beide Arme nach vorn, seine Augen waren starr vor Grauen.

»Ich habe die Pläne nicht!« schrie er grell. »Zanewskij, seien Sie doch vernünftig! Auch Prof. Paerson hat sie nicht. Wenn Sie Los Alamos kennen, müßten Sie wissen, daß das Geheimnis der Atomspaltung aufgeteilt ist! Jeder weiß nur ein Teilgebiet, einen kleinen Teil, woran er gerade arbeitet. Wie ein Mosaik ist es, das am Ende unter einem völlig Unbekannten, der aus Oak Ridge oder sonst woher kommt, zusammengesetzt wird. Wir wissen selbst nicht, wie die Sache läuft!«

Zanewskij schien über diese Mitteilung erschrocken zu sein. Man sah, wie die dunkle Gestalt unruhig wurde. Auch die sichere Stimme wandelte sich in ein gehetztes Fragen.

»Sie lügen, Dr. Bouth!«

»Dann fragen Sie alle Atomwissenschaftler der Welt! Fragen Sie auch in Rußland Ihren Prof. Kyrill! Er wird es Ihnen bestätigen. Gerade aus Gründen der Spionage weiß der einzelne nichts. Nur irgendwo in Washington, im Kriegsministerium oder woanders, hat man ein Gesamtbild dessen, was wir schaffen.«

»Und wer ist das?«

»Dr. Paerson, ich, Dr. Fermi, Prof. Dr. Oppenheimer, Dr. Dunning, Dr. Abelson, Dr. Alvarez, Dr. McKibben, Dr. Bush, Prof. Bacher, Oberst Warren . . . wollen Sie noch mehr Namen hören? Es sind ungefähr 150 Männer und Frauen, die an dem großen Projekt arbeiten und alle nur einen kleinen Teil davon kennen.«

»Und wer hat den Gesamtplan?«

»Generalmajor Groves und General McKinney.«

»In Washington?«

»Ja.«

Zanewskij schien nachzudenken. Minutenlanges Schweigen lag zwischen ihnen. Die Stille drückte auf Prof. Shuster – ihm wurde schwach, und er mußte sich an einen Felsen lehnen, um nicht umzusinken. Die Nervenanspannung war zu groß für ihn.

»Gut«, sagte Zanewskij. Seine Stimme war wieder hart. »Wenn General McKinney den Gesamtplan hat, gebe ich Ihnen noch vier Tage Zeit. Sagen Sie bitte McKinney, daß er mir den Gesamtplan durch Sie übergeben lassen soll, andernfalls Miß Paerson doch noch als Repressalie liquidiert wird. Mir ist bekannt, daß General McKinney mit Prof. Paerson befreundet ist – es wäre ein guter Freundschaftsbeweis, wenn er die Tochter seines Freundes auslöst. Eine andere Möglichkeit, Herr Dr. Bouth, sehe ich leider nicht. Ich muß die Pläne haben. Die neue Situation entbindet Sie aller Verantwortung, Dr. Bouth. Sie liegt jetzt allein bei General McKinney. Versuchen Sie, all Ihren Einfluß geltend zu machen. Ich rede ernst mit Ihnen – es geht wirklich um das Leben Ihrer Braut.«

»Wir bieten Ihnen 100 000 Dollar!« schrie Prof. Shuster plötzlich, der die Nerven verlor und dem Weinen nahe war. Er lehnte an dem Felsen und atmete keuchend.

Zanewskijs Schatten drehte sich halb herum. »Ich danke Ihnen, Herr Prof. Shuster. Wenn ich für meine eigene Tasche arbeiten würde, schlüge ich jetzt zu. 100 000 Dollar sind ein sorgenfreies Leben. Aber«, er stockte. »Ich arbeite nicht für mich, ich stehe hier im Dienst einer fremden Macht. Ich *muß* die Pläne bringen. Verstehen sie? Ich *muß* Ich ... ich ...«, er senkte die Stimme. Man hörte, wie er mit den Worten rang ... »ich habe zu Hause, in Rußland, auf der Krim, eine schöne, junge Frau und drei entzückende Kinder. Verstehen Sie, was es heißt, wenn ich die Pläne *nicht* bringe? Ich hätte 100 000 Dollar, aber Wanda Feodora und Gregor, Iwanow und Terufina, sie würden von Moskau aus ...« Und plötzlich schrie er: »Es geht nicht ... ich *muß* die Pläne haben ...«

Prof. Shuster schwankte. Er hielt sich mühsam an den Steinen fest.

»Es gibt keinen Weg ...«, murmelte er. »Es gibt keinen Weg. Der Weg des Atoms ist mit Blut gepflastert.«

Dr. Bouth trat einen Schritt vor. In diesem Augenblick wußte er, daß dieser Mann dort im Schatten, der Russe Piotre Zanewskij, kein Verbrecher war, kein Agent ohne Herz, sondern ein Gehetzter, der selbst zum Hetzhund wurde, um seinen Treibern zu entkommen. Er sah plötzlich tief in diesen Mann hinein, in die Angst, die Atompläne nicht zu bekommen, in das Grauen, seine Frau und die Kinder nicht wiederzusehen, wenn er erfolglos war, in die Not, irgendwo in einem sibirischen Lager zu verhungern und zu verfaulen mit der Gewißheit vor Augen, daß sein Versagen, seine menschliche Unzulänglichkeit genügte, ihn und seine Familie einfach auszulöschen wie einen Namen auf einer Tafel, über den ein nasser Schwamm gleitet.

»Ich will mit McKinney sprechen«, sagte er. In seiner Stimme war ein Klang, der Zanewskij herumriß.

»Sie verstehen mich, Dr. Bouth?« sagte er leise.

»Ja, Zanewskij. Es ist schwer, aber man muß auch Ihre Not erkennen lernen, um zu sehen, wie groß oder wie klein die eigene ist. Ihre Frau und Ihre Kinder sind Ihnen mehr wert als Mabel Paerson, und wenn Sie sie töten, meine Braut, dann sind Sie nur der Arm, der Mechanismus, der den Schuß zur Auslösung bringt. Ein Roboter, mehr nicht. Die wahren Mörder sitzen drüben, in Rußland.«

Zanewskij schwieg. Aber sein Schweigen war die deutlichste Antwort.

»Sie warten noch vier Tage?« fragte Prof. Shuster.

Der Schatten an den Büschen nickte. »Ja. Vier Tage. Wir treffen uns hier wieder. Ich —«, er stockte wieder, »— ich hoffe sehnsüchtig, daß das Leben meiner Familie und Ihrer Braut, Dr. Bouth, erhalten bleibt. Denken Sie nicht schlecht über mich und grüßen Sie Prof. Paerson von mir. Sagen Sie ihm bitte, Dr. Bouth, daß auch ich ein Vater bin und eine Tochter habe, eine kleine Tochter ... schwarzlockig, mit weißer, zarter Haut ... Terufina.«

Der Schatten bewegte sich. Die Zweige der Büsche knarrten und rauschten. Dann war die Nacht wieder still, nur das schwere Atmen Prof. Shusters durchschnitt die Stille.

Dr. Bouth ging zu der Stelle hin, wo Zanewskij gestanden hatte. Plötzlich bückte er sich und hob etwas auf. Es war ein Handschuh aus hellem Leder. Er war zerrissen, zerfetzt, als habe eine Hand die Erregung nicht anders zu dämmen gewußt als in der Zerstörung des Lederstücks.

Wortlos steckte Dr. Bouth den zerrissenen Handschuh ein.

»Kommen Sie«, sagte er zu Prof. Shuster und stützte den alten Mann, als er ihn aus dem Cañon hinaus auf die Straße führte, wo ihr Wagen mit abgeblendeten Lichtern stand. Er setzte sich hinter das Steuerrad und starrte hinaus auf die Straße, die im aufblitzenden Scheinwerfer wie ein riesiges, weißes, breites Leinenband aussah.

»Ich habe mir eins geschworen«, sagte er langsam, »und ich werde es wahrmachen, Prof. Shuster: Wenn ich Mabel wiederhabe, werde ich Los Alamos nie mehr betreten.«

4

Das Gespräch, das Kezah ibn Menra mit Los Alamos führte, war kurz. Von einer Sekretärin erfuhr er, daß Prof. Dr. Paerson plötzlich erkrankt sei und der Arzt verboten habe, ihn zu stören. Dr. Bouth sei nicht in der Stadt, sondern befände sich mit Prof. Dr. Shuster außerhalb Los Alamos.

Ibn Menra nahm einen kleinen Schluck seines starken

Kaffees und blickte wieder auf die Karte, die vor ihm lag. Es gibt gar keine andere Möglichkeit — sie müssen sich hier am Emmons Peak verborgen halten, dachte er. Und solange Mabel Paerson in der Hand der Russen ist, haben sie den größten Vorteil für sich und vielleicht die Möglichkeit, die Pläne in die Hand zu bekommen. Das würde Spanien zurückwerfen, das würde alle Forschungen und Erfolge Dr. Sebaios und Dr. Ebberlings umsonst machen; es wäre ein Unglück, über dessen Folgen sich niemand ein Bild machen kann.

»Sagen Sie bitte Herrn Dr. Bouth, daß ich ihn sprechen muß. So schnell als möglich.« Ibn Menra legte einen beschwörenden Ton in seine Stimme. »Ich bin in der Lage, Fräulein, Herrn Dr. Bouth genaue Angaben über Miß Paerson zu machen!«

»Was sagen Sie da?!« rief die Telefonistin. »Wer sind Sie denn?!«

»Was nützt Ihnen mein Name, Fräulein? Was kann er Dr. Bouth nützen? Ich weiß — das ist genug. Bitte, bestellen Sie: Ich erwarte Dr. Bouth morgen früh um acht Uhr allein — bitte, merken Sie sich — allein auf der Straße nach Chamita. Er wird dort einen hellblauen Nash finden. Das ist alles, Fräulein.«

Er legte den Hörer auf. Dann packte er seine Sachen, nicht in Eile, sondern gemächlich, zahlte seine Zeche und fuhr von der Herberge ab.

Gemütlich fuhr er durch Santa Fé, kaufte bei einem spanischen Obsthändler zwei gute, automatische Revolver und einen kleinen Koffer voll gefüllter Magazine, ließ sich in der Garage des Obsthändlers an dem breiten Rückfenster seines Wagens herunterklappbare Stahlplatten anbringen und fuhr dann in der Nacht über Santa Fé hinaus nach Chamita, wo er in einer Wirtschaft am Stadtrand den Morgen erwartete.

Um halb acht Uhr morgens rollte er die Straße nach Santa Fé wieder hinab und wartete an einer Kurve.

Kritisch beobachtete er die Wagen, die an ihm vorbeirollten. Aber sie nahmen keine Notiz von ihm. Die Fahrer und die Insassen fuhren vorbei. Ibn Menra war zufrieden. Er hat die Polizei nicht verständigt, dachte er erfreut. Er ist klug genug, um zu wissen, daß es sinnlos ist.

Er stieg aus dem Wagen und ging auf der Straße hin und her. Sein heller Anzug leuchtete in der Sonne. Die schwarzen, krausen Haare glänzten fettig.

Von Santa Fé her brummte ein schwerer Ford heran. Knirschend und kreischend hielt er mit einem Ruck vor dem Nash. Ein großer, schlanker Mann sprang heraus. Sein blasses Gesicht war übernächtigt und von Sorgen zerstört. Er stürzte auf Ibn Menra zu und blieb drei Schritte vor ihm stehen.

»Wollten Sie mich sprechen?« keuchte er. Sein Hemd war offen, über die dunkelhaarige Brust lief ein Schweißbach.

Kezah ibn Menra nickte grüßend. »Dr. Bouth?« fragte er.

»Ja!«

»Mein Name ist unwichtig.« Ibn Menra ging zu seinem Wagen zurück, Dr. Bouth folgte ihm. An der Tür des Nash blieben sie stehen. »Ich habe Ihnen am Telefon sagen lassen, daß ich weiß, wo sich Mabel Paerson befindet.«

»Ja!« Dr. Bouths Atem ging stoßweise vor Erregung. »Sie haben sie gesehen?«

»Das nicht. Aber ich weiß, wo die Flugzeugtrümmer liegen, die die Ausrüstung der Russen verbergen. Und es ist sicher, daß Gregoronow und Zanewskij sich in der Nähe befinden.«

»Ich habe heute nacht mit Zanewskij gesprochen.«

Ibn Menra nickte. »Ich dachte es mir. Er verlangt die Pläne der neuen Paerson-Spaltung?«

»Ja.«

»Und Sie haben sie ihm versprochen?«

»Nein! Ich weiß nicht, was ich tun soll! Er will Mabel erschießen, wenn er innerhalb vier Tagen nicht die Unterlagen hat. Und ich weiß, daß er sie nie bekommen wird! Nie!«

Ibn Menra schaute Dr. Bouth groß an. Armer Kerl, dachte er. Gehetzt, vernichtet, weil Staaten ein Wettrennen auf den Tod veranstalten. Er lehnte sich gegen die Wagentür.

»Zanewskij wird Miß Mabel töten, unweigerlich.«

»Das weiß ich.« Dr. Bouth fuhr sich mit beiden Händen durch die Haare. »Warum reden Sie so herum«, stöhnte er. »Sagen Sie mir, was Sie wissen.«

Ibn Menra kniff die Augen zusammen. Es war, als ziele er mit einem unsichtbaren Gewehr.

»Was ist Ihnen dieses Wissen wert?!«

Dr. Bouth taumelte zurück. Dieser kurze Satz war sein Zusammenbruch. Erpressung, dachte er, mehr im Unterbewußtsein, als an der Oberfläche, die zu Handlungen nicht mehr bereit war. Alles nur Erpressung, wohin man kommt. Mein Gott, was sind dies bloß für Menschen.

»100 000 Dollar«, sagte er leise. »Der Staat hat heimlich 100 000 Dollar geboten.«

»Geld!« Der Marokkaner machte eine wegwerfende Handbewegung. »Was wollen Sie mit Geld, Doktor Bouth? Sie sollen in fünf Stunden Mabel wiederhaben, wenn Sie mir sagen, wo die kritische Größe der neuen Spaltung liegt.«

»Was?!« Dr. Bouth duckte sich wie unter einem Schlag. Er sah den dunkelhäutigen Mann wie einen Mörder an, der bereit ist, jede Sekunde zuzustoßen. »Auch Sie?« keuchte er. »Auch Sie? Welchen Staat vertreten Sie?«

»Ich glaube, es ist hier nicht der Platz, um Völkerkunde zu treiben.« Ibn Menra zeigte auf eine Karte, die neben dem Steuerrad lag. »Dort, auf dieser Karte, liegt der Ort, wo Miß Paerson jetzt ist. Wir fahren von hier aus hin, wenn Sie mir meinen Wunsch erfüllen!«

»Um dies zu verraten, brauche ich Sie nicht!« Dr. Bouth brüllte auf wie ein Tier. »Für diesen Wunsch bekäme ich sie auch von Zanewskij frei!« Und plötzlich stürzte er auf den Marokkaner, klammerte sich an ihm fest, preßte seine Arme um seinen Körper und drückte ihn mit unmenschlicher Kraft gegen das Auto. »So!« schrie er. »So! Jetzt sagen Sie mir, wo Mabel ist! Sie sagen es mir, oder ich halte Sie fest, bis ein Wagen kommt und Sie zur Polizei bringt! Ich werde solange schreien, bis man aufmerksam wird!« Er preßte Ibn Menra über den Kotflügel. Er lag auf ihm und drückte die Arme des Marokkaners nach hinten. »Wo ist sie?« brüllte er.

Ibn Menra war einen Augenblick verblüfft. Dann lächelte er, lächelte mit jener inneren Freude, die ewig rätselhaft sein wird. Er bog das Knie empor, ließ sich nach hinten fallen und schleuderte Dr. Bouth im Fallen von sich auf die Straße. Mit einem Ächzen prallte der Angreifer auf den Asphalt, erhob sich taumelnd und wollte mit der letzten Anstrengung seiner Willenskraft zurück zu dem blauen Nash. Da ergriff ihn Ibn Menra, stieß ihm die Faust unter das blutende Kinn und warf ihn nach hinten auf den Rücksitz des Wagens. Ohne sich umzublicken, schwang er sich darauf hinter das Steuer und fuhr in schnellem Tempo den nahen Colorado-Bergen entgegen.

Auf der Straße blieb ein Schuh zurück. Staubig, mit zerrissenen Bändern. Er lag mitten auf der Fahrbahn, auf der eine Viertelstunde später Major Mys mit drei Wagen anhielt und heraussprang.

Major Mys zögerte nicht. Er hatte außer Sichtweite gewartet und war verabredungsgemäß nach zwanzig Minuten gekommen, um zu sehen, wie die Unterredung ausgelaufen war. Nun sah er den Wagen Dr. Bouths stehen, sah den Schuh auf der Straße liegen, die Spuren des Nash und eines Kampfes. Blutspuren führten quer über die Fahrbahn.

Die Kurzwellensender der Polizeiwagen begannen zu singen.

»An alle . . . an alle . . .! Straßen sperren nach Gallna, Taos, Monte Vista. Sämtliche Zufahrtsstraßen nach Colorado, Utah und Arizona abriegeln. Legt Sperren! Wagen ist ein hellblauer Nash. Große Geschwindigkeit.

Macht von den Waffen Gebrauch. Im Wagen befindet sich Dr. Bouth. Nur auf den Fahrer schießen oder in die Reifen.

An alle . . . an alle . . .!«

Major Mys jagte über die Straße. An der Kreuzung vor Gallina erfuhr er, daß ein hellblauer Nash vor zehn Minuten in Richtung Farmington durchgebrochen sei. Die Polizei, die gerade die Straße sperren wollte, wurde einfach umgefahren, bevor sie schießen konnte.

Major Mys fluchte. Er sah, wie die Bahren mit den überfahrenen Polizisten in die Sanitätswagen geschoben wurden.

»Tote?« schrie er.

»Nein. Nur Sergeant Williams ist schwer verletzt, aber außer Lebensgefahr.«

»Weiter!« Die Wagen sprangen wieder an. Wie hungrige Wölfe nahmen sie die Hetze wieder auf.

Major Mys studierte die Karte. »Sie können nur den Weg in die Cañons nehmen«, sagte er zu dem Fahrer neben sich. »Es ist für sie die einzige Möglichkeit, in einem Seitental zu verschwinden. Wenn wir nur wüßten, ob Dr. Bouth nur mit einem oder mit zwei gesprochen hat! Verdammte Schweinerei . . .«

Der hellblaue Nash schleuderte durch die Kurven. Ibn Menra war ein guter Fahrer. Er lag über dem Steuerrad und ließ die Straße nicht aus den Augen. Der Motor sang ruhig, gleichbleibend. Seine Stärke zitterte durch den ganzen Wagen.

Vor Farmington bog ibn Menra nach dem Mesa Verde National-Park ab. Die Pioniere, die gerade eine Sperre legten, sprangen zur Seite, als der hellblaue Pfeil herangerast kam. Er durchbrach krachend die Holzlatten, ließ seinen rechten Kotflügel zerschellen und schoß weiter. Noch ehe die Pioniere ihre

Gewehre durchluden und in Anschlag bringen konnten, war der Wagen außer Schußweite. Die wenigen Schüsse, die ihm nachschwirrten, prallten an der heruntergelassenen Panzerung wirkungslos ab.

Zehn Minuten später raste Major Mys heran. Er donnerte die Pioniere herunter und ließ an alle Landpolizisten in Colorado und Utah funken.

»Sofort schießen! Rücksichtslos!«

Um die gleiche Zeit brummte ein anderer Wagen über die Straße nach Santa Fé. Ein starker, langer Studebaker. In seinem Inneren kreischte der Lautsprecher die Meldungen Major Mys.

»Dr. Bouth entführt! Hellblauer Nash. An alle – sofort schießen.«

Heinz Behrenz biß die Zähne aufeinander. Schon wieder zu spät, dachte er. Wie machen das die Russen bloß ... erst Mabel, jetzt Dr. Bouth. Man kann von ihnen lernen. Sie haben gute Agenten, sie verstehen es, die Lage auszunutzen.

Gespannt verfolgte er die Durchsagen der Polizeiwagen. Auf seiner Karte, die unter einem Zelluloidstreifen an das Fenster geklebt war, sah er den Weg des hellblauen Nash.

Nach Colorado, nickte Heinz Behrenz. Natürlich. Dort sind sie sicher, wenn sie rechtzeitig aussteigen und Dr. Bouth in der Wildnis verschleppen.

Der Studebaker jagte nach Norden. Je näher er Santa Fé kam, um so aufgeregter sah er die Fahrer an den Tankstellen stehen. Die Entführung war bekannt geworden, eine Erregung durchzog das Land.

Atomspionage. Männer mit dem Tod im Nacken.

Der hellblaue Nash brach durch. An der Kreuzung hinter Cortez schleuderte er unter den Schüssen der Polizisten. Rücksichtslos raste er in die Kette der Männer, zermalmte sie und streute aus einer Düse neben dem Auspuffrohr Tränengas unter die Beamten.

Die wenigen, die ihm nachblicken konnten, sahen den blauen Pfeil verschwinden in Richtung auf die Abajo Mountains.

Major Mys wurde still, als er bei Cortez eintraf.

Drei Tote.

Stumm stieg er wieder in seinen Wagen und sah seinen Fahrer an. Dieser senkte den Blick.

»Wir können es nicht schneller, Major«, sagte er leise. »Der Nash ist schneller als wir.«

»Und wenn wir ihn durch ganz Amerika jagen sollten – Smith –, wir müssen ihn bekommen!«

In den Abendblättern erschien mit großen Schlagzeilen die neue Sensation. Auf den Boulevards in Paris, auf der Königsallee in Düsseldorf, im Bundeshaus in Bonn, auf den Grachten in Amsterdam, in den Streets von London und den Gassen von Harlem und Manhattan riß man sich die Zeitungen aus der Hand und las die kurze Meldung.

»Dr. Bouth entführt. Einer der maßgebenden Atomphysiker von Los Alamos.«

Die Rundfunkstationen funkten es hinaus.

In Santa Fé sammelten sich die Reporter der großen Blätter.

Ein hellblauer Nash jagt durch Amerika ...

»An alle ... rücksichtslos schießen ...«

Dr. Hakanaki zuckte empor, als der Lautsprecher in seinem Zimmer in Nagoi die Meldung durchgab. Er rannte an das Telefon und rief General Simanuschi an.

»Ist das wahr?« schrie er außer sich. »Dr. Bouth ist entführt?!«

Der alte General schwieg. Dann sagte er leise: »Es stimmt, Doktor Hakanaki. Wir haben verloren.«

»Und der blaue Nash? Wem gehört der blaue Nash?« Hakanaki klammerte sich an der feuchten Felswand an. Um seine Augen zuckte es.

»Wir wissen es nicht. Aber ... aber ... es ist nicht Rußland.«

»Nicht Rußland? Aber wer soll es denn sein? Wer hat noch ein Interesse an der neuen Bombe?« stammelte Hakanaki.

»Das wissen wir auch nicht.« Simanuschi schien keinen Ausweg zu kennen. Er hängte ein.

Dr. Hakanaki wandte sich ab. Sein Assistent Dr. Yamamaschi lehnte bleich an der Tür.

»Sofort anrufen«, schrie Hakanaki. »Den unbekannten Deutschen von den Blumenbooten. Sie haben die Nummer, Yamamaschi. Ich werde mit Agent B 12 sprechen.«

»Ein hellblauer Nash«, sagte Dr. Sebaio erfreut und klopfte Dr. Ebberling auf die Schulter. »Wir haben Glück, Kamerad. Es ist unser Wagen.«

Dr. Ebberling lächelte. »Kezah ibn Menra?«

»Ja. Wenn er klug ist, kann er Dr. Bouth nach Spanien bringen.«

»Eine gute Idee.« Dr. Ebberling ging an den Telefonapparat und drehte eine Nummer. Während er wartete, dachte er an die Folgen der plötzlichen Wendung. Doktor Bouth in unserer Hand. Das bedeutete — wenn er schon die amerikanischen Patente nicht verriet — doch eine Verzögerung der Produktion und einen Vorsprung für seine eigenen Forschungen.

»Ja?« sagte er laut. »Ja, hier Ebberling. Guten Tag, General Monzalez. Ich beglückwünsche Sie. Der blaue Nash ist unser Wagen, ibn Menra. Wir haben Doktor Bouth. Schicken Sie bitte sofort ein Flugzeug nach Colorado. Wie, das ist Ihre Sache. Wir müssen versuchen, Doktor Bouth nach Spanien zu bekommen.«

Die Stimme des Generals sprudelte aufgeregt. Dr. Ebberling lachte. Er nickte Dr. Sebaio zu, der am Fenster stand und rauchte.

»Ja, Dr. Sebaio ist auch glücklich. Ich darf Ihnen in dieser Stunde sagen, daß Tanarenia in der Atomforschung jetzt an erster Stelle steht.«

Er legte den Hörer auf. Seine Augen lachten.

»Monzalez schickt einen Düsenbomber nach Amerika. Er will ihn über Kanada unter kanadischer Kokarde einfliegen lassen.«

Heinz Behrenz hatte Santa Fé passiert und jagte durch den beginnenden Abend den Colorado-Cañons zu. Er fuhr nicht die Straße wie ibn Menra, sondern schlug einen Bogen und wandte sich dem Blanka Peak zu, um zu der hohen Gebirgskette Sawatsch Range zu kommen, an deren Fuß eine gute Autostraße einen Bogen schlägt und nach dreihundert Kilometer auf die Straße mündet, die der hellblaue Nash nehmen mußte.

Noch immer tickten die Kurzwellensender der Polizei. Ab und zu tönte die Stimme Major Mys' dazwischen. Er gab die Richtung an, die der blaue Nash genommen hatte.

In den Bergen war es bereits Nacht. Die notdürftigen Sperren, die die Colorado-Polizei errichtet hatte, wurden weggefegt. Auf dem Rücksitz des Wagens lag noch immer Dr. Bouth. Ibn Menra hatte ihn bei einer sekundenschnellen Rast gefesselt und ihm aus einer dünnen, kleinen Spritze ein Betäubungsmittel in die Vene gespritzt. Dann war er weitergerast, mit vollen Scheinwerfern, die er ausdrehte, wenn er an eine Kreuzung kam. Ohne Licht heulte er durch die Nacht, aus dem Dunkel stieß er hervor auf die Polizei, die machtlos dem Untier aus dem Schwarzen gegenüberstand. Ehe sie ihre Scheinwerfer eingerichtet hatte, war der heulende Pfeil in der Dunkelheit entkommen, Angst und Schmerzgeschrei hinter sich lassend.

In ihrer Höhle am Fuße des Emmons Paek saßen Gregoronow und Zanewskij bleich und verstört am Kurzwellensender. Gregoronow nahm die Flüche und Beschimpfungen Professor Kyrills auf und gab sie an Zanewskij weiter.

»Er will uns liqudieren«, sagte er ängstlich. Seine von Natur aus grausame Seele pendelte zur winselnden Angst. »Wir sollen Mabel Paerson töten, sie sei jetzt wertlos für uns.«

Zanewskij saß, in sich gekauert, auf seinem Klappstuhl und las die Blätter durch, die ihm Gregoronow reichte. Er gab keine Antwort. Sein Blick war weit ... über die Papiere hinweg, obwohl sein Auge auf den Blättern ruhte. Zwischen den Zeilen, aus dem Weiß des Papiers, schälte sich die grüne Küste der Krim.

Das blaue Meer. Die weißen Häuser. Die breite Uferstraße mit den Palmen.

Wie herrlich die Sonne scheint.

Ein Boot plätschert durch das Wasser. Ein weißes, schnittiges Boot mit einem Außenbordmotor. Ein Mann steht am Ruder, in einer weißen Hose, einem blauen Jackett, er lacht eine Frau an, die hübsch und zart vor ihm sitzt. Hinter ihr drängen sich drei Kinder und jauchzen.

»Väterchen, fahr doch schneller«, schreit der eine Junge.

»Nein ... nein!« Der zaghafte Iwanow schaut in das Meer.

Und ganz hinten, da hockt Terufina und läßt das Händchen durch die Wellen ziehen.

Und der Mann am Ruder ist glücklich und lacht der jungen Frau in die blauen Augen.

»Ich liebe dich«, sagt er leise, so, daß es die Kinder nicht hören. »Wanda Feodora, du bist so schön ...«

Piotre Zanewskij schrak empor. Gregoronow hatte ihn angestoßen und ihm ein neues Blatt gereicht.

»Kyrill will wissen, wem der blaue Nash gehört«, sagte er zitternd. »Wenn du es nicht herausbekommst, wird übermorgen ein Kommissar in die Krim fahren.«

Zanewskij schnellte empor. Starr stand er in der Höhle, ein

Baum, der noch einmal den Himmel sehen will, noch einmal die Sonne trinken, ehe er fällt.

Wortlos drehte er sich um und ging in die hintere Höhle. Mit kräftigem Ruck zog er die Bohlentür hinter sich zu.

»Jetzt wird er sie erschießen«, flüsterte Gregoronow. Er starrte auf die dunkle Tür. Da erfaßte ihn ein plötzliches, unwiderstehliches Grauen vor sich und der Umwelt. Er warf den Sender auf die Erde, hörte, wie die Birnen dumpf zersprangen und rannte hinaus in die Schlucht. Keuchend rannte er eine Strecke und warf sich in einem Seitental auf einen Grasfleck.

»Maria hilf«, stammelte er und schlug das russische Kreuz. »Ich habe das nicht gewollt, ich habe ... ich habe ...« Er warf sich mit dem Gesicht nach unten und heulte wie ein Hund.

Er hatte Angst um sein Leben.

Zanewskij stand vor Mabel Paerson. Sie saß auf dem Klappstuhl und las ein Buch im Schein einer Öllampe. Als sie Zanewskij eintreten sah, legte sie es zur Seite.

Stumm sah sie der Russe an. In seinem Blick lag Verzweiflung. Mabel erkannte sie, und grenzenlose Angst schnürte ihr plötzlich die Kehle zusammen.

»Wie alt sind Sie?« fragte Zanewskij leise.

»Einundzwanzig.« Sie würgte das Wort hervor.

»Einundzwanzig Jahre. Meine Frau ist neunundzwanzig und hat schon drei Kinder. Der Älteste ist zehn Jahre, Terufina, das Kleinste, ist erst drei.« Er sah an die feuchte, Moder ausströmende Decke. »Können Sie sich denken, daß es einen Mann gibt, der ein dreijähriges Kind durch den Hinterkopf schießt?«

Mabel Paerson schauderte zusammen. »Er kann kein Gefühl mehr haben.«

»Gefühl!« Zanewskijs Mund wurde breit. Man wußte nicht, ob er lachte oder weinte. »In einer Pistole war noch nie Gefühl. Und ich liebe meine Frau und die Kinder.«

»Das glaube ich.«

»Ich liebe sie sehr. Mein ganzes Herz hängt an ihnen – darum habe ich kein Herz mehr für andere. Und jetzt wird man sie erschießen ...«

»Nein!« Mabel sprang auf. »Das kann man doch nicht.«

»Man kann es, wenn man die Macht hat. Ein fremder Staat hat Doktor Bouth entführt –«, Mabel schwankte, aber das Bett hinderte sie, umzusinken, »– und weil es ein fremder Staat war und nicht ich, werden meine Frau und die kleinen Kinder sterben.« Zanewskijs Nase wurde spitz. »Ich habe den Befehl, auch Sie zu erschießen. Sofort.« Er sah Mabel groß an, mit seinem leeren Blick, in dem nichts mehr von Leben war. »Ich tue es nicht, Miß Paerson, weil ich nicht so sein will wie die Mörder, die meine Frau und meine Kinder morden.« Er legte die Hände ineinander. Es sah aus, als wolle er beten. »Wanda Feodora war eine gute Frau. Sie küßte mich jeden Abend, bevor sie das Licht ausdrehte und sagte: ›Träume von mir, Piotre.‹ Und ich antwortete: ›Ich sehe im Traum immer nur dich, Wandaschka.‹ Dann lachte sie, und mit diesem Lachen schlief sie ein. Und morgens, wenn die Sonne ins Zimmer schien, da tappten zwei nackte Füße durch den Flur. Die Klinke der Tür senkte sich, und Terufina kam herein. ›Papuschka‹ sagte sie mit ihrer hellen Stimme, ›Papuschka, darf ich zu dir kommen?‹ Und ich holte sie zu mir ins Bett und küßte sie auf die kalte Nasenspitze. Da lachte sie immer, und sie legte die Arme um meinen Hals und sagte: ›Papuschka ... ich liebe dich so ...‹ Und ich drückte sie an mich und streichelte über ihre weichen Haare. Sie waren wie Seide ... wie Seide ... meine Terufina ...«

Ein Schluchzen, ein weinender Schrei brach durch die verzogenen Lippen. Zanewskij fiel nach vorn auf den Boden. Wo sein Kopf lag, sickerte Blut hervor.

Er rührte sich nicht mehr.

Entsetzt prallte Mabel zurück. Dann sprang sie über die liegende Gestalt hinweg, rannte aus der Höhle, riß in der Außenhöhle den Gürtel, der mit den beiden Revolvern an der Tür hing, an sich und rannte dann weiter ... durch die Schlucht, durch die Cañons, hetzte an einem Bach vorbei, durchwatete ihn, kletterte am Ufer einen steilen Pfad hinauf und rannte über das Hochplateau weiter.

Ihr Atem flog. Ihre Füße wurden wund. Sie bluteten. Die Sohlen sprangen an den spitzen Steinen auf. Sie stieß sich das Knie wund, als sie einen Abhang hinabsprang. Das Blut lief ihr in die Schuhe und gerann an ihrem Bein in langen, breiten Streifen.

Sie merkte es nicht. Sie spürte keinen Schmerz.

Sie rannte ... rannte ... rannte ...

Berge, Schluchten, Flüsse, Täler, Abhänge ...

Ihre Füße schnellten nach vorn. Die blutigen Sohlen glitten

über das Gestein. In ihrem eigenen Blut rutschte sie aus und fiel auf die frische Kniewunde. Der Stich, der durch ihren Körper jagte, war vergessen, als sie sich wieder aufrichtete und weiterrannte.

Nicht umsehen ... nicht rasten ... nicht liegenbleiben.

Sie warf den Kopf weit in den Nacken. Das Herz stach in der Brust ... das Herz ...

Sie taumelte auf eine Straße. Eine Autostraße.

Mit einem Schluchzen sank sie auf der Fahrbahn zusammen.

Frei!

Es gibt kein Wort, das größer ist als dieses.

*

Der himmelblaue Nash war von der Straße abgebogen und folgte einem schmalen, winkligen Weg, der durch das Gebirge dem White River zuführte.

Es war Nacht. Tiefe, schwarze Nacht. Die Sperren waren durchbrochen. In diesen Seitentälern, über die holprigen Wege durch die Schluchten, hatte man keine Polizei aufgeboten. In langsamerem Tempo schlängelte sich der Wagen mit abgeblendeten Lichtern durch die Felsenspalten.

Kezah ibn Menra war müde. Die Hetzjagd hatte ihn mehr angegriffen, als er sich eingestehen wollte. Vierzehn Stunden saß er jetzt hinter dem Steuer und jagte durch die Berge. Der Benzintank war leer, der Reservetank zeigte über die Uhr nur noch fünf Liter an. Zwar lagen im Kofferraum noch fünfzig Liter, aber sie waren nur für den äußersten Notfall gedacht.

Westlich der schmalen Straße floß in seinem Steinbett, tief eingeschnitten, der Colorado. Ab und zu tauchten im Scheinwerfer des Wagens die bizarren Formen der Cañons auf, schmale tiefe Schluchten mit senkrechten Wänden, ausgesägt in Jahrmillionen von den Wassern, die rauschend auf ihrem Grund flossen.

In einem Seitental hielt ibn Menra den Nash an und öffnete die Tür.

Er horchte. Fast fünf Minuten lang.

Stille. Nur das Rauschen des Flusses.

Kein Motor, kein fernes Summen.

Der Wind strich über die Tafelberge. Das Gras raschelte. Dürr, ausgetrocknet im heißen Sommer, gelb.

Ibn Menra schaltete die Innenbeleuchtung des Wagens an und wandte sich um.

Dr. Bouth lag auf dem Hintersitz, die Hände auf dem Rücksitz zusammengeschnürt. Die Platzwunde an der Stirn war dick verkrustet und schmutzig. Sie mußte schmerzen, aber in dem blassen Gesicht zeigte sich keine Regung. Die ganzen Stunden hatte er wortlos gelegen und die Jagd verfolgt. Auch jetzt, wo ibn Menra zu ihm hinüberkletterte und aus einem Verbandkasten Zellstoff und Alkohol holte, eine Binde und Penicillinpuder, schwieg er und ließ sich die Wunde auswaschen, sauber verbinden und bequemer hinlegen.

Der Marokkaner arbeitete schnell und geschickt. Unter seinen Händen ließ der stechende Schmerz nach, der Puder kühlte, und auch das Klopfen des Blutes in der Schläfe ließ etwas nach.

Dr. Bouth dehnte sich, so gut er es konnte.

»Sie waren unvernünftig, Doktor Bouth«, sagte ibn Menra, indem er das Verbandzeug wieder in den Kasten packte. Es waren die ersten Worte, die er seit vierzehn Stunden sprach. »Ich habe Ihretwegen bestimmt einige Polizisten zusammenfahren müssen und habe mir ein Anrecht auf den elektrischen Stuhl erworben.«

»Da gehören Sie auch hin!« sagte Dr. Bouth hart. Das Sprechen fiel ihm schwer, er mußte auch auf den Mund gefallen sein. Seine Zunge war dick und schwer.

»Das ist unhöflich von Ihnen, so etwas zu sagen.« Ibn Menra zündete sich zwei Zigaretten an und schob eine davon Dr. Bouth zwischen die geschwollenen Lippen. Zwar beizte der Tabakqualm, aber gierig sog Dr. Bouth das Nikotin durch die Lunge. Er wurde ruhiger, klarer. Seine Augen verloren das Flimmern. Opium, dachte er. Der Mann hat mit Opium präparierte Zigaretten. Sie sind köstlich in dieser Lage. So etwas muß man sich merken.

»Ich habe Sie nicht entführen wollen«, setzte ibn Menra das Gespräch fort. »Ich wollte Ihnen wirklich helfen. Erst, als Sie mir mit der Polizei drohten, konnte ich nicht anders handeln. Hoffentlich sehen Sie es ein?«

»Wohl kaum.« Dr. Bouth ließ die Zigarette auf den Lippen tanzen und schnippte so die Asche ab. Sie fiel auf seinen schmutzigen Anzug. »Sie haben mich in einer verzweifelten Lage erpressen wollen. Sie wollen das Atombombengeheimnis

Prof. Paersons. Das wollen die Russen auch. Ich brauchte also dann Sie nicht, um Mabel zu befreien.«

Ibn Menra schüttelte den Kopf. »Glauben Sie wirklich, daß Gregoronow und Zanewskij Ihre Braut freigegeben hätten, wenn Sie ihnen die Pläne überreicht hätten! Seien Sie doch nicht so naiv, Doktor Bouth! Man hätte die Pläne, Mabel, Sie, Prof. Paerson und alle anderen systematisch ausgeschaltet. Auf gut russisch: liquidiert! Was das heißt, wissen Sie hoffentlich. Nur der tote Mann ist gefahrlos, sagt man in Asien.«

»Zanewskij machte keinen schlechten Eindruck. Er ist selbst unter Zwang.«

»Das sind wir alle mehr oder weniger. Das ist unser Beruf. Man schickt keinen Menschen als Agenten in die Welt, ohne sich seiner Person durch irgendwelche persönlichen Werte zu sichern. Bei mir ist es meine Mutter. Man kennt keine Gefühle im Staatsinteresse.«

Dr. Bouth schloß die Augen. Die Opium-Tabakmischung erzeugte ein wohliges Gefühl. »Ich habe Sie schon einmal gefragt: Welches Land vertreten Sie?«

»Ist das so wichtig?«

»Das nicht. Aber im Interesse des fair play wäre es nett, es zu wissen.« Dr. Bouth sah ibn Menra kritisch an. »Sie sehen aus wie ein Türke oder Ägypter. Jedenfalls sind Sie Orientale.«

»Marokkaner.«

»Ach!« Dr. Bouth richtete sich auf, so gut es ging. »Hat Frankreich auch Interesse?«

Ibn Menra lächelte. »Ich weiß nicht, Doktor Bouth. Ich bin Marokkaner. Das genügt. Es wäre denkbar, daß — sagen wir — Schweden sich eines Marokkaners bedient, um Spionage zu treiben. Warum muß es gerade Frankreich sein?«

»Ach so.« Dr. Bouth ließ sich zurücksinken. »Verzeihen Sie. Ich denke wirklich etwas naiv.« Er stieß die zu Ende gerauchte Zigarette mit der Zunge aus dem Mund und ließ sie zu Boden rollen. Dort trat sie ibn Menra aus. »Und was haben Sie jetzt mit mir für Pläne?«

Ich will ehrlich sein. Gar keine. Ich werde Sie zunächst bei mir behalten. Allein schon die Aufregungen über Ihr Verschwinden kann uns nützlich sein.«

»Das verstehe ich nicht.«

»Möglich, Dr. Bouth. Es freut mich, daß unsere Karten so gut gedeckt sind, daß man sie nicht einsehen kann.« Ibn Menra stellte das Radio an. Leise Tanzmusik füllte den schwach erleuchteten Raum aus. »Ich komme Ihnen entgegen«, fuhr ibn Menra fort. »Ich nehme Ihnen Ihre Fesseln ab und lasse Sie frei herumlaufen, wenn Sie mir Ihr Ehrenwort geben, keinen Fluchtversuch, auch bei Begegnungen mit anderen Autos, zu unternehmen.«

Dr. Bouth biß die Zähne zusammen. »Dieses Ehrenwort kann ich Ihnen nicht geben«, zischte er. »Ich werde ausbrechen, wann und wo ich kann.«

»Schade.« Der Marokkaner drehte das Radio lauter. »Ich freue mich über Ihre Ehrlichkeit, Doktor Bouth. Nur, sie erleichtert nicht Ihre Lage.« Das Radio setzte plötzlich mit der Tanzmusik abrupt aus, und eine klare, männliche Stimme sprach. Hart klangen die Worte in den stillen Wagen.

»Wir unterbrechen unsere Sendung für eine wichtige Durchsage: Wie uns von der Regierung mitgeteilt wird, ist die Verfolgung des hellblauen Nash, mit dem der Physiker Dr. Bouth aus Los Alamos entführt wurde, abgebrochen worden. Der Wagen wurde zuletzt auf der Straße nach Price in Utah gesehen. Major Mys, der die Verfolgung leitete, verlor ihn aus den Augen. Da der Nash Price und die anderen Straßensperren nicht passiert hat, wird angenommen, daß er auf Felsenwegen in die Coloradoberge geflüchtet ist. Landpolizei und Pioniere kämmen seit Stunden die Cañons durch. Die Regierung hat wegen der außerordentlichen Bedeutung der Verschleppung, an der ausländische Interessengruppen beteiligt sind, für die Entdeckung von Dr. Bouth und Mabel Paerson eine Belohnung von 250 000 Dollar ausgesetzt. Das Außenministerium in Washington hat diplomatische Schritte unternommen. Mit dem Tod der beiden Entführten muß gerechnet werden. Die Bevölkerung wird gebeten, tatkräftig mitzuhelfen. Jeder Hinweis ist wichtig. Für die Gebiete Utah, Colorado, Idaho und Nevada wurde Polizeiaufsicht angeordnet.« Es knackte im Radio. »Wir setzen unser Musikprogramm fort . . .«

Die Rhythmen geisterten wieder durch die stille Nacht.

Ibn Menra sah Dr. Bouth nickend an.

»Ich könnte mir die 250 000 Dollar verdienen, Doktor Bouth. Aber was mir nicht gefällt, ist, daß man mit Pionieren diese Felsen hier durchkämmt. Ich glaube, wir steigen aus und wandern zu Fuß weiter, hinein in die Wildnis des White River. Leider muß ich Ihnen dann einen Knebel anlegen.«

»Ich werde nicht wie ein Waschweib schreien«, sagte Dr. Bouth ärgerlich.

»Um so besser. Das freut mich.« Ibn Menra löste die Fußfesseln Dr. Bouths und schob ihn auf die Straße. Dort machte er einige Kniebeugen und trabte hin und her, das stockende Blut in den Gliedern wieder in Fluß zu bringen. Der Marokkaner verbrannte unterdessen alle Papiere, die im Wagen lagen, zerstörte die Rundfunkanlage und zerriß mit einer Zange alle Kabel im Motorraum. Dann nahm er einen Rucksack aus dem Kofferraum, schnallte ihn sich um und faßte Dr. Bouth unter.

»Kommen Sie, Doktor Bouth. Den Wagen lassen wir als Zierde hier. Major Mys wird sich freuen, wenigstens den Wagen zu haben. Wenn er ihn findet, sind wir längst zwei kleine Sandkörner im Riesengebiet der Cañons. Und es wäre ein verdammter Zufall, wenn er gerade diese beiden Körner auflesen würde.«

Langsam kletterten sie auf steilen Pfaden in die Berge hinein. Dr. Bouth voraus, in der Richtung, die ihm ibn Menra angab.

*

Im Außenministerium in Washington lag, zum allgemeinen Erstaunen, die Antwortnote aus Rußland schon vor. Sie war kurz und wie immer negativ.

> »Die Union der Sozialistischen Sowjet-Republiken Rußlands bedauert, zu dem Vorfall der Entführung Mabel Paersons aus Los Alamos durch zwei Angehörige der sowjetischen Republik nicht Stellung nehmen zu können, da es sich nach genauen Nachforschungen ergeben hat, daß es sich um eine rein private Angelegenheit handelt, die nicht zum Bereich des sowjetischen Außenministeriums gehört. Die Union der Sozialistischen Sowjet-Republiken Rußlands lehnt es schärfstens ab, mit diesen Ereignissen in Zusammenhang gebracht zu werden.«

General McKinney und der Staatssekretär im amerikanischen Außenministerium sahen sich an.

»Einfach, klar und billig«, sagte McKinney giftig. »Bitte, beweisen Sie den Herren in Moskau das Gegenteil.«

»Wir rennen gegen eine Wand!« Der Staatssekretär hob beide Schultern. »Lösen Sie das Problem intern, McKinney. Da uns Rußland mitteilt, daß es sich um eine private Angelegenheit handelt, brauchen Sie keine Rücksicht mehr zu nehmen. Ob die Russen oder der hellblaue Nash ... rücksichtslos, General McKinney!«

Der General lachte bitter. »Erst haben! Major Mys hat den hellblauen Nash gefunden, in den Colorado-Bergen. Verlassen. Unbrauchbar gemacht. Aber von Dr. Bouth und dem oder den Entführern keinerlei Spuren. Von Mabel Paerson überhaupt nichts! Es ist zum Verzweifeln.«

Der Staatssekretär spielte mit den Akten auf seinem Tisch. Man sah, daß er seine Nervosität nicht mehr beherrschen konnte.

»Und was macht Prof. Paerson?« fragte er stockend.

»Prof. Paerson hat sich mit Gewalt aus dem Bett, das ihm Prof. Shuster zudiktiert hatte, entfernt. Er steht seit gestern nacht im Labor und in den Uranbrenn-Anlagen und kennt keine Ruhe mehr! ›Ich werde meine Spaltung durchführen!‹ soll er geschrien haben! ›Und ich werde sie so durchführen, daß ich die ganze Menschheit wegfegen kann!‹ Sein plötzlich aufbrechender Haß gegen den Menschen ist elementar, grenzenlos. Er hört auf keine Worte der Vernunft mehr, er ist nicht einzudämmen ... er hat die Türen der Labors, die man versperrte, aufgebrochen. ›Lassen Sie mich!‹ hat er die Ingenieure angebrüllt, die ihn halten wollten. ›Ich habe meine Tochter verloren und meinen besten Mann. Ich habe die Pflicht, für dieses Opfer etwas zu leisten!‹ Und dann stand er an den Cyclotronen und beobachtete die Kettenreaktionen. Jede Stunde ruft man aus Los Alamos bei mir an. Man ist vom Grauen gepackt. Was in monatelanger Arbeit erforscht wurde, will Paerson innerhalb Stunden erreichen. Er glüht, er verbrennt von innen heraus ...« McKinney hieb mit der Faust auf den Tisch. »Er ist am Ende seiner Kraft, aber er will es nicht wissen ...«

»Fahren Sie nach Los Alamos.« Der Staatssekretär heftete die Antwortnote Rußlands in eine Mappe, die er dem Präsidenten zum Vortrag bringen mußte. »Wenn Prof. Paerson seine Arbeit wirklich vollenden sollte, bringen Sie ihn mit nach Washington. Es wäre ein nationales Unglück, wenn auch Paerson verschwinden würde.«

Mit der Mappe unter dem Arm, verließ er das Zimmer und ließ General McKinney allein.

Er blickte aus dem Fenster auf die Straße.

Nach Los Alamos fahren, dachte er. Prof. Paerson nach Washington bringen. Wie denkt man sich das überhaupt?

Er erkannte seine Ohnmacht, zu handeln. Und diese Erkenntnis machte ihn hilflos.

Das Telefon auf seinem Schreibtisch schellte.

Er nahm den Hörer ab und nannte seinen Namen. Und plötzlich riß ihn etwas empor ... die Stimme da in dem Apparat, die Greisenstimme Prof. Shusters, warf den großen, schweren Mann in den Sessel.

»Das ist doch nicht möglich ...«, stotterte er verwirrt. »Shuster, sagen Sie es noch einmal ... ganz langsam, damit ich es glaube.«

Die Stimme schnarrte in der Hörmuschel. Dann brach sie ab. General McKinney hatte den Hörer aufgelegt. Er faltete die Hände.

»Mein Gott«, sagte er leise. »Die Spaltung ist gelungen.«

*

Heinz Behrenz steuerte seinen Studebaker langsam und vorsichtig durch die Berge. Nachdem die Radiomeldung durchgegeben war, daß der hellblaue Nash in der Nähe des White River gefunden worden war, ahnte er, welchen Weg Dr. Bouth gewaltsam nehmen mußte. Er schlängelte sich von Myton, am Fuße der Uinta Mountains, seitlich in die Cañons und fuhr, ohne es zu ahnen, seitlich auf ibn Menra zu.

Der neue Tag war warm, kaum, daß die Sonne über dem Tafelland stand. Heinz Behrenz zog seine Jacke aus, wusch die übernächtigten, brennenden Augen im Wasser eines Baches und aß dann eine Tafel Colaschokolade. Ein wenig erfrischt stieg er wieder in den Wagen und schaltete den Kurzwellensender ein.

Die Stimme Dr. Yamamaschis knarrte aus dem Lautsprecher.

»Wo stecken Sie, B 12? Dr. Hakanaki suchte Sie die ganze Nacht. Die Situation ist völlig anders geworden. Wir haben erfahren, daß Nowo Krasnienka Doktor Bouth nicht entführt hat. Eine andere, unbekannte Macht muß uns allen zuvorgekommen sein. Sie sollen die Suche nach Mabel Paerson aufgeben und versuchen, Dr. Bouth oder den hellblauen Nash zu erreichen.«

Behrenz schaltete um. »Ich bin in den Coloradobergen«, sagte er unwillig. »Wenn ich Glück habe, sehe ich Dr. Bouth noch heute. Auch Mabel Paerson kann nicht weit sein. Ich melde mich wieder, wenn etwas Besonderes ist.«

Er stellte den Sender ab und trank aus einer Leichtmetallflasche süßen, kalten, erfrischenden Orangensaft. Dann hielt er den Wagen an, stieg wieder aus und setzte sich in die Sonne. Er sah auf seine Hände. Sie zitterten vor Überanstrengung. Mit ihnen kann ich nicht mehr fahren, dachte er. Ich muß Ruhe haben. Zwei oder drei Stunden ... sie werden nicht so wichtig sein.

Er legte sich in das spärliche Gras, rollte seinen Rock als Kopfkissen zusammen und schob es sich unter.

Die heißen Strahlen der Sonne hüllten ihn ein. Sie nahmen den letzten Rest seines Willens.

Er drehte sich auf die Seite, den Kopf im Schatten einer über ihm ragenden Felsnase.

Minuten später war er eingeschlafen.

Wie lange er schlief, wußte er nicht. Er erwachte, weil ein losgelöster Stein über die Felsnase fiel und auf sein Gesicht schlug. Erschrocken fuhr er empor, blinzelte in die Sonne und erhob sich. Ein paar kleine Steine, die dem ersten folgten, rollten auf den Weg. Es klang wie ein helles Trommeln, als sie auf dem Felsboden aufschlugen.

Heinz Behrenz trat unter die Felsnase und entsicherte in der Tasche den Revolver. Über sich hörte er zwei Stimmen, leise, gedämpft ... sie mußten oben auf dem Grat sein, den der Felsen bildete, an dessen Fuß der schmale Pfad herumführte.

In diesem Augenblick senkte sich das große Vergessen über ihn. Die großen Ziele, die er erträumte, wurden klein. Der Mensch, an einer Grenze seines Ich angekommen, blickt nicht mehr in die Zukunft. Er versucht das Jetzt zu retten. Das ist sein Wesen, das ist die Natur in ihm, die um die Wurzel kämpft, wie ein Baum, den man abschlägt und der aus seinem Stumpf neue Reiser treibt, solange in seiner Tiefe noch die Kraft des Lebens ist.

Mit einem Schauer fühlte er, daß er den Revolver in der Hand hielt. Der Zeigefinger lag am Abzugshahn. So wartete er, an den Felsen gedrückt, ein Klopfen in der Kehle und in den Schläfen.

Sie sind es ... das spürte er wie ein Hauch, wie einen unsichtbaren Strom, der von den beiden Unsichtbaren über ihm zu ihm herunterfloß. Sie sind es!

Über ihm wurden die Tritte lauter. Dann hörte er einen erstaunten Laut. Die Unbekannten mußten jetzt kurz über ihm stehen, dort, wo der Felsen sich zum Pfad senkte.

Eine Stimme sagte leise: »Ein Auto! In dieser Gegend.«

Eine andere Stimme: »Ihr Spiel ist aus, mein Lieber!«

Die erste Stimme: »Noch nicht, Doktor Bouth.« Heinz Behrenz zuckte auf und duckte sich zum Sprung auf den Pfad. »Es ist kein Polizeiwagen. Er muß einem Privatmann gehören. Vielleicht einem Angler, der in dieser einsamen Gegend gute Lachse wittert. Wir werden den Wagen umgehen. Wenn Sie schreien, Doktor Bouth, oder sonst einen Unsinn machen, werfe ich Sie in den Cañon hinab. Er ist zweihundert Meter tief!«

»Das haben Sie nicht nötig.« Die Stimme Heinz Behrenz war ruhig und sachlich. Er war auf die Fahrbahn gesprungen und hielt dem ersten der Männer, die auf der Felsnase, keine zehn Meter von ihm entfernt, standen, seinen Revolver entgegen. Ibn Menra duckte sich, doch Behrenz hob die freie, linke Hand. »Kein Widerstand. Ich schieße rücksichtslos.« Er sah zu dem zweiten Mann hinüber, der mit auf dem Rücken gefesselten Händen und zerrissenem Anzug hinter dem ersten stand. »Sie sind Doktor Ralf Bouth?«

»Ja.«

»Kommen Sie bitte herunter. Nein, springen Sie. Wenn Sie in den Knien federn, geht es ganz gut.« Ibn Menra sah sich um. Er suchte nach einem geschützten Plan, nach einem dicken Stein, hinter den er sich werfen konnte, um seine Revolver aus der Tasche zu reißen. Kahl lag hinter ihm der Felsen.

Mit einem Lächeln hob er die Arme in Kopfhöhe.

Dr. Bouth sprang von der Felsnase herab und sank dabei in die Knie. Er schlug es sich auf, aber er erhob sich sofort wieder und rannte zu Heinz Behrenz.

»Nehmen Sie mir bitte sofort die Fesseln ab«, keuchte er. »Dieser Mann dort darf uns nicht entkommen.«

Heinz Behrenz beachtete ihn nicht, sondern trat an ibn Menra heran, der noch immer auf der Felsnase stand. Ruhig, mit erhobenen Händen, lächelnd.

»Es ist bedauerlich, Herr Kollege, daß Sie soviel Mühe hatten, mir Herrn Dr. Bouth zu bringen. Was halten Sie davon, wenn wir die Reise gemeinsam fortsetzen?«

Ibn Menra ließ die Arme sinken. »Sie haben mich gesucht?«

»Ich erhielt den Auftrag dazu!«

»Sie sind Agent?«

»Ja. Kommen Sie, Herr Kollege. Aber greifen Sie nicht in die Tasche. Ich habe schneller abgedrückt, als Sie gezogen haben.«

Der Marokkaner sprang auf den Pfad und kam auf Behrenz zu. Ohne Widerstand ließ er sich seine beiden Waffen aus den Taschen nehmen. Er holte aus dem Rock eine Schachtel Zigaretten und bot sie an.

»Eine kleine Friedenspfeife, meine Herren?« Er half mit, Dr. Bouth von seinen Fesseln zu lösen und massierte seine rotangelaufenen Handgelenke. »Unter uns sind wir jetzt«, meinte er vergnügt. »Ich erwarte jetzt nur noch die Russen.«

Dr. Bouth nickte, indem er die Arme zur Blutzirkulation weit im Kreise schwang. Er wandte sich an Behrenz.

»Wollen Sie mir auch verraten, wo sich Mabel Paerson befindet? Allerdings — das versteht sich — nur gegen das Entgelt der neuen Atompläne, nicht wahr?«

»Nein.«

»Was? Sie wollen nicht einmal die Pläne?«

»Vor einigen Tagen — jetzt nicht mehr! Ich habe nur Sie gesucht, um Sie aus den Händen unseres Kollegen zu befreien. Das ist alles.« Behrenz steckte seinen Revolver wieder in die Tasche. »Warum ich dies tue . . . das ist eine lange Geschichte, Doktor Bouth.«

Ibn Menra reichte Feuer herum. Der süße Duft seiner Opiumzigaretten durchzog das schmale Tal.

»Und was soll nun werden?« fragte er. »Ich nehme an, daß Sie mich an eine schöne, glatte Wand stellen, um dann allein mit Doktor Bouth weiterzuziehen.«

»Ich bin kein Mörder!« sagte Behrenz laut.

»Verzeihung. So genau kann man das nicht wissen.« Ibn Menra schüttelte den Kopf. »Was wollen Sie eigentlich?«

»Gregoronow und Zanewskij.«

Dr. Bouth sah den Marokkaner an. »Sie wollen es doch wissen«, höhnte er.

Ibn Menra nickte. Er nahm seine Karte aus der Rocktasche und schlug sie auf. Dann hielt er sie Heinz Behrenz hin und wies mit dem Finger auf einen dunklen Punkt. Interessiert traten Bouth und Behrenz näher und beugten sich über die Karte.

»Hier befinden wir uns«, sagte ibn Menra. »Und dort, in unserer Nähe, hundert Kilometer nordwestlich, liegt der Emmons Peak. Sie können ihn mit Ihrem robusten Studebaker in zwei Stunden bequem erreichen. Hier, am Emmons Peak, müssen sich die Russen versteckt haben. Die Gegend wimmelt von ausgewaschenen Höhlen. Auf jeden Fall sind sie in den Uinta Mountains. Bei Ogdon, in den Bergen am Salzsee, hat man die Trümmer ihres Versorgungsflugzeuges gefunden. Das Flugzeug verunglückte nicht, es wurde gesprengt.«

»Und Sie glauben, daß Mabel auch am Emmons Peak ist?« Dr. Bouth umklammerte die Karte, als sehe er Mabel schon vor sich, nur getrennt durch eine Macht, gegen die er im Augenblick noch keine Waffe besaß.

Ibn Menra rollte die Karte wieder zusammen und steckte sie in die Tasche. »Es ist möglich, daß Gregoronow und Zanewskij nach dem Scheitern der Verhandlungen mit Ihnen den ersten Ort verlassen haben und die vier Tage, die Sie Ihnen gewährten, an einem vielleicht besseren Platz verbringen. Auf jeden Fall sind sie hier in der Nähe, wenn sie mit Ihnen eine neue Unterredung bei Gleenwood Springs abgesprochen haben.«

Dr. Bouth bemächtigte sich einer großen Unruhe. Mabel hier in der Nähe. Und wir sprechen, wir versäumen wichtige Stunden. Jede Minute leidet sie, jede Minute kann sie auch das Leben kosten.

Er drängte auf Abfahrt. Heinz Behrenz und ibn Menra teilten sich das Fahren. Dr. Bouth saß auf dem Rücksitz und reinigte die staubigen Waffen. Er ahnte, daß der Kampf um Mabel in seiner Endphase wirklich ein Kampf sein würde. Aber er kannte keine Furcht, es kam ihm nie der Gedanke, daß er dabei fallen könnte, daß er Mabel nie mehr sehen würde, wenn einer der Russen besser zielte als er.

Der Wagen schlängelte sich durch die Cañons. Gut gefedert schwang er sich über die holprige Straße. Der robuste Motor brummte beruhigend gleichmäßig.

Ibn Menra, der am Steuer saß, richtete sich plötzlich im Sitzen auf. Man war drei Stunden gefahren, der Weg senkte sich. Im Tal blinkte ein weißes Band auf.

Die Bundesstraße. Die Gefahr. Er sah zu Heinz Behrenz.

»Wollen Sie weiterfahren?«

»Warum?«

»Ich habe drei Menschen getötet ... gestern. Ich konnte nicht anders. Ich mußte durch. Ich durfte keine Rücksicht nehmen.«

»Ich weiß. Deswegen können Sie doch fahren.«

Ibn Menra trat auf die Bremsen. Der Wagen stand. »Ich möchte nie wieder Autofahren«, sagte er leise. »Verstehen Sie das? Ich habe noch nie einen Menschen getötet. Ich habe nie daran gedacht, es zu tun! Und plötzlich geht es nicht anders ... plötzlich muß man es. Sie fielen unter meine Räder und wurden zermalmt. Wenn man mich zur Rechenschaft zieht, wird man sagen: Dreifacher Mord! Aber ich bin kein Mörder, ebensowenig wie Sie. Und darum ... darum möchte ich jetzt nicht fahren. Jetzt nicht und nie mehr.«

»Steigen Sie aus«, sagte Heinz Behrenz still.

Sie wechselten die Plätze. Dr. Bouth reichte von hinten die geputzten und geladenen Waffen herüber. Jeder erhielt vier Reservemagazine, die er in die Rocktasche steckte.

Dann fuhren sie weiter. Rauschend mahlten die Räder auf dem Asphalt der Bundesstraße. Der Wagen schoß vorwärts, dem kleinen Vernal entgegen.

Brummend zog der Wagen über die kleine Brücke, die den Yampa überquerte. Am Straßenrand sah man Holzgerüste und Baumstämme liegen. Es waren die Reste der in der vergangenen Nacht wieder abgebauten Straßensperre. Ibn Menra lächelte grimmig. Der Polizist sah dem großen Wagen mit der New Yorker Nummer interessenlos nach.

Dr. Bouth hatte einen Augenblick die Versuchung, die Tür aufzureißen und um Hilfe zu rufen. Doch dann dachte er an Mabel und ließ sich in das Polster zurücksinken. Erst Mabel, sagte er sich. Haben wir sie gefunden, wird sich alles Weitere ergeben.

Er rückte den Verband um seine Stirn zurecht. Die Platzwunde brannte wieder. Wenn es bloß keinen Wundbrand gibt, dachte er. Bloß kein Fieber.

Er drehte sich auf seinem Sitz herum und blickte auf die Straße zurück. Verlassen zog sie unter ihm her. Leer. Sie war wie alle diese Überlandstraßen Amerikas, gerade, nüchtern, gepflegt. Eine Straße, wie man sie überall findet.

Doch da ... Ein Mensch! Dr. Bouth richtete sich auf und drückte das Gesicht an das breite Rückfenster.

Ein Mensch schwankte aus den Büschen auf die Straße. Er winkte dem vorbeigebrausten Auto nach ... ein Mensch, zerrissen, ein Kleid ... ein helles Sommerkleid ... blonde Haare, flatternd, blonde Haare ...

»Mabel!« schrie Dr. Bouth grell. »Mabel! Mabel!«

Er trommelte mit den Fäusten gegen die Scheibe und stieß sich den Kopf an der Decke des Wagens.

Heinz Behrenz und ibn Menra waren zusammengefahren, als der erste Schrei ertönte. Kreischend bremste der Wagen, schleuderte über die Straße, drehte sich um sich selbst und kippte dann in den schmalen Graben am Straßenrand.

Dr. Bouth stürzte aus der Tür und rannte über die Straße. Heinz Behrenz und ibn Menra sahen, wie eine Frauengestalt auf der Fahrbahn zusammensank und nach vornüber fiel.

»Sie ist geflüchtet!« schrie ibn Menra im Laufen. »Die Russen müssen in der Nähe sein!«

Als sie an der Stelle ankamen, wo Mabel Paerson lag, sahen sie Dr. Bouth, wie er den Kopf des ohnmächtigen Mädchens in seinen Schoß gebettet hatte. Die Wunde an ihrem Knie war durch den Fall wieder aufgeplatzt. Schwarz quoll es über die dicken Streifen des geronnenen Blutes. Die Schuhe an ihren Füßen waren zerfetzt und mit Blut besudelt.

»Mabel«, stammelte Dr. Bouth. Er streichelte ihr das Haar, küßte sie auf die wunden Lippen, drückte sie an sich und hielt ihren Kopf an seine Schulter. »Mabel ...« Er blickte zu den beiden Gefährten auf. »Wie sie aussieht.« Seine Stimme war voll Grauen und Wut. »Gepeinigt, gehetzt ...« Er richtete sich auf, nahm Mabel auf seine Arme und trug sie von der Straße. Er ächzte unter der Last, aber er ließ sie sich nicht abnehmen. »So wahr ich lebe«, sagt er, auf das verfallene Gesicht blickend, »ich gehe nicht mehr nach Los Alamos zurück.«

Sie gingen zum Wagen zurück. Keuchend trug Dr. Bouth das blutende Bündel Mensch.

Auf dem halben Weg zum Wagen peitschte ein Schuß durch den stillen Morgen. Die Kugel pfiff vorbei und schlug neben Dr. Bouth in den Straßengraben.

»Die Russen!« ibn Menra stieß Dr. Bouth in den Graben und boxte ihn in den Rücken. »Rennen Sie!« schrie er. »Versuchen Sie, den Wagen zu erreichen!«

»Er ist gepanzert.« Heinz Behrenz kniete im Straßengraben und beobachtete die Büsche, die bis an die Straße reichten.

Wieder bellte ein Schuß auf. Die Felswände warfen ihn mit vielfältigem Echo zurück. Dr. Bouth, der den Wagen in wenigen Metern erreicht haben würde, zuckte zusammen und wankte.

»Sind Sie getroffen?« schrie Behrenz erschrocken.

Dr. Bouth schüttelte den Kopf und taumelte weiter. Er erreichte den Wagen, riß die Tür auf, schob Mabel in das Innere und fiel dann selbst zwischen Vorder- und Rücksitz auf den Boden. Aus seiner Schulter sickerte Blut. Das Hemd, die Jacke färbten sich rot. Gierig saugte der Stoff das Blut auf.

Er kroch ganz in den Wagen und zog die Tür hinter sich zu. Stöhnend zog er sich an dem Sitz empor und setzte sich neben Mabel. Er faßte ihren Puls und spürte, wie er schwach schlug.

Glück durchströmte ihn. Unfaßbares Glück. Er küßte wieder die heißen, aufgesprungenen Lippen, stand ächzend auf, nahm Behrenz' Orangensaftflasche und träufelte Mabel ein wenig zwischen die wie nach einem Schrei geöffneten Zähne.

Hinter sich, auf der Straße, hörte er die Schüsse peitschen. Ein paarmal klang es wie ein metallener Schlag gegen den Wagen. Er duckte sich und beugte sich über Mabel. Mit seinem Körper schützte er sie. Sein Kopf lehnte gegen das Polster. Der linke Arm wurde gefühllos, leblos, er hing am Körper, als gehöre er gar nicht dorthin. Warm lief es über die Schulter den Rücken hinab.

»Mabel . . .«, sagte Dr. Bouth. Dann verließen ihn die Gedanken, und er sank über ihr zusammen.

Ibn Menra kauerte im Straßengraben. Er hatte als erster gesehen, wo sich ein Busch bewegte. Gleich an der Straße, keine fünfzig Meter entfernt, lag der Schütze, der Dr. Bouth angeschossen hatte.

Heinz Behrenz suchte den Hang ab, der sanft zur Straße abfiel und dicht bewachsen war. Hier, hinter einem Baumstamm, lag Zanewskij und wartete. Gregoronow, in dem Busch an der Straße, schoß mit gleichgültiger Miene in die Reifen des Wagens. Als er sah, wie er in sich zusammenssackte, lachte er zufrieden. Sein breites Gesicht zeigte Zufriedenheit. Er wechselte das Magazin seiner Waffe und blickte hinüber zu dem Graben, in dem ibn Menra und Behrenz lagen.

»Wir kommen so nicht weg.« Der Marokkaner kroch an Heinz Behrenz heran. »Versuchen Sie, zum Wagen zu kommen. Fahren Sie ab.«

»Und Sie?«

Ibn Menra schüttelte den Kopf. »Ich bleibe hier. Ich decke Ihre Abfahrt. Retten Sie Miß Paerson und Dr. Bouth vor den Russen.«

»Ich lasse Sie doch nicht allein!«

Ibn Menra legte sich auf den Rücken und blickte in den wolkenlosen, blauen Himmel. Sein Gesicht war fern.

»Ich bin ein Mörder, ich gehöre nicht mehr in die Gesellschaft der Menschen. Was habe ich im Leben zu erwarten? Eine neue Jagd, dieses Mal um meinen Kopf. Eine Gerichtsverhandlung, ein Verhör, die Entdeckung meiner Tätigkeit, der Verrat des Landes, für das ich arbeitete . . . und am Ende der elektrische Stuhl. Warum das alles? Wir können dieses Verfahren doch verkürzen. Wo wird mir eine so gute Gelegenheit geboten wie hier?« Er lächelte wieder das rätselhafte Lächeln. »Ich habe mir immer gewünscht, nicht im Bett, sondern unter der heißen Sonne meiner Heimat zu sterben . . . draußen, wo der Atem der Wüste über den Atlas weht, und wo der Schrei der Tuareg die Rinderherden antreibt. Man soll sich so etwas nie wünschen. Nein! Immerhin scheint auch jetzt die Sonne, und es ist warm. Wenn man die Augen schließt und an nichts anderes denkt, könnte man glauben, es ist alles so, wie man es sich erträumte: Wärme, Luft und Weite.« Er drehte sich zu Behrenz herum, der ihm erschüttert zuhörte. »Ich heiße Kezah ibn Menra. Ich arbeitete für Spanien.«

»Ich heiße Heinz Behrenz und arbeitete für Japan.«

Sie gaben sich die Hand. Sie fühlten, wie sie zitterte.

»Japan ist ein schönes Land.« Ibn Menra lud seine Waffe neu. »Ich habe einmal — vor dreizehn Jahren — in Tokio gewohnt. Kurze Zeit nur. Na ja . . .«, er winkte ab. »Laufen Sie, Heinz . . . ich bleibe hier.«

»Nur, wenn Sie mitkommen, Kezah.«

»Nein!« Er drehte sich wieder auf den Bauch und kroch an den Rand des Grabens. »Warum wollen Sie mein Leben erhalten? Es ist mir selbst nichts mehr wert. Und — das wissen Sie doch — wenn wir den Glauben an uns selbst verlieren, ist der Tod eine Erlösung. — Gehen Sie, Heinz.«

»Ich verspreche es Ihnen, Kezah.«

»Danke . . .«

Ibn Menra kroch an den Rand des Grabens und schoß auf den Busch. Gregoronow, der es in seinem Blattwerk rauschen hörte, fluchte wild und feuerte zurück. Auf dem Berg lag noch immer Zanewskij und wartete.

Heinz Behrenz blickte zu ibn Menra hin. Er zögerte. Ist es Feigheit, wenn ich laufe? dachte er. Oder rette ich damit Dr. Bouth und Mabel Paerson? Ist es gemein, einen Kameraden jetzt allein zu lassen?

Er dachte nicht weiter, sondern schnellte sich empor. Wie er es gelernt hatte, im weiten Übungsgelände der Wahner Heide, unter den Kommandos ostpreußischer Unteroffiziere, rannte er um sein Leben. Drei Schritte vor ... hinlegen ... Drei Schritte ... hinlegen. Eine Strecke gerobbt, auf dem Bauche kriechend wie eine Schlange ... dann wieder auf ... drei Schritte ... hinlegen.

Sein Körper überzog sich mit Schweiß.

Kalt, sicher, wie eine Maschine schoß Gregoronow. Er zielte genau und drückte ab. Beim Rückschlag nahm er den Kopf etwas zur Seite.

Heinz Behrenz schnellte weiter. Entsetzt sah er beim Laufen, daß die Reifen des Wagens durchschossen waren.

Weiter ... weiter ... dachte er. Bis Vernal kann ich auf den Felgen fahren. Nur hinter dem Steuer muß ich sitzen. Hinter dem Steuer.

Eine Faust krachte ihm in den Rücken. Verwundert sah er sich um, den Boxer anzubrüllen.

Hinter ihm stand niemand. Da wußte er, daß er getroffen war. Ein Zittern lief durch seinen Körper. Die Beine waren wie gelähmt. Er hetzte weiter, ohne sich noch einmal hinzuwerfen. Er wußte, daß er nicht wieder aufstehen konnte, wenn er lag. Noch zweimal stieß ihn die Faust in den Rücken, zweimal schrie er auf und prallte dann gegen den Wagen. An den Türklinken zog er sich weiter, riß die Tür auf, ließ sich hinter das Steuer fallen und drehte den Zündschlüssel herum.

Heulend schrie der Motor auf.

Gregoronow in seinem Busch hieb mit der Faust auf die Erde. Er wollte hervorstürzen, aber Kezah ibn Menra verlegte ihm den Weg. Sein Schuß ging haarscharf an Gregoronows Kopf vorbei.

Der Russe ging zu Boden und feuerte zurück. Ohnmächtig, von den Schüssen ibn Menras niedergehalten, sah er, wie der Wagen anfuhr. Auf den Felgen, fluchte er. Er fährt tatsächlich auf den Felgen. Und ich habe ihn getroffen ... dreimal in den

Rücken . . . Warum, zum Teufel, schießt denn Zanewskij nicht? Er kroch tiefer in den Busch.

Zanewskij stand oben am Hang, an einen Baum gelehnt, und blickte hinab auf die Straße. Den Revolver hielt er in der Hand, aber er schoß nicht. Er sah, wie Dr. Bouth mit Mabel zum Wagen wankte, er sah Heinz Behrenz durch den Graben hetzen, und es wäre ihm ein leichtes gewesen von seinem Standpunkt aus jede Bewegung unter sich zu ersticken.

Er tat es nicht. Er wußte, daß es zu spät war. Zu spät zum Schießen, zu spät für einen Erfolg .. zu spät vor allem für Nowo Krasnienka.

Als das Auto anfuhr und langsam auf die Straße rollte, ratternd und knirschend, schloß er die Augen.

»Auf Wiedersehen, Wanda Feodora«, sagte er leise.

Mit einem Ruck hob er den Revolver und steckte den kurzen Lauf in seinen Mund. Der Stahl war kalt und glatt.

Mit geschlossenen Augen drückte er ab . . .

In dem gleichen Augenblick, in dem Zanewskij büßte, fiel unten im Graben der Straße Kezah ibn Menra. Ein kleines, kreisrundes Loch war in seiner braunen Stirn.

Er rollte in den Graben zurück, auf den Rücken und starb.

Und merkwürdig . . . um seine Lippen war wieder das Lächeln, als Gregoronow sich über ihn beugte.

*

Über Los Alamos lag die Nacht.

Die Uranbrenner, die Cyclotrone, die Betatrone, die Hanford-Anlagen arbeiteten. Ununterbrochen. Tag und Nacht. Schicht nach Schicht fuhr ein, gleichgültig, ob eine Mabel Paerson oder ein Dr. Bouth verschwunden waren. Die Arbeit mußte weitergehen, es ging um den Vorsprung, den Amerika vor allen anderen Staaten hatte, es ging um die Erhaltung der Erde.

Um den Frieden aus Furcht.

Los Alamos kannte keine Ruhe.

In seinem Labor saß Prof. Dr. Paerson vor einer Marmortafel. Ein Gewirr von Uhren leuchtete in den sonst dunklen Raum. Hinter den Uhren, verborgen durch meterdicke Betonklötze, war die Spaltungsanlage in den Felsen gesprengt, gesichert durch Graphitblöcke und mit neutronendämmernden Cadmiumstreifen und Borstahlstäben versehen. Mit automatischen Greifern konnten sie einzeln herausgezogen werden, und der Strom der spaltenden Neutronen wurde stärker und heftiger. Im Inneren sah dieser Brenner wie eine Riesenkugel aus Graphit aus, in dem eingebettet, wie ein Ei in einem Nest, das spaltbare Uran 235 lag. Die Kugel war oben etwas eingedrückt, ähnlich der Erdgestalt, es war, wie der Mathematiker sagt, ein an den Polen abgeglätteter Sphäroid ... ein neuer Stern mit der Leuchtkraft von sechzehn Sonnen, nicht dreißig Meter hoch.

Ein Stern, den ein Mensch schuf.

Prof. Paerson saß vor dem Oszilloskop und beobachtete das Pendeln auf der Skala. Er war in diesen Tagen ein alter Mann geworden. Sein Gesicht war zerknittert, seine Gestalt nach vorn übergezogen, um seine Augen lagen tiefe Schatten, die unter den Brillengläsern unheimlich vergrößert wurden.

Sein weißer, einfacher Labormantel hing um seine Schultern. Neben ihm stand Prof. Dr. Shuster und starrte auf die gleitende Skala des Atomthermometers.

»Was willst du tun?« fragte er leise. Die Spannung, die über diesem Raum lag, dämpfte seine Stimme. »Willst du Gott versuchen, William?«

Prof. Paerson schaltete an einigen Hebeln. Eine Sprechanlage verband ihn mit den Technikern hoch oben auf einem Balkon, wo man das technische Gehirn der Atomkugel in den Händen hatte.

»Drei Bohrstahlstäbe weg«, sagte Paerson sicher. »Cadmium um vier verringern.«

Man konnte hier unten nicht sehen, was hinter den dicken Wänden vor sich ging. Nur im Oszilloskop zeichnete sich die Urweltkatastrophe ab, die ein Mensch bändigte. Der Zeiger zitterte empor.

100 000 000 ... 150 000 000 ... 200 000 000 ... 225 000 000 Volt.

Prof. Dr. Shuster wischte den Angstschweiß von der Stirn. Er klammerte sich an eine Stuhllehne und starrte wie gebannt auf den Zeiger.

250 000 000 Volt. – Die Nadel stand. Bebte.

»Ein Borstab weg.« Paerson schob die Brille näher an die Augen.

»Das ist Wahnsinn!« sagte Dr. Shuster leise. »William, hör auf!«

Das Oszilloskop stieg.

300 000 000 Volt. 320 000 000 Volt.

»Ich habe jetzt fast das Doppelte als die bisherige Voltzahl«, sagte Paerson, als spräche er über ein allgemeines Thema. Seine Stimme war klar und fest. Er tippte an das Mikrofon. »Zwei Cadmiumstreifen weg und ein Borstab.«

Auf dem Balkon war es still. Dann sagte eine Stimme:

»Es ist unmöglich, Herr Professor.«

»Nichts ist unmöglich! Tun Sie, was ich sage!«

»Wir fliegen alle in die Luft!« schrie die Stimme des Ingenieurs. »Wir können die Voltzahl nicht mehr kontrollieren!«

Prof. Paerson sah zu seinem Freund hinüber. Shusters Augen waren glasig.

»Hast du auch Angst?« fragte er.

»Ja, William. Ich habe Angst.«

»Um dein bißchen Leben? Henry — wir werden nicht in die Luft fliegen. Wir haben unsere Kraft bisher nur unterschätzt. Ich habe neue Bremsanlagen eingebaut, neue Sicherungen, neue Mäntel aus verschiedenen Legierungen. Wir können den Druck halten! Henry, wir sind über uns hinausgewachsen!« Und plötzlich schrie er in das Mikrofon: »Zwei Cadmium und einen Stab weg!«

Es war still in dem kleinen Raum. Außerhalb des Zimmers, auf der Brücke über dem Brenner, stand der Ingenieur und zögerte. Ich habe Frau und Kind, dachte er. Ich habe . . . ich habe . . . Seine Hand zuckte . . . Die Hebel flogen herum. Im Inneren der Kugel griffen automatische Hände den Borstab und die Cadmiumstreifen. Langsam glitten sie zurück in die neutrale Zone hinter das Graphit.

Der Ingenieur wartete. Wartete auf den krachenden Tod.

Es war still. Die Kugel lag stumm in ihrem Felsen- und Betonbett. Die Kontrolluhren tickten weiter.

Da sank der Ingenieur in eine Ecke, ungläubig, als könne er das Wunder nicht begreifen.

Prof. Paerson sah auf das Oszilloskop. Der Zeiger schnellte empor.

400 000 000 . . . 500 000 000 . . . 700 000 000 Volt!

»Aufhören!« brüllte Dr. Shuster auf und wich zur Tür zurück, als könne er damit der Katastrophe entgehen. »Aufhören! Henry . . . wir fliegen in die Luft!«

Der Zeiger stand.

750 000 000 Volt!

Ein Sonnenheer in einer dreißig Meter hohen Kugel!

Prof. Paerson drückte auf den Knopf. Mit einem Ruck fuhren alle Sicherungen in das Innere des Brenners. Der Zeiger fiel herab auf den Boden.

0 Volt.

Langsam drehte sich Paerson um. Seine Augen waren klein, müde, alt. Über seinem Körper lief ein Schauer.

»Zwölf Jahre habe ich gebraucht«, sagte er leise. »Zwölf Jahre für diesen Augenblick. Vor zwei Tagen, in der Nacht, habe ich es geträumt. Da sah ich mich in meinem Labor, ich stand vor der Anlage und wußte keinen Weg. Keinen Weg in all den zwölf Jahren. Und plötzlich finde ich einen Zettel ... im Traum ... niemand wußte, wer ihn verloren hatte ... und auf diesem Zettel stand die Formel. Stand die neue Dichte der Mäntel, stand die Doppelspaltung, nach der ich suchte, sah ich endlich die Möglichkeit, die Kraft des Plutoniums zu brechen. Mit einem Schrei erwachte ich, aber der Kopf war klar. Ich rannte an meinen Tisch und schrieb die Formeln auf, so, wie ich sie im Traum sah. Dann sank ich wieder in einen tiefen Schlaf. Am nächsten Morgen wußte ich von nichts. Auf meinem Tisch, auf meinem Tisch lagen die Formeln. Ich probierte sie durch, ich ließ in der Nacht noch die Kugeln umbauen ...« Er legte beide Hände um Shusters Schulter. Sein Kopf sank an die Brust des Freundes. »Jetzt habe ich es gesehen ... ich kann mit vier Pfund Metall die Erde auslöschen ...«

»Es ist grauenhaft, Henry.« Dr. Shuster führte den erschöpften Freund aus dem Labor ins Freie. Die kalte Nachtluft wehte durch ihre weißen Haare. »Warum hast du das getan?« fragte der Arzt.

Paerson wischte sich über die Augen. »Ich weiß es nicht, Henry, ich weiß es wirklich nicht. 165 000 000 Grad Celsius Hitze! Dreißigtausendmal höher als die Temperatur der Sonnenoberfläche! Und es ist nicht die Grenze. Es ist erst der vierte Teil eines Prozentes aller Möglichkeiten. Im Atom wohnt das Millionenfache der Energie, die ich heute entdeckte! Es gibt keine Grenzen mehr, Henry, der Mensch ist ein Gott geworden!«

Prof. Shuster kroch es eiskalt über den Rücken.

»Du lästerst, William«, stammelte er.

»Noch nicht.« Paerson sah über Los Amalos. Durch den

Schein der tausend Birnen und Neonlichter wimmelten die Menschen. Tausende ... sie arbeiteten an dem Werk der Vernichtung ... An seinem Werk. »Ich lästere erst«, sagte er, »wenn ich den Menschen verrate, wie hoch sie in die Sterne greifen können, so hoch, daß sie nicht mehr weiterleuchten ...«

Plötzlich dachte er an Mabel und Dr. Bouth, die ersten Opfer seines unheimlichen Geistes. Er wandte sich ab und drückte dabei Dr. Shuster die Hand.

»Laß mich jetzt bitte allein, Henry. Ich muß in dieser Stunde allein sein.« Er griff an die Brust, als durchjage ihn ein plötzlicher Schmerz. »Ich .. ich habe Angst vor mir selbst.«

Prof. Shuster sah ihm nach, wie er die Straße zu seinem Haus entlangging. Ein kleiner, schmächtiger, nach vorne geneigter Greis. Kleine, suchende Schritte ... weißes Haar, das ungekämmt im Nachtwind wehte.

Der Herr über das Leben unserer Erde.

*

Gegen Morgen traf General McKinney in Los Alamos ein.

Er kam direkt aus Washington und hatte genaue Pläne mitgebracht, wie man die neue Spaltung agentensicher schützen konnte. Ferner brachte er die Berufung Prof. Dr. Paersons nach Washington mit. Der Präsident und der Außenminister wollten ihn sprechen. Er war über Nacht der wichtigste Mann der Vereinigten Staaten geworden. In seinen Händen lag die Zukunft der Welt.

Als McKinney auf dem Hochplateau, wo die Häuser der Wissenschaftler standen, ankam, wurde ihm eröffnet, daß Prof. Paerson niemanden empfangen wolle.

»Aber mich doch!« sagte McKinney sicher.

»Auch Sie nicht, Herr General.« Der zweite Assistent hob bedauernd die Arme. »Der Herr Professor hat sogar Oppenheimer und Fermi nicht vorgelassen.«

»Ich komme von Präsident Truman!«

»Der Präsident könnte selbst kommen ... Pearson läßt keinen vor. Er will allein sein. Er hat die ganze Nacht durchgearbeitet.«

General McKinney wandte sich ab und ging hinüber zum Hause Prof. Oppenheimers. Er war verärgert. Starallüren, dachte er. So fängt es an. Immer dasselbe. Erfolge steigen in den Kopf.

Er drückte die Mappe, die er unter dem Arm trug und die mit einer Kette an seinem Handgelenk diebessicher gefesselt, an sich.

Ein Aktenstück, dünn, rot mit schwarzer Schrift, lag einsam zwischen dem Leder. Zehn Blatt Papier nur.

Eine Akte mit dem Titel: »Die Verwendbarkeit der neuen P.-Bombe im Krieg.«

5

Die Sonne brannte durch die Wagenfenster. Es war dumpf im Innern des Autos ... stickig, ein Geruch nach Blut und Schweiß.

Mabel Paerson erwachte aus ihrer Ohnmacht und wälzte sich stöhnend herum. Mit einem Schrei fuhr sie auf, als sie die Augen öffnete. Ralf lag halb über ihr ... sein blasses Gesicht war schmal und verkrampft. Sein Rock, sein Hemd waren ein einziger großer Blutfleck. Liegend tastete sie nach seinem Kopf und legte die Hand auf seinen Mund. Er atmet, durchfuhr es sie, er atmet. Er lebt!

Sie schob sich empor, zog sich an der Rückenlehne hoch und bettete Dr. Bouth auf ihren Sitz. Dabei drehte sie sich um und riß die Faust in den Mund, um nicht grell aufzuschreien. Vor ihr, auf dem Führersitz, über das Steuer gedrückt, lag ein Toter. Aus seinem Rücken war aus drei Wunden Blut über den ganzen Sitz gesickert. Seine weißgelbe Hand hielt noch den Zündschlüssel umklammert, den er mit letzter Kraft herumgerissen haben mochte, um den Wagen zum Stehen zu bringen. Das Auto lag schräg in einem Wassergraben, der eine Waldschneise durchzog.

Zitternd setzte sich Mabel neben Ralf und riß ihm das Hemd von der Schulter. Ein Einschußloch war unterhalb des rechten Schulterblattes. Das Blut war geronnen. Als sie den Stoff von der Wunde entfernte, zuckte Dr. Bouths Körper leise zusammen.

Was ist denn bloß geschehen, dachte Mabel und sah sich um. Ralf verwundet ... ein fremder Mann am Steuer tot ... erschossen ...

Sie war gelaufen ... über Berge und durch Schluchten ...

das wußte sie. Sie hatte eine Straße erreicht ... sie war frei, endlich frei von den Russen ... und sie war auf diese Straße zu gestürzt, war auf die Fahrbahn gefallen und hatte, ehe es dunkel um sie wurde, noch das ferne Brummen eines Wagens gehört.

War es dieses Auto gewesen? Wo kam Ralf her. Wie kam er in diese entlegene Gegend? Wer war der fremde Tote am Steuer?

Zitternd vor Grauen beugte sie sich über die Lehnen der Vordersitze und berührte mit den Fingerspitzen Heinz Behrenz. Sie sah einen Revolver neben der Leiche liegen und nahm ihn an sich. Dann stieg sie aus, riß die Ärmel ihrer Bluse ab und tränkte sie in dem Wasser des Grabens. Damit wusch sie Dr. Bouth die Wunde aus, rieb das geronnene Blut von seinem Körper und legte ihm einen Streifen über die heiße, fiebernde Stirn. Ob sie es richtig machte, wußte sie nicht. Sie dachte nicht daran, wie man sich verhalten mußte ... sie wußte nur in zitternder Eile und einsamer Ratlosigkeit, daß sie helfen mußte, daß sie irgend etwas tun mußte, um zu retten, wenn etwas zu retten gab.

Als sie Ralf versorgt hatte, stieg sie aus und wusch sich selbst in dem brakigen Wasser, das vom letzten Regen übriggeblieben sein mußte. Sie kühlte ihre aufgesprungenen Fußsohlen und spürte, wie die Kälte wohlig den ganzen Körper durchrann, wie sie Kraft aus der Kühle des Wassers empfing, Kraft und Ruhe. Dann ging sie um den Wagen herum, sah die zusammengeschossenen Reifen, versuchte, den Kofferraum zu öffnen und entdeckte zwischen einem Reservereifen und einigen noch gefüllten Benzinkanistern einen blechernen Medikamentenkasten.

Da sie den Schlüssel nicht fand, nahm sie einen spitzen Stein und hieb in mühsamer Arbeit das Schloß auf. Verbandzeug, Watte, Zellstoff, fieberlindernde Tabletten, Wundsalbe, Puder und andere wichtige Medikamente lagen in den einzelnen Abteilungen. Sie umwickelte ihr aufgeschlagenes Knie mit einer elastischen Binde, riß die Blusenfetzen wieder von Dr. Bouths Einschuß und verband ihn, so gut sie es konnte, mit den Mullbinden. Auf den Einschuß legte sie eine Lage Zellstoff, mit Wundsalbe dick bestrichen. Dem Verwundeten schien es gut zu tun, er stöhnte leise, und nach einigen Zuckungen des Körpers lag er still. Der Krampf in seinem Gesicht ließ nach.

»Ralf«, sagte sie leise. »Ralf, was haben wir getan, daß man uns so schindet?« Sie küßte ihn auf die trockenen Lippen. Dann rannte sie wieder fort, holte in dem Hut des toten Heinz Behrenz Wasser und träufelte es Dr. Bouth zwischen die Lippen. Automatisch schluckte er, aber dann lief das Wasser an den Mundwinkeln wieder heraus.

Sie hockte sich neben ihn, zog die Beine an und blickte hinaus in den vom Sonnenlicht durchfluteten Wald. In langen, goldenen Streifen brachen die Strahlen durch das dichte Blätterwerk und zauberte wunderliche Schatten auf den Boden und die Fiederblätter der hohen Farne.

Was soll ich tun? dachte sie. Was soll nun werden? Ich kann doch nicht hier sitzen bleiben, in diesem Wagen, den Toten vor mir. Man wird uns hier nicht finden, abseits der Straße. Ich weiß ja überhaupt nicht, wo wir uns befinden! Sind wir in den Rocky Mountains oder irgendwo in den kalifornischen Bergen? Sind wir an der Grenze Kanadas oder weit im Süden in der Nähe Mexikos? Wenn wir hier warten, bis uns jemand findet ... ein Jäger oder ein Holzsucher oder ein Beerensammler ... ist er gestorben ... ist Ralf gestorben ...

Sie kletterte wieder aus dem Wagen und ging die Schneise ein Stück herunter. Sie mündete in einen dichten, pfadlosen Wald.

Sie ging zurück, den Spuren des Wagens nach, die sich tief in den weichen Waldboden eingegraben hatten. Ein Pfad lief seitlich durch einen Wald weiter ... die Spuren gingen über ihn in die Stämme.

Nichts. Es gab keine Straße. Warum war das Auto von der Straße abgewichen und vielleicht hunderte Meter in den Wald gefahren?

Ohne Reifen? Schleudernd und stoßend?

Plötzlich dachte sie an die Russen. Gregoronow, der Mann, der sie schlagen wollte. Zanewskij, der Frau und Kinder zu Hause hatte und es nicht konnte, sie zu erschießen.

Die Russen!

Eine unheimliche Angst erfaßte sie. Man verfolgte sie ja ... mein Gott ... sie streiften die Wälder ab, um sie zu suchen ... Man hatte diesen Mann dort am Steuer erschossen, weil er sie rettete. Man hatte Ralf angeschossen, weil er sie von der Straße aufnahm. Man kannte keine Rücksicht mehr ... man mordete.

Ralf!

Sie rannte den Weg zurück zu Behrenz' Auto. Als sie atemlos um die Ecke der Schneise bog, schrie sie jubelnd auf. Dr. Bouth stand an das Schutzblech gelehnt und drückte die rechte Hand an die schmerzende Brust.

»Ralf!« jubelte sie. »Ralf . . . Ralf!«

Sie rannte in seine Arme und küßte ihn. Und plötzlich weinte sie, hing sie schluchzend in seinen Armen und konnte es alles nicht fassen, was um sie herum geschah.

»Mabel.« Dr. Bouth drückte sie an sich. Sein Gesicht verzog sich schmerzhaft, aber er schwieg. »Ich habe gedacht, es sei alles umsonst gewesen. Ich habe gedacht, sie hätten dich wieder geholt. Ich war so verzweifelt . . . bis du um die Ecke ranntest.« Er küßte sie immer wieder auf die Augen und den Mund. »Jetzt bist du wieder da«, sagte er leise, »und ich gebe dich nie wieder her . . . nie wieder . . . nie wieder.«

Sie schmiegte sich in seine Arme. Sie hörte sein Herz schlagen . . . und dieses Klopfen in der Brust war schöner als alles, was sie bisher in ihrem Leben gehört hatte. Sie dachte an nichts mehr . . . an keinen Russen . . . an keine Flucht . . . an keine Gefahr . . . Es klopft, dachte sie nur . . . Sein Herz klopft. Sein Herz, mein Herz, unser Herz . . . Es klopft . . . O wie schön ist es weiterzuleben.

Dr. Bouth sah sich um, während er sie an sich gedrückt hielt. Er sicherte wie ein Wild, das man hetzt und im Dickicht etwas verschnaufen will.

»Wir müssen weg, Mabel«, sagte er.

»Ja, Ralf. Ich höre dein Herz.«

»Man wird die Spur des Autos finden und nachgehen. Wir sind verloren, wenn Gregoronow und Zanewskij uns finden. Wer weiß, wo die nächste Straße ist. Wir sind hier mitten in den Uinta Mountains. Ich bin zu schwach, um gegen die Russen zu kämpfen.«

»Ja, Ralf.« Sie lächelte glücklich. »Aber dein Herz schlägt so stark.«

Er löste seine Umarmung und führte sie an die Wagentür. Wieder sah sie den Toten und schauderte zusammen.

»Wer ist es, Ralf?«

»Ein Deutscher, Mabel. Heinz Behrenz. Ich verdanke ihm dein und mein Leben. Er war einmal unser Gegner. Warum er unser Freund wurde, weiß ich nicht. Er wollte es mir sagen, wenn er dich gefunden hatte. Armer, guter Junge.« Er kroch in den Wagen und holte den Rucksack ibn Menras hervor. Er war noch gefüllt mit Konserven und Zwiebackbeuteln. Aus der Tasche des blutgetränken Jacketts Behrenz' nahm er noch einen Revolver und beugte sich dann über den Toten. Ruhig suchte er alle Taschen ab und steckte die gefundenen vollen Magazine zu sich. »Wir werden sie vielleicht brauchen«, sagte er stockend. »Es ist ein weiter Weg zurück nach Santa Fé.«

Sie lächelte schwach. »Und es fing damit an, daß ich mir ein Hochzeitskleid aussuchen wollte.«

Dr. Bouth biß sich auf die Lippen. Heimlich sah er Mabel von der Seite an. Ob ich es überlebe, dachte er. Ob ich sie wirklich einmal heiraten kann?

Aus dem Kofferraum holte er zwei Decken und wickelte sie um den Rucksack.

»Wir müssen quer durch die Berge, Mabel.« Auf dem Kühler breitete er die Karte aus, die er in Behrenz Seitentasche fand. Auf den Gebieten von New Mexico und Nevada waren große Blutflecken. »Wir sind jetzt etwa hier südlich des Emmons Peaks. Von der Straße können wir gut dreißig Kilometer entfernt sein. Das ist in unserem Zustand ein Marsch von gut drei Tagen, wenn ...«, er stockte ... »wenn Gregoronow und Zanewskij uns nicht den Weg verlegen.«

»Wir werden es schaffen, Ralf«, sagte Mabel fest. Sie glaubte es nicht. Sie sah sein blasses, blutleeres Gesicht, das Zucken um die Augen, das Zittern der Finger, mit denen er ihr den Weg auf der Karte zeigte, die Fahlheit der Lippen, die wieder trocken waren, stumpf und rissig. Er wird Fieber bekommen, dachte sie. Sie wußte, was dies bedeutete. Er wird nicht weiterkommen, wir werden irgendwo in den Bergen liegen und warten müssen, bis sich der Griff des Todes löst — oder —. Sie blickte zur Erde. Nein, dachte sie. Nein! Es darf nicht sein! Ich bin doch bei ihm, ich kann ihm doch helfen ... ich werde ihn verbinden, ich werde ihm zu essen geben, ich werde ihn pflegen, ich werde alles für ihn tun, alles, was eine Frau nur kann, wenn sie einen Mann liebt, einen Mann, der ihr alles auf dieser Welt bedeutet. Und er wird nicht sterben, er darf es nicht, weil ich an das Leben glaube, an ein Leben mit ihm ... an ein glückliches, freies Leben irgendwo auf der weiten Welt.

»Ich liebe dich«, sagte sie leise, fast schüchtern.

Er sah sie groß an und verstand sie nicht in dieser Lage. Er sah den Weg, den sie flüchten mußten, er sah weiter in das kommende Grauen.

»Ich weiß es, Mabel«, sagte er kurz, fast zu hart für ihre Seele, die in diesen Augenblicken ganz für ihn geöffnet war. »Und nun komm ... wir haben wenig Chancen, glatt nach Hause zu kommen.«

Er nahm den Rucksack über den Arm, aber sie blieb stehen, löste den Rucksack aus seinem Arm und setzte ihn sich selbst auf den Rücken.

»Das geht nicht, Mabel«, sagte er laut. »Er ist zu schwer.«

»Laß uns gehen.« Sie stapfte ihm voran. »Wir haben wenig Zeit.«

Er wollte noch etwas sagen, er wollte ihr befehlen, den Rucksack abzulegen und ihn ihm zu geben ... aber sie hörte nicht auf ihn, sondern ging weiter in den Wald hinein ... durch die hohen Farne ... über den faulenden Boden ... durch die schrägen Strahlen der durch das Blattwerk brechenden Sonne.

Ihr flatterndes blondes Haar glänzte wie Gold, wenn sie durch einen Strahl schritt.

Ihre Hände hielten die Tragriemen. Durch den Verband um ihr Knie kam das Blut.

Sie blickte sich nicht um. Sie hörte nur, wie er ihr mit schnellen Schritten folgte. Dann war er an ihrer Seite. Stumm, groß, blaß.

Ihre Schritte knirschten durch den stillen Wald.

*

Die Nachricht der geglückten Superspaltung Prof. Dr. Paersons flog um die Welt.

In Nagoi, in Nowo Krasnienka, in Tanarenia hielt man den Atem an.

Ein Mann, ein einzelner Mann war weitergekommen als sie alle. Er hatte sie überflügelt, um Jahre zurückgeworfen, die Arbeit von Tausenden, die Millionen Summen an Geld sinnlos gemacht.

Dr. Hakanaki und Dr. Yamamaschi saßen in ihrem Felsenlabyrinth unter der Insel Hondo und rechneten immer wieder und immer wieder die Formeln durch. General Simanuschi, der Greis mit den sterbenden Augen, hockte neben ihnen auf seinem Schemel und starrte durch die hohe Glaswand hinab in das Laboratorium, wo an langen Versuchstischen die Technik eine Revolution durchmachte. Er saß, auf seinen Stock gestützt, und ließ den Kopf hin und her schwanken, als begreife er es nicht, daß aus diesen Wunderwerken nicht der gleiche Geist entsprang wie in Los Alamos, daß Japan wieder der Unterlegene sei ... Japan, das Reich der Sonne, die strahlend auf ihrer Fahne leuchtete.

Dr. Hakanaki legte den Bleistift zur Seite. Sein Gesicht drückte tiefste Niedergeschlagenheit aus.

»Es ist unmöglich«, sagte er langsam. »Es gibt kein Metall, es gibt keine Sicherung, die wir über 5 000 000 000 Volt bändigen können. Wir wissen, Exzellenz, daß im Atom eine ungeheure Kraft sitzt. Der Physiker sagt, daß jede Einheit der Atommasse eine Energie von 1 000 000 000 Elektronenvolt besitzt. Da das Uran 235 sich aus 235 solcher Einheiten zusammensetzt, so wäre die Energiemenge in einer hundertprozentigen Uranspaltung 235 000 000 000 Elektronenvolt. Was haben wir alle erreicht? Lächerliche 200 000 000 Volt Energie. Das ist nur ein Fünftel einer Masseneinheit der 235 Einheiten im Uranatom oder $^{1}/_{1,75}$ der Atommasse! Mit anderen Worten, es gibt keinen Menschen, der mehr freispalten kann als $^{1}/_{12}$ Prozent — rund ein $^{1}/_{10}$ Prozent — des Atoms. Das ist nicht mehr als ein Tausendstel! Darüber hinaus versagen wir ... gibt es kein Mittel mehr, die Energie zu halten. Es ist für uns alle die kritische Größe, nach der die Explosion folgt!«

Simanuschi bewegte den Kopf noch immer. Es sah gespenstisch aus, als habe er die Kontrolle über seinen Körper verloren.

»Prof. Paerson kann es«, sagte seine zittrige Greisenstimme.

»Es muß ein Bluff sein!« rief Dr. Hakanaki verzweifelt. »Man will uns auch auf dieser Ebene mit einem Nervenkrieg fertigmachen! Es *gibt* keinen Menschen, der 500 000 000 Elektronen-Volt freimachen kann!«

»Aber er kann eine Bombe bauen, größer als die über Hiroshima und Nagasaki.« General Simanuschi faltete die Hände über dem Stock. »Wenn man hundert Kilogramm Uran 235 nimmt und es möglich macht, daß sich alle Atome spalten, dann kann man eine Bombe haben von der Wirkung von 2 000 000 Tonnen Trinitrotoluol. Das sind 4 000 000 000 Pfund Sprengstoff auf einmal! Wissen Sie, was das bedeutet!

Mit dieser Menge können Sie in einer Sekunde halb Japan auslöschen! Es gibt kein Land der Sonne mehr, wenn Prof. Paersons Entdeckung kein Bluff ist!«

»Er muß es sein, Exzellenz.« Dr. Yamamaschi schob ihm ein Blatt Papier hin. »Wir haben die genauen Zahlen der Versuche von Bikini. Als die erste Bombe explodierte, schleuderte sie eine Wassermenge von 10 000 000 Tonnen in die Luft! Die Flutwelle war so groß, daß sich das amerikanische Schlachtschiff ›Arkansas‹, das sich 170 Meter von der Explosion entfernt befand, aus dem Wasser hob. Eine schwimmende, stählerne Stadt tanzte auf der Flutwelle wie ein leichter Korken! Und das alles nur, weil man ein Gramm Materie – ein Gramm, Exzellenz – in Energie umsetzte! Glauben Sie, daß der Mensch höher nach den Sternen greifen kann? Auch uns Wissenschaftlern ist eine Grenze gesetzt.«

Der alte General sah auf seine Hände. Er schloß die Augen und blickte nach innen. Japan, sah er. Das Land, zerklüftet, Insel an Insel. Millionen auf engstem Raum. Er sah den Krieg, den Kampf, die Schlachten um Singapur, um Mindanao, um Okinawa, das Unglück von Hiroshima und Nagasaki, die Kapitulation. Er sah die Toten und die Verwundeten, die ewig Verkrüppelten, die Gezeichneten und Unheilbaren. Er dachte an den Sonnenblitz, der am 6. August 1945, 9.15 Uhr amerikanischer Zeit, über Hiroshima fiel, an die Frauen, denen die Radioaktiven und Hitzestrahlen das Muster ihrer Kimonos unlöslich in die Haut einbrannten, er dachte an die Kinder, die wimmernd herumlagen, aufgedunsen, dem Strahlentod preisgegeben. Er dachte an alles, was Japan hieß, und er senkte den Kopf auf seine Hände.

»Wissen Sie, Hakanaki, wie die Worte hießen, die man nach der Bombe von Hiroshima in Millionen Flugblättern über unsere Heimat streute? Ich habe sie auswendig gelernt, und ich werde sie nicht vergessen, bis ich aufhöre, zu denken!« Er hob den Kopf mit den geschlossenen Augen. Ein Schauder lief über die Rücken Hakanakis und Yamamaschis.

»An das japanische Volk!
Amerika fordert, daß ihr den Inhalt dieses Flugblattes sofort in Erwägung zieht.
Wir sind im Besitz des vernichtendsten Sprengmittels, das je von einem Menschen ersonnen wurde. Eine einzige unserer

kürzlich entwickelten Atombomben entspricht in ihrer Sprengwirkung dem, was 2000 unserer riesigen B-29er bei einem einzelnen Angriff zu tragen vermögen. Diese furchtbare Tatsache solltet Ihr Euch genau überlegen, und wir versichern Euch feierlich, daß sie grausame Wahrheit ist.
Wir haben soeben begonnen, diese Waffe gegen Euer Heimatland einzusetzen. Wenn Ihr noch immer einen Zweifel hegt, erkundigt Euch, was in Hiroshima geschehen ist, als nur eine einzige Bombe auf diese Stadt niederging.
Bevor wir diese Bombe weiter anwenden, um jede Hilfsquelle der militärischen Führung zu vernichten, durch die sie diesen nutzlosen Krieg zu verlängern vermag, verlangen wir, daß Ihr jetzt Euren Kaiser ersucht, den Krieg zu beenden. Unser Präsident hat für Euch die dreizehn Punkte einer ehrenvollen Übergabe umrissen. Wir fordern Euch dringend auf, diese Punkte anzunehmen und mit der Aufgabe zu beginnen, ein neues, besseres und friedliebendes Japan zu errichten.
Jetzt müßt Ihr Schritte unternehmen, um den militärischen Widerstand aufzugeben. Andernfalls werden wir mit aller Entschlossenheit diese Bombe und alle unsere übrigen überlegenen Waffen einsetzen, um den Krieg schnell zu beenden.«

Simanuschi sank nach vorn über. Sein Körper wirkte leblos. »Das war das Ende Japans«, murmelte er. »Es war keine Lüge, ebenso, wie es jetzt keine Lüge ist ... diese neue Bombe.«

»Hören Sie auf!« schrie Dr. Hakanaki. Seine asiatische Beherrschung verließ ihn. Er schlug die Hände vor die Augen. »Wir können es nicht, General! Wir *können* es nicht! Das ist es! Wir sind zu dumm, wir sind zu klein! Wir sind keine Genies! Wir sind Menschen, einfache, dumme, stammelnde Menschen! Ich habe die Deutschen im Schilf des Roku gefragt ... sie wissen nur, daß auch Rußland nicht weitergekommen ist. Ich habe unseren Agenten B 12 in Los Alamos gefragt ... der Sender schweigt. Er schweigt seit Tagen! Ich habe alles versucht ... ich habe die Zentrale in New York gebettelt — sie weiß von nichts. Heinz Behrenz ist verschwunden. Dr. v. Kubnitz in Nowo Krasnienka glaubt auch nicht an die Doppelspaltung. Er hält sie für unmöglich! Was wir getan haben, ist alles, was in unserer Macht liegt, mehr können wir nicht.«

»Dann wird Japan nie wieder das Sonnenbanner über Asien fliegen lassen!« General Simanuschi erhob sich. »Es ist zu Ende mit dem Reich des Ostens.« Er sah an Dr. Hakanaki vorbei. Sein Blick irrte zu dem krummen Samureischwert an der Felsenwand. »Können Sie diese Spaltung noch erreichen, Dr. Hakanaki?«

»Nein!« Hakanaki schrie es. Seine Stimme brach sich an den Felsenwänden. Simanuschi nickte.

»Leihen Sie mir Ihr Schwert«, sagte er leise. Und als es Yamamaschi herunternahm und ihm mit bebenden Fingern überreichte, nickte er dankend. »Mein eigenes liegt bei Nagata. Ich habe es nicht mehr holen können, ehe man mich einfing.«

Er nahm das Samuraischwert in den Arm wie ein Kind. Er gab Dr. Hakanaki die Hand und Dr. Yamamaschi.

Dann ging er hinaus, durch den Saal, über die Treppe, durch die Schlucht, durch die Höhlengänge, bis er in die Sonne trat, an das Meer, zu dem die Felsen hinabfielen.

Die Brandung brüllte gegen die Klippen.

Simanuschi kniete auf den Steinen und verneigte sich gegen Osten.

Die Klinge des Schwertes blitzte in der Sonne.

Die Sonne, die auf Japans Fahnen weht.

*

Professor Kyrill war bleich.

Vor ihm in dem Sessel saß der Volkskommissar aus Moskau. Er war freundlich, er sparte nicht mit Lob über den Fortschritt der Anlagen.

Aber Prof. Kyrill ließ sich nicht täuschen. Er war Russe, er war Bolschewik — er wußte, daß hinter der glatten Maske biedermännischer Beredsamkeit die kalte, entblößte Brutalität wohnte. Das Entweder — oder ... Der Genickschuß oder der Stalinpreis.

»Sie haben von Prof. Paerson gehört, Genossen?« fragte der Volkskommissar gemütlich. Kyrill kniff die Augen zu einem Spalt zusammen. Sein Mongolengesicht verhärtete sich.

»Ja«, sagte er steif.

»Ein kluger Kopf, nicht wahr?«

»Ein Mann mit Glück.« Dr. v. Kubnitz lenkte ein. Der Mann aus Moskau winkte ab.

»Was ist Glück? Genosse v. Kubnitz, Sie wissen doch – unsere Ansicht ist: Erfolg nur durch Arbeit! Der Mann in Los Alamos hat gearbeitet.«

»Das tun wir auch!« Kyrill trat einen Schritt näher. »Wir haben die größten Atomanlagen der Welt. Wir haben drei Riesenversuchsfelder in Sibirien, wir haben die größte Urankapazität.«

»Und Sie haben den kleinsten Erfolg!«

»Ich bitte Sie, Genosse Kommissar ...« Kyrill hob beide Arme.

»Seien Sie still! Man ist in Moskau sehr erregt über die Arbeiten in Nowo Krasnienka. Man hat 2 Milliarden Rubel in Ihre Projekte und Pläne gesteckt, Kyrill! Man hat die Politik auf Ihre Prognosen aufgebaut. Man hat sich gesagt: Seien wir frech gegen den Amerikaner, wir haben ja auch die Atombombe! Wir können es uns leisten.«

»Und wir haben sie ja!« schrie Prof. Kyrill! »Kommen Sie doch mit hinaus nach Ygyetta und Tschur-Njar, nach Werinjach und Oimj. Ich zeige Ihnen, wie 50 000 000 Grad Celsius die Felsen zusammenschmelzen lassen!«

»Was Sie haben, ist ein Bömbchen.« Der Volkskommissar holte aus seiner Tasche einen Brief. »Was Sie mir vorführen, ist längst überholt. Prof. Paerson hat eine Superspaltung. Eine Bombe, die 16 Sonnen entspricht. Sechzehn Sonnen, Genosse Kyrill! Gegen diese Bombe sind wir machtlos! Sie ändert unsere Politik! Sie wirft die Weltrevolution wieder um Jahre zurück! Und nur, weil Sie unfähig sind, Genosse Kyrill!«

Der letzte Satz war geschrien. Dr. v. Kubnitz duckte sich ein wenig. Kyrill, das weiße Haar unordentlich um den gelben Schädel, die schräg stehenden Augen zusammengekniffen, sah den Volkskommissar haßerfüllt an.

»Ich kann nicht mehr leisten«, sagte er laut. »Ich stehe an der Grenze! Auch Dr. v. Kubnitz wird es bestätigen ... allen Berechnungen zuwider will Paerson dieses Freiwerden von Energie aus Materie erreicht haben. Es geht nicht, Genosse Kommissar. Man will uns von Washington aus bluffen! Man will uns unsicher machen! Das ist alles! Glauben Sie es mir. Es gibt keinen Menschen, der mehr als 200 000 000 Elektronenvolt bändigen kann.«

»Das sagen *Sie!*«

»Das sagen alle, die etwas von Atomphysik verstehen.«

»Und wenn es doch wahr ist? Was melden Ihre Agenten?«

»Sie schweigen!«

»Aha! Und Sie haben es nicht gemeldet?«

Prof. Kyrill sah auf seinen Schreibtisch. »Doch, Genosse Kommissar. Die Familie des Piotre Zanewskij ist bereits abgeholt worden. Sie untersteht jetzt dem Machtbereich der NKWD.«

»Sehr gut. Haben Sie das nach Amerika an die beiden Agenten gefunkt!«

»Ja. Der Sender schweigt.«

Der Volkskommissar erhob sich. Er gab Dr. v. Kubnitz die Hand und reichte sie dann Prof. Kyrill.

»Ich bin von Moskau gekommen, lediglich, um Ihnen zu bestellen, Genosse Kyrill, daß Sie Genosse Stalin und Genosse Malenkow zu sprechen und zu sehen wünschen.« Kyrill erblaßte. Seine Lippen wurden weiß. »Bringen Sie bitte die neuesten Pläne mit und Ihre Vorschläge, wie Sie der neuen Paerson-Bombe entgegentreten wollen. Wir wissen, daß Paerson seit zwölf Jahren daran arbeitet. Es ist aus Los Alamos durchgesickert, daß die Bombe eine Sprengkraft von 500 000 Tonnen hat! Ich weiß, daß diese Zahl nicht stimmt ... daß es mehr, viel mehr Energie ist, die freigeworden ist! Darüber möchte Sie gerne Genosse Stalin hören. Wann können Sie kommen?«

Kyrill wühlte in seinen Papieren. Er suchte nicht einen Zettel ... er mußte wühlen, er mußte etwas tun, er mußte das leise Knistern hören, um nicht aufzuschreien.

Er hatte Angst.

»In einer Woche, Genosse Kommissar«, stotterte er. »Ich komme mit dem Flugzeug.«

Dr. v. Kubnitz brachte den Volkskommissar an den schweren Wagen, der ihn zurückfuhr zum nahegelegenen Flugplatz. Der Mann aus Moskau sah den Deutschen kritisch von der Seite an.

»Was halten Sie von dem Genossen Kyrill, Doktor? Tut er seine Pflicht?«

»Mehr als das.« v. Kubnitz steckte die Hände in die Tasche. »Wenn einer Paerson erreichen kann, ist es er.«

»Danke.«

Das Auto rollte an, verschwand hinter einer Fabrikmauer. Dr. v. Kubnitz ging langsam zurück zu dem Stollen, der in die Tiefe des Labors führte.

*

Tanarenia lag hinter einem Regenschleier. Die weißen Villen, glanzlos, ohne Sonne, sahen aus wie im Regen verirrte Sommerfrischler. Nur die langen Schornsteine qualmten, still wie immer, gleichgültig. Unter der Erde gab es keinen Regen. Dort brannte Uran.

Dr. Juan de Sebaio lag in einem Schaukelstuhl und rauchte eine Pfeife. Er las die neueste Zeitung, die ein Kurier druckfeucht aus Madrid holte. Dr. Hans Ebberling saß am Radio und hörte ein Schubert-Quartett aus Deutschland.

Es roch nach starkem Bohnenkaffee und gutem Weinbrand.

Auf den langen Tischen lagen die Papiere durcheinander, so, wie man sie vorhin brauchte, hingeworfen. Unaufgeräumt. Ein wenig bohèmehaft. Die Gardinen waren halb vor die großen Fenster gezogen. Man brauchte von draußen nicht zu sehen, wie gut es den Herren Physikern ging.

»Was halten Sie eigentlich von Paerson?« fragte Sebaio und unterbrach damit die Andacht Ebberlings. Der Deutsche zuckte mit den Schultern.

»Er hatte es endlich erreicht. Sie machen nur einen Fehler – sie reden zuviel. Wir wissen das ganze Problem schon seit einem halben Jahr und haben nicht einmal der Regierung die Pläne verraten. Wer so laut schreit, wird bald die Hunde auf sich gehetzt haben.«

Sebaio nickte. Er trank seine Tasse Kaffee und stopfte mit einem Bleistift den Tabak in seiner Pfeife nach. »Kezah ibn Menra hat man gefunden. Erschossen. Täter unbekannt. Glatter, sauberer Kopfschuß. Auf der Straße nach Vernal.«

»Ich habe es gelesen.« Dr. Ebberling drehte das Radio etwas lauter. »Armer Kerl. Er wird die Russen gejagt haben. Wenn man nur wüßte, wo sich Dr. Bouth und Mabel Paerson befinden. Ich glaube nicht, daß die Russen sie haben. Ibn Menra hätte sie sicher weggebracht.«

Sebaio räkelte sich in seinem Schaukelstuhl. Er ließ sich hin und her wippen. »General Monzalez hat angerufen. Er tobte.«

»Warum?«

Sebaio lachte. »Weil Paerson die neue Spaltung entdeckt hat. Er denkt, wir seien hinter dem Mond und wüßten das alles nicht.«

»Und was haben Sie gesagt? Haben Sie etwa verraten, daß wir schon seit Wochen daran arbeiten, Sie Unglücksmensch?!«

»Aber nein. ›Ruhig Blut, General‹, habe ich gesagt. ›Wenn Sie in vier Wochen mit General Franco und der Regierung hinauskommen nach Tomelloso und sehen einen Blitz, dann halten Sie sich den Hut bitte fest!‹ Da hat Monzalez ganz unchristlich geflucht und eingehängt.« Sebaio lachte laut. »Können Sie es bis nächsten Monat schaffen, Doktor Ebberling?«

»Sicher. Die neuen Mäntel liegen in Tresor V. Die Bremsvorrichtung wird nächste Woche zusammengesetzt. Wir werden nicht mehr als 100 Gramm Materie nehmen. Bei 500 Gramm fliegen in Madrid sonst die Ziegel vom Dach.«

»Sie Witzbold!« Sebaio schüttelte sich vor Lachen. »Madrid liegt dreihundert Kilometer von Tomelloso entfernt.«

Dr. Ebberling sah kurz zu Sebaio hin und schüttelte den Kopf.

»Es gibt keine Entfernungen mehr. Der neue Stern aus der Retorte überbrückt das Weltall.«

Die Klänge des Quartetts waren das einzige, was im Raume stand. Sebaio kroch in sich zusammen. Er war plötzlich ernst. Er sah zu Dr. Ebberling hinüber und zog erregt an seiner Pfeife.

Es gibt keine Entfernungen mehr, grübelte er. Er hat einen neuen Stern geschaffen, der Deutsche. Er ist ein Genie. Spanien wird unbesiegbar sein.

*

Südwestlich vom Emmons Peak, in den Uinta Mountains, liegt eine kleine Holzhütte, eines der typischen Blockhäuser, wie sie seit der Kolonisierung Amerikas an unzähligen Stellen gebaut wurden und heute als Jagdhütten und Rastplätze für Fellhändler oder Wanderer dienen. Sie bestehen aus einem großen Raum, einer offenen Feuerstelle, einem Strohlager in einer Ecke, roh gezimmerten Tischen und Bänken und zeigen keinen anderen Komfort als die Beruhigung, bei Regen trocken zu sitzen — falls das Balkendach noch dicht ist.

Diese Hütten liegen abseits jeder Straße. Sie bilden die Oasen in der Steinwüste der Rocky Mountains, die ›Hotels‹ der Bummler und Abenteuerlustigen, die dem Grisly nachspüren oder romantische Erlebnisse suchen.

In einer dieser Blockhütten lag Dr. Bouth auf dem Stroh, zugedeckt mit den beiden Decken. Er lag da mit geschlossenen Augen und um sich schlagenden Händen, mit heißer Stirn und zuckendem Körper. Wenn er die Lider hob, war sein Blick glasig, ohne Erkennen. Seit zwei Tagen lag er auf dem dumpfen, faulenden Stroh und kämpfte mit dem Wundfieber. Bis zu dieser Hütte hatte er sich geschleppt, dann war er Mabel vor die Füße gefallen und verlor die Besinnung. Mabel hatte ihn in die Hütte geschleift, neu verbunden und saß nun ratlos an dem Tisch. Was sie tun konnte, hatte sie getan ... sie hatte ihn gewaschen, hatte die Wunde mit Puder und Salbe behandelt ... nun wartete sie.

Auf was, wußte sie nicht.

Auf das Ende? Auf ein Wunder? Auf einen Wanderer, der vorüberkam und sie aus der Einsamkeit rettete?

Sie war hilflos in dieser Stunde, wo Hilfe am dringendsten war. Sie konnte nichts tun als neben ihm sitzen, seinen Kopf stützen, wenn er fieberte, den kalten Schweiß von seiner Stirn und seinem Körper waschen und die brennende Wunde neu verbinden.

Wenn er schlief, ging sie hinaus in den Wald, kletterte auf einen der hohen Bäume und wollte sehen, ob nicht in der Nähe die Zeichen anderer Menschen zu sehen seien. Aber wo sie hinblickte, waren Felsen, Wälder und Unendlichkeit. Kein Rauch aus dem Schornstein einer Hütte, kein zwischen den Bäumen leuchtendes Dach, kein Mensch, der auf einem Berg stand und wie sie über die Gegend schaute. Nichts.

In naher Umgebung hörte sie ein leises Rauschen. Das mußte ein Fluß sein. Vielleicht einer der Flüsse, die den See bei Myton speisen. Dort müssen Angler sein, dachte sie. Dort kann ich ein Boot treffen. Aber wie bekomme ich Ralf durch den Wald? Ich kann ihn doch nicht tragen, ich bin doch viel zu schwach dazu. Und die Russen sind auch in den Wäldern ... ich kann doch nicht schießen, wenn sie mich sehen. Ich kann doch keinen Menschen töten ... Ich habe doch noch nie einen Revolver in der Hand gehabt.

Sie stieg wieder von dem Baum herab und ging zur Hütte zurück.

Ralf fantasierte. Er stammelte. Er riß die Arme weit in der Luft herum. Einmal schrie er auf und klammerte sich an die ihn stützende Mabel.

Und wieder wischte sie den Schweiß von seinem Körper, verband die brandige Wunde neu, kühlte sie mit Salbe, träufelte ihm Wasser zwischen die rauhen Lippen und saß dann neben ihm, ohnmächtig, ihm weiter zu helfen, erschöpft in den ihr zur Verfügung stehenden Möglichkeiten.

In diesen Nächten betete sie. Still, in sich hinein, in einer innerlichen Zwiesprache mit dem einzigen, der noch helfen konnte. Sie saß in der Ecke am offenen Feuer und starrte in die Flammen. Die Wärme strahlte über ihren schmal werdenden Körper. Aber sie fror.

Zwei Tage und zwei Nächte.

Drei Tage ... vier Tage ... fünf Tage ...

Am sechsten Tag waren die Vorräte des Rucksackes aufgebraucht. Sie durchstreifte den Wald und schoß mit dem Revolver nach Vögeln. Bei ihrem ersten Schuß schloß sie die Augen. Und sie atmete auf, als der große Vogel – sie kannte nicht, zu welcher Sorte er gehörte – davonflog, und die Kugel durch die Zweige der Bäume pfiff. Doch dann zielte sie, dann drückte sie ab und rannte in die Gebüsche, den zerfetzten Vogelkörper aufzuheben. Sie rupfte ihn aus und briet das wenige Fleisch über dem Feuer oder legte es in die heiße Asche. Ohne Salz schlang sie es dann herunter, mit würgendem Schlucken. Das erstemal erbrach sie sich draußen vor der Hütte, aber am siebenten Tage aß sie es, weil sie Hunger hatte. Sie klopfte mit Steinen den Deckel des Medizinkastens hohl wie einen Topf und kochte in diesem Leichtmetallgefäß aus geschossenen Vögeln eine Bouillon, die sie Ralf langsam, geduldig, in stundenlangem Mühen zwischen die Lippen träufelte.

Er darf nicht sterben, dachte sie. Er muß weiterleben. Alles will ich tun, alles ... Ich gehöre zu ihm auf Leben und Tod.

Am Abend des siebenten Tages ließ das Fieber etwas nach. Dr. Bouth schlief ruhig und fest, ohne zu fantasieren. In seinen Adern klopfte das heiße Blut ... aber sein Körper lag still, er verkrampfte sich nicht mehr. Der Atem war rasselnd, aber gleichmäßig.

Leise erhob sich Mabel und steckte die beiden Revolver zu

sich. Am Morgen hatte sie auf einem Tierpfad die Spuren von Wild gesehen. Wenn ich ein Reh schieße, können wir über zwei Wochen leben, freute sie sich. Wenn ich es schieße ...

Sie deckte Ralf gut zu und verließ die Hütte. Die Dämmerung kroch über den Emmons Peak. Es hatte geregnet, die Erde roch faulig und war weich.

Sie ging vielleicht eine Viertelstunde, als sie hinter einem Waldstreifen Wasser blinken sah. Ein Fluß mit starken Stromschnellen wand sich durch ein Felsental und schoß mit großer Strömung weiter durch den Wald, aus dem er sich sein Bett gerissen hatte. Es war eine einsame, wilde Gegend, die selten ein Mensch betreten hatte. Ein Paradies für den Lachsfischer, aber eine Hölle für den Einsamen, der Menschen sucht in seiner Not.

Sie wollte die Kleider abwerfen, um sich nach langer Zeit wieder im strömenden Wasser zu baden, den Schmutz der Einsamkeit abwerfen, als es hinter ihr knackte. Sie wich zurück und nahm einen der Revolver in die Hand. Wenn es ein Reh ist, oh, wenn es doch ein Reh ist! Sie drückte sich gegen einen Baumstamm und wartete.

Aus den Büschen trat eine Gestalt.

Ein Mensch! Ein Mann! Er sah abgerissen aus in der fahlen Abenddämmerung – aber er wußte den Weg zurück ... er konnte helfen. Sie würden Ralf tragen, sie würden ihn retten können.

Mabel wollte vortreten aus dem Schatten des sie schützenden Baumes, als sich der Mann umdrehte. Die Strahlen der untergehenden Sonne glitten über sein breites, mit schwarzem Bart umwachsenes Gesicht.

Gregoronow.

Ihr Entsetzen war so groß, daß sie zurück an den Baum prallte. Sie wollte schreien, aber der Ton blieb wie gefroren in der Kehle.

Wassilij Gregoronow hatte den Laut hinter sich gehört. Er schnellte herum, tierhaft, leise, von unheimlicher Geschmeidigkeit

Seine Augen wurden groß. Er starrte in den Lauf eines Revolvers, den eine schmale, blasse Hand hielt. Dahinter war ein wilder blonder Lockenkopf und die Gestalt eines schmalen Mädchens.

»Miß Paerson!« sagte Gregoronow leise.

»Ja! Rühren Sie sich nicht!« Mabels Stimme war belegt. Was soll ich tun, wenn er auf mich zustürzt? Soll ich wirklich schießen ... soll ich einen Menschen umbringen? Man wird sagen, es war Notwehr ... aber ich könnte es nie vergessen ... nie ...

Gregoronow wich zurück. Jetzt stand er unmittelbar am Ufer des reißenden Flusses. Seine Augen waren klein, zusammengekniffen.

»Zanewskij hat sich erschossen – Ihretwegen! Weil Sie uns entkommen sind! Ich habe Sie gesucht ... ich habe den Wagen gefunden mit dem toten Fahrer. Ich wußte, daß ihr hier in der Nähe seid. Und ich lasse euch nicht wieder laufen! Ich will nicht auch noch von Moskau liquidiert werden! Ich will weiterleben, und wenn es sein muß, indem ich euch umlege.«

Er blickte auf den Revolver Mabel Paersons und dachte an seine Waffe, die er in der hinteren Hosentasche trug.

»Dr. Bouth ist verwundet?« fragte er, um Zeit zu gewinnen.

»Ja. Er liegt im Sterben.«

»Um so besser.« Gregoronow sah sie lauernd an. In die Tasche greifen und so tun, als wolle man ein Taschentuch herausholen, durchfuhr es ihn. Dann den Revolver heraus. Sie wird nicht schießen. Eine Frau kann das nicht.

Er schneuzte sich und griff in die Tasche. Mabel verfolgte seine Hände und sah, daß seine Finger nicht in die Tasche, sondern nach hinten griffen.

Er nimmt seinen Revolver, durchfuhr es sie. Er wird mich gleich überwältigt haben, mich und Ralf. Und wir werden wieder herumgeschleppt, man wird uns weiter erpressen ... man wird uns töten.

»Nehmen Sie die Hände hoch!« schrie sie voll Verzweiflung.

Gregoronow duckte sich. Blitzschnell fuhr seine Hand in die Hosentasche. Er riß an dem Griff des Revolvers, aber an einer schadhaften Futterstelle saß der Lauf fest. Er riß, er fluchte – es ging um Sekunden.

Mabel Paerson stand steif und wie erstarrt am Ufer. Sie hatte den Arm mit dem Revolver weit von sich gestreckt. »Tun Sie es nicht!« schrie sie plötzlich. »Ich bitte Sie, tun Sie es nicht!«

Ich bin verloren, durchjagte es sie. Ich kann nicht schießen, ich kann auf keinen Menschen schießen. Ralf, vergib mir ... alles, alles habe ich für dich getan ... aber das, das kann ich nicht ...

Gregoronow hatte den Lauf frei und riß den Revolver aus der Tasche. In diesem Augenblick, in dem Moment des Herausreißens, sah Mabel zu ihrem grenzenlosen Erstaunen, wie ein Strahl aus dem Lauf ihres Revolvers fuhr. Sie hörte einen Knall, sie sah mit weit aufgerissenen Augen, wie Gregoronow seine Waffe fallen ließ, wie er sich an die Brust griff, wie er sich um sich drehte und stumm in den Fluß fiel. Die Strömung erfaßte ihn, drehte ihn in einem rasenden Wirbel und riß ihn dann mit sich weg in die Schnellen hinein, wo er im gurgelnden Schaum verschwand.

Fassungslos stand Mabel am Ufer. Langsam zog sie den Arm zurück und betrachtete ihren Zeigefinger. Er war umgebogen, — krumm lag er am Abzugsbügel des Revolvers.

Sie hatte geschossen ... sie hatte einen Menschen erschossen. Ihr Finger ... der kleine Zeigefinger hatte ein Leben ausgelöscht.

Entsetzt ließ sie den Revolver fallen. »Nein!« schrie sie auf. »Nein! Ich wollte es nicht! Mein Gott, glaube es mir — ich wollte es nicht! Ich wollte nicht töten ... Ich weiß doch gar nicht, daß ich schoß ... ich weiß doch von nichts ... Nein ... nein ...«

Sie rannte durch den Wald zurück, als hetzte man sie. Die Zweige schlugen ihr blutige Striemen ins Gesicht ... sie kannte keine Rast, keinen Umweg ... sie rannte blind durch den Wald, immer das Bild vor Augen ... Er fällt ... er greift an die Brust ... er stürzt in die Strömung ...

Ein Mensch ...

Atemlos, aufgelöst fiel sie in die Hütte neben Dr. Bouth auf das Stroh. Er schlief mit dem ruhigen Atem eines Genesenden. Schluchzend kroch sie an ihn und verbarg ihr Gesicht, in dem noch immer das Grauen stand, an seiner Brust. Sie deckte die Decken über ihren Kopf, um nichts mehr zu sehen und zu hören. Sie fühlte die Wärme seines Körpers wie tröstend zu ihr gleiten und schloß die Augen.

Erschöpft schlief sie ein, mit dem Gesicht auf Ralfs Brust.

Aber noch im Hinüberdämmern rauschte es durch ihren Körper.

Frei ... endlich frei ...

Kann Gott verzeihen ...?

Die Sonne schien durch das blinde Fenster, als Mabel Paerson erwachte.

Ralf schlief noch. Aber seine Haut war irgendwie glatter, weniger schweißig, sondern ein bißchen getönt. Das Rasseln des Atems hatte nachgelassen.

Mabel Paerson erhob sich leise und wusch sich draußen in der Tonne, die das Regenwasser sammelte. Dann kochte sie aus zu harten Würfeln gepreßten Blättern in dem Topf aus dem Kastendeckel mit Regenwasser einen Tee und schlürfte ihn.

Wie einsam es hier doch ist, dachte sie, indem sie aus dem Fenster blickte.

Sie schrak zusammen, aus ihren Gedanken gerissen. Eine Stimme sagte leise:

»Wasser . . .«

Dr. Bouth hatte sich ein wenig aufgerichtet und schaute sich um. Mabel stürzte zu ihm hin und umfaßte ihn.

»Ralf«, jauchzte sie. »Ralf . . . du bist wieder da . . . Ich habe dich wieder . . . Oh, Ralf . . .« Sie küßte ihn und legte ihn zurück in das Stroh. Dann tauchte sie ein Stück Mullbinde in das Wasser und legte es ihm zwischen die Zähne. Gierig saugte Dr. Bouth das Wasser aus dem Stoff. Dabei irrte sein Blick umher, durch die Hütte, über Mabel, an das offene Fenster.

»Wo sind wir?« fragte er schwach.

»Am Emmons Peak, Ralf. Du hast lange geschlafen . . . und ich habe gewartet, bis du wieder aufwachtest.« Sie wusch ihm das Gesicht, das blasse, von Bartstoppeln dicht übersäte, ausgemergelte Gesicht mit den brennenden Augen darin.

»Du mußt ruhig liegen«, sagte sie und bettete ihn vorsichtig um. »Du darfst dich nicht so viel bewegen. Und nicht sprechen, Ralf . . . hörst du?«

Er nickte und lächelte schwach. Er sah ihren flinken Händen zu, die ihn verbanden und ihm ein Stück Fleisch gaben.

»Wie gut du bist«, sagte er leise.

»Ich liebe dich doch, Ralf.«

»Und die Russen?« Er sah sie plötzlich ängstlich an. »Wenn sie uns hier finden?«

»Sie werden uns nicht finden.« Mabel biß die Zähne aufeinander. Ich darf es ihm noch nicht sagen. Wenn er es weiß, wird er unruhig und springt vielleicht auf. Er muß ganz ruhig bleiben, ganz ruhig . . . »Ich glaube, Zanewskij und Gregoronow sind weit weg«, meinte sie doppelsinnig.

»Hoffentlich haben wir unsere Spur gut verwischt.« Dr.

Bouth trank in langen Schlucken die heißgemachte Vogelbouillon. Er kam nicht auf den Gedanken, zu fragen, woher sie sie habe ... er wußte nicht, wie lange er im Fieber gelegen hatte, er dachte an ibn Menras Rucksack und trank zufrieden.

»Das tut gut«, sagte er aufatmend und ließ sich ins Stroh zurücksinken. »Wenn es geht, ziehen wir morgen weiter, Mabel.«

»Du bist noch zu schwach, Ralf. Laß uns noch einen Tag warten.«

Dr. Bouth sah in die Flammen des offenen Feuers in der Ecke.

»Wir müssen zurück nach Los Alamos. Man wird nicht wissen, wie man sich verhalten soll. Dein Vater wird völlig zusammengebrochen sein.« Er blickte zu Mabel hin. »Vielleicht hat man das Auto mit Heinz Behrenz gefunden? Das wäre eine Hoffnung. Man wird uns hier suchen.«

Soll ich ihm sagen, daß in acht Tagen keiner gekommen ist? Daß wir hier mitten in Amerika doch am Ende der Welt leben? Oder am Anfang? Sie schüttelte den Kopf. Dr. Bouth lächelte.

»Warum schüttelst du den Kopf, Mabel?«

Sie schrak empor. »Ach. Nichts, Ralf. Habe ich mit dem Kopf geschüttelt?«

»Ja.«

»Es war aber bestimmt nichts.« Sie setzte sich zu ihm und nahm seine Hände. »Du sollst doch nicht soviel sprechen. Du sollst ganz ruhig liegen.«

Dr. Bouth lag eine Weile ruhig und schaute Mabel unverwandt an. Sie sieht schlecht aus, dachte er. Das Gesicht ist so eingefallen und schmal geworden. Tiefe Ringe liegen ihr unter den Augen. Sie hatte Angst um mich, sie dachte, ich wache nicht wieder auf. Doch dieser kurze Schlaf hat mir gut getan. Noch eine Nacht, und ich kann weiter. Wenn wir uns nach links halten, kommen wir in zwei Tagen an die Straße.

»Wie lange habe ich geschlafen?« fragte er in die Stille hinein.

Mabel schaute auf seine Hände. »Ein paar Stunden«, log sie. »Ich habe mich unterdessen ein wenig in der Umgebung umgesehen und konnte dich verbinden.«

»Hier ist es schön, nicht wahr, Mabel?« Dr. Bouth lächelte sie schwach an.

»Ja, Ralf. Hier ist es schön.«

»Etwas weiter, vielleicht zwanzig Minuten zu Fuß, ist ein Fluß.« Mabel schauderte zusammen. Dr. Bouth sah es nicht und sprach weiter. »Er ist voller wilder Strömungen und schießt zwischen zwei Felsen hindurch.«

»Du kennst den Fluß?« Mabels Zunge war schwer wie Blei. Die Worte schmerzten, als sie sprach.

»Ja. Ich habe dort zweimal geangelt. Damals war ich noch Student und verlebte meine Ferien in den Rockies, weil es eben zu einem Studenten unserer Gruppe gehörte, wenigstens einmal in den Rockies in Zelten übernachtet zu haben. Ich habe fast eine Woche an dem Fluß gelebt. Es war eine schöne, unbeschwerte Zeit.«

»Das glaube ich, Ralf.« Mabel lehnte den Kopf an seine Schulter. »Du«, sagte sie, um nichts von dem schrecklichen Fluß zu hören, »ich glaube, wir können unseren Hochzeitstermin nicht einhalten.«

Er lachte leise. Man sah, daß ihm das Lachen in der Wunde schmerzte.

»Wir sind uns ja bis heute nicht über dein Kleid einig. Ich will, daß du aussiehst wie eine Prinzessin.«

Sie schaute an sich herunter ... die zerrissene Bluse, der zerfetzte Rock, die nackten, blutigen, aufgeschlagenen Beine.

»Eine Lumpenprinzessin«, lächelte sie. »Magst du mich denn noch, so, wie ich jetzt bin?«

Ich muß ihn ablenken, dachte sie dabei. Ich muß dumm reden, wie eine kleine, verliebte Gans, nur, damit er nicht an sich denkt, an die verzweifelte Situation, in der wir uns befinden. Ich muß ihn alles vergessen lassen. Ich muß ihn fröhlich und glücklich machen.

In diesen Stunden und Tagen wuchs sie über sich hinaus.

Sie küßte Ralf, sie legte sich neben ihn, drückte sich eng an ihn und ließ sich von seinen bebenden, schwachen Händen streicheln, sie ging auf in dem Opfer, ihn in diesen Stunden des Wiedererwachens zum Leben zu belügen.

Er muß ruhig sein ... er darf sich nicht aufregen ... Er muß denken, um uns herum ist der Frieden ... die Freiheit. Er weiß ja nicht, wie schwer verwundet er ist, wie hoffnungslos er vor drei Tagen aussah.

Und während er sie küßte, dachte sie an die Möglichkeit, wegzukommen, ihn über die Berge zu schleppen, hinein in die Zivilisation ... in die wirkliche Rettung.

Dr. Bouth blieb nicht lange wach. Nachdem er noch etwas gegessen hatte, schlief er wieder ein. Aber es war ein anderer Schlaf als das heiße Dämmern der vergangenen Tage. Er schlief fest und mit gesunden, tiefen Atemzügen.

Mabel erhob sich von seiner Seite, deckte ihn wieder zu und ging wieder hinaus in den Wald, um Vögel zu schießen. Nun, da sie wußte, daß Zanewskij und Gregoronow nicht mehr waren, schleppte sie auf eine Felskuppe in der Nähe der Hütte einen großen Haufen Reisig, dünne Äste, vermischt mit dickeren Stämmen, feuchte Blätter und faulendes Wurzelwerk. An trockenen Ästen brannte sie den Haufen an und schüttete dann die schwelende Flamme zu. Mächtig und breit stieg eine Rauchsäule über die Bäume in den Sommerhimmel — eine graue Wolke, dick und schwer. Sie zog in breiten Schwaden über den Wald und mußte, wenn ein Mensch in der Nähe war, gesehen werden.

Sie warf noch einige nasse Zweige auf den glimmenden Haufen. In dicken Wolken quoll der Rauch.

Er war ihre letzte Hoffnung auf fremde Hilfe.

*

General McKinney saß in dem Gästehaus von Los Alamos.

Professor Dr. Paerson hatte ihn gestern abend endlich empfangen. Die Unterredung war kurz und heftig. Nach ihr wußte McKinney, daß nicht das Atom den Menschen, sondern der Mensch das Atom besiegte.

McKinney hatte nicht lange gezögert mit dem, was er vorzubringen gedachte. Er hatte seine Aktenmappe auf den Tisch gelegt, Professor Paerson zu seiner weltumwandelnden Erfindung gratuliert und dann die Akte aus der Tasche genommen.

Die Verwendbarkeit der neuen P-Bombe im Krieg.

Professor Dr. Paerson hatte diesen Titel gelesen und die Akte unaufgeschlagen über den ganzen Tisch hinweg fortgeschoben.

»Um mir dieses vorzulegen, kommen Sie extra von Washington herüber?« fragte er.

McKinney hatte genickt. »Der Präsident wünscht es. Die außerordentliche Wichtigkeit Ihrer Erfindung macht ein schnelles und entschiedenes Handeln notwendig. Wir müssen den Vorsprung, den Amerika dank Ihrer genialen Leistung hat, nicht nur beibehalten, sondern noch mehr vergrößern.«

»Soso.« Dr. Paerson sah McKinney groß an. »Sie wollen aus meiner Erfindung eine Bombe machen?«

»Aber natürlich! Bedenken Sie – eine Bombe von der vierfachen Stärke der Hiroshimabombe! Das bedeutet, daß Amerika unangreifbar wird!«

»Haben Sie schon einmal darüber nachgedacht, McKinney, was es bedeutet, wenn in den Armen einer Mutter die Kinder unter einem Blitz von vierfacher Sonnenstärke verbrennen? In Nagasaki war es der Fall . . . heute wollen Sie nicht vier, sondern sechzehn Sonnen mit einem einzigen Strahl über diese Mutter streuen! Es werden hunderttausend Mütter mit Kindern im Arm verbrennen, ohne auch nur einen einzigen Laut des Entsetzens ausstoßen zu können, ohne in dieser Sekunde Sie, McKinney, zu verfluchen. Haben Sie darüber schon einmal nachgedacht?«

»Nein! Ich bin Soldat.«

»Aha! Und diese Stellung in der menschlichen Gesellschaft verbietet Ihnen das Denken?!« Professor Paerson machte eine Handbewegung durch die Luft. »Wenn Sie nicht denken können – oder wollen –, McKinney, dann brauchen wir gar nicht weiter zu sprechen.«

»Der Präsident wünscht, daß ich Ihre Pläne und Sie nach Washington bringe.«

»Der Präsident wünscht, daß Frieden in der Welt ist. Hat er das nicht immer gesagt? Diesen Wunsch will ich ihm erfüllen, wenn ich es kann . . . mehr aber nicht! Ein Wunsch, der gegen mein Gewissen geht, ist keine Bitte, sondern ein Angriff auf mein Ich, dem ich begegnen werde!«

»Aber warum haben Sie denn diese Spaltung der Materie erfunden?!« brüllte McKinney. Schweiß tropfte über seine Augen. Er bebte vor Erregung.

»Ich wollte den Menschen helfen. Ich wollte das Weltall besiegen. Ich wollte einen Blick hinter die Kulissen der Schöpfung werfen. Ich habe ausgerechnet, daß ich mit einem Kilogramn Materie bei einer dreißigprozentigen Spaltung von Plutonium in der Lage bin, ein viele Tonnen schweres Raumschiff bis an den Mond und zurück zu schießen. Ich habe errechnet, daß es dem Menschen möglich sein wird, andere Sterne, wie den Mars, die Venus, den Jupiter, mit hundert Kilogramm Materie zu erreichen und als Kolonie dienstbar zu machen, denn ich kann eine Sonne über jeden Stern aufhängen, dreimal stärker als unsere Sonne, die den toten Leib dieser Sterne neues Leben bringen, so, wie es vor Milliarden Jahren unsere Sonne mit dem winzigen Punkt im Weltall, der Erde, tat! Ich kann dem Menschen die Ausdehnung bringen, die er sucht . . . die Besiedlung der anderen Sterne.«

»Fantastisch!« stammelte McKinney ergriffen. Er sank auf seinen Stuhl zurück. Dr. Paerson winkte ab.

»Sie nennen es fantastisch. Es ist eine der Vokabeln, die Sie als Soldat außerhalb Ihres Dienstplanes noch beherrschen. Aber Sie wollen ja diese Fantastik gar nicht — Sie wollen eine Bombe aus meiner Erfindung machen und nicht der Menschheit Raum geben, sondern Sie wollen sie vernichten, auslöschen, in einer Sekunde! Das ist Ihr Plan. Zugegeben — er ist ebenso fantastisch wie meiner, er ist größer, viel größer . . . ich will nur Neuland suchen, öde Wüsten innerhalb der Sphäre . . . Sie wollen eine vieltausendjährige Kultur vernichten, Sie wollen zweieinhalb Milliarden Menschen auslöschen . . . Das ist ein Werk, wie es einmalig sein wird. Nur schade, daß es dann keinen Chronisten mehr gibt, der diese Tat besingen kann!«

McKinney stützte sich auf die Tischkante. Er beugte sich zu Paerson vor.

»Sie verkennen die ganze Lage, Paerson. Wir wollen Ihre Erfindung auf Eis legen. Wir wollen der Welt nur sagen: So, nun seid wirklich alle Brüder, reicht euch die Hand — Osten und Westen, Norden und Süden, setzt euch alle an einen Tisch, er kann für alle üppig gedeckt werden. Seht endlich, daß wir alle Geschöpfe Gottes sind und das verlorene Paradies in euren Händen liegt . . . in der Einigkeit aller Menschen!«

»Und wenn einer kommt, der sagt nein — dann werfen Sie meine Bombe!«

»Allerdings, Paerson! Wer die Gemeinschaft stört, der muß fallen . . . im Interesse der Völker, die den Frieden wollen!«

»Wie schön! Das gleiche hat einmal Hitler gesagt. Und auch heute sagen alle: Wir wollen den Frieden! Man sagt es in Korea, wenn man zu Verhandlungen zusammenkommt, und man geht auseinander, weil jeder eine andere Ansicht vom Frieden hat! Und dann ist einer da, der ist stark, der hat die Paerson-Bombe, und seine Meinung ist die richtige, weil er die Gegenmeinung auslöscht!«

»Der Mensch wird nur friedlich, wenn er Angst empfindet!« schrie McKinney hart.

»Und da sprechen Sie noch von Brüdern?« Professor Paerson lachte laut und schrill. »Wir werden eine einzigartige Versammlung von gezeichneten Kains sein! Man wird sich bespitzeln, man wird versuchen, dem anderen sein Geheimnis, seine Übermacht zu stehlen ... man wird weiter die Töchter von Atomphysikern entführen, Assistenten überfallen und verschleppen und mit Mord und Drohung versuchen, selbst an der Sonne zu stehlen ... an der Sonne und am Hebel, der nach einem Druck Millionen auslöschen kann. – Nein! Mein letztes Wort, McKinney – Sie bekommen meine Erfindung nicht!«

»Man wird Sie zwingen, Professor Paerson«, schrie MacKinney. Unbeherrscht trommelte er mit beiden Fäusten auf den Tisch.

»Wen wollen Sie zwingen? Es gibt kein Papier, auf dem die Formeln und die technischen Daten stehen. Sie werden keine Unterlagen finden! Es gibt nur einen Ort, wo sich die Formeln befinden, und das ist mein Kopf. Hier, McKinney, dieser Kopf! Und den wollen Sie zwingen? Sie können ihn abschlagen lassen ... das ist das höchste, was Sie können, und dann ist er erst recht stumm!«

Der General schluckte. Sein Gesicht war rot, unter seinen Augen hingen die Tränensäcke.

»Wir haben Los Alamos ausgebaut«, sagte er etwas ruhiger. »Wir haben in das Atomprojekt über zwei Milliarden Dollar gesteckt. Wir haben mit 1000 Omnibussen in einem Jahr fast 30 000 000 Menschen befördert, wir haben allein für die Clinton Engineer Works, die Ihre Uranbrenner herstellen und das Metall filtrieren, 70 000 000 Quadratmeter Bretter gebraucht – die ganze Jahresproduktion des Staates Minnesota! Wir haben für die Fundamente der Brenner und Werke 70 000 Kubikmeter Beton in die Erde gegossen, 22 500 000 Kubikmeter Erde wurden bewegt und ausgeschachtet, 40 000 Waggons beförderten des Baumaterial, das war ein Zug von 485 Kilometern Länge. 40 000 Tonnen Stahl wurden in den Bauten verarbeitet, 1 500 000 Betonblöcke und 750 000 Zementziegel bilden den Grundstock der Gebäude, an 11 000 Masten wird das elektrische Licht zugeführt, 560 Kilometer neue Straßen wurden angelegt. An den Bauten waren Juni 1944 mehr als 45 000 Mann beschäftigt ... Soll das alles umsonst, für nichts gewesen sein?«

Prof. Dr. Paerson sah General McKinney lange an. Wortlos. Mit einem Blick, der tiefes Mitleid ausdrückte. McKinney wußte diesen Blick nicht zu deuten und wurde unruhig. Er spielte mit den Fingern seiner Hand.

Paerson nickte langsam. »Zwei Milliarden Dollar!« Er schnippte langsam mit den Fingern. »Was glauben Sie, wieviel Wohnungen Sie für zwei Milliarden Dollar hätten bauen können. Es gäbe keine Leute mehr, die mit Zeitungen zugedeckt auf Parkbänken und unter Brücken schlafen. Es gäbe keine Slums mehr, es gäbe überhaupt keine Not, wenn dieses Geld unter das Volk, McKinney, unter das arme, kleine, getretene Volk gekommen wäre. Mit zwei Milliarden Dollar hätten Sie das zerstörte Europa wieder aufbauen können, ohne Marshall-Plan und UNO!«

»Aber wir hätten den Krieg nicht gewonnen ohne Atombombe! Sie war der Schock, der alles besiegte.«

»Sie war ein Schock, der noch heute der Menschheit in den Knochen liegt! Die Angst vor einer noch größeren Katastrophe.« Paerson nickte. »Ich gebe zu, Sie haben von Ihrer Warte aus recht, McKinney. Aber ich habe recht, wenn ich die Gegenseite, den kleinen, wehrlosen Menschen vertrete! Alle haben recht ... die für den Krieg plädieren, um den Frieden zu erhalten, und die für den Frieden sprechen, um den Krieg zu vermeiden. Es sind zwei Methoden, wahnsinnig wie die ganze Zeit, in die wir hineingeboren wurden! Das Urgefühl der Menschheit, die Zusammengehörigkeit, die Schicksalsgemeinschaft aller Völker, das ist verlorengegangen, das hat man begraben, als man erkannte, daß man mit Waffen mehr verdienen kann als mit Butter! Nein, McKinney — ich stehe da außerhalb eurer Gesellschaft, und ich bin stolz, daß ich das tue ... stolz, einmal, endlich einmal ein Außenseiter zu sein, der Ideale entdeckte im Anblick einer Möglichkeit, alle Ideale zu zerstören!«

McKinney erhob sich blaß. Er ergriff seine Aktenmappe und stopfte das Aktenstück hinein. »Sie wollen uns nicht Ihre Superbombe geben?!« sagte er hart und drohend.

Prof. Paerson schüttelte den Kopf. »Ich kenne keine Superbombe. Ich habe eine neue Spaltung entdeckt, eine Anlage, die es ermöglicht, bis zu 100 Milliarden Elektronenvolt zu erzeugen. Man wird bald nicht mehr von Cyclotronen, Betatronen, Synchrotonen und Kosmotronen sprechen, auch die neue Fokus-Anlage von Brookhaven bei New York wird veraltet sein! In riesigen Magneten von dreiundzwanzig Meter Durchmesser kann ich in einer Vakuumröhre, die von sechzehn Pumpen abgesaugt wird, Protonen abschießen, positiv geladene Atomkernpartikel, die durch den Magneten gezwungen werden, innerhalb der Röhre zu rotieren. Ich werde sie mit elektrischen Stößen beschleunigen, bis sie in einer Sekunde 3 000 000mal innerhalb der luftleeren Röhre herumjagen mit einer Energie von zwei Milliarden Elektronenvolt. Mit dieser Geschwindigkeit prallen sie auf einen Berylliumblock, der in unzählbaren Mesonen zersprüht — jene Partikel, die bisher das größte Geheimnis der Atomkernphysik bedeuten ... sie sind der Kitt, der den Atomkern zusammenhält. Mit anderen Worten ... ich bin in der Lage, eine vollkommene Spaltung der Atome herbeizuführen ... sich durch Doppelmagneten steigernd bis auf 100 ja 200 Milliarden Elektronenvolt!« Paerson sah den erstarrten McKinney lange an. »Wissen Sie jetzt, was das bedeutet? Wissen Sie, was es heißt, wenn kosmische Strahlen, die ich jetzt erzeugen kann, über die Menschheit leuchten und alles Leben einfach in Sekundenschnelle vernichten ... nicht eine Stadt wie Hiroshima, sondern mit einem Schlag einen Erdteil wie Asien!« Er lächelte. »Daran denken Sie, McKinney ... Vernichtung! Ich denke an die andere Seite: Aufbau! Freiheit der Menschen von allem, was sie heute noch bedrückt! Aber sie werden sie nie erlangen, denn in Ihren Händen wird mein Werk entwürdigt werden zu einem lenkbaren Gott, der Angst heißt. Die Angst der Menschheit. Die nackte Angst!«

McKinney ging zur Tür und öffnete sie. Er war beleidigt, wütend, grenzenlos enttäuscht. Bevor er das Zimmer verließ, wandte er sich noch einmal zu Professor Paerson um.

»Der Präsident wird Sie aus dem Verband von Los Alamos entlassen«, sagte er leise.

»Ich bitte sogar darum, Herr General.«

»Und man wird auf den bekannten Teilen Ihrer Forschung aufbauen und ohne Sie die Spaltung entdecken.«

»Vielleicht. Es gibt Ehrlose, die kein Gewissen haben und nur den Händedruck sehen, den sie nach geleisteter Arbeit von irgendeiner Persönlichkeit erhalten. Ein Händedruck für den Untergang.«

McKinney schloß die Tür wieder. Er machte einen letzten, verzweifelten Versuch. »Paerson«, sagte er eindringlich. »Seien Sie doch vernünftig.«

Prof. Paerson drehte sich herum. Es war eine Abkehr, wie sie deutlicher nicht ausgedrückt werden konnte. »Erinnern Sie mich nicht an meine Vernunft, McKinney«, sagte er. »Wenn ich an sie allein denken sollte, ging heute noch Los Alamos in die Luft!«

»Sie sind wahnsinnig!« schrie der General.

»Es ist ein Wahnsinn der Erkenntnis. Ein neuer, interessanter Bazillus für die Psychopathen. Es gibt eine seltene Art von Paranoia —die Angst vor sich selbst! Ich bin soweit, McKinney, ich darf in keinen Spiegel mehr sehen ... ich laufe vor meinem Anblick entsetzt davon.«

»Sie müssen sich erholen, Paerson. Sie müssen ausspannen. Kommen Sie mit nach Washington. Seien Sie einer der Großen unseres Landes. Amerika kann Sie zum reichsten Mann der Welt machen. Sie können über Milliarden Dollar verfügen!«

Prof. Paerson ging zur Tür, die gegenüber McKinney in seinen Schlafraum führte.

»Bitte, gehen Sie, General!« sagte er laut. »Gehen Sie sofort, ehe ich Sie hinauswerfen lasse!«

McKinney prallte zurück. »Paerson!« schrie er. »Was fällt Ihnen ein?!«

»Gehen Sie! Ich habe Ihnen nichts, gar nichts mehr zu sagen.« Damit ließ er McKinney stehen und verließ das Zimmer. Er schloß sich ein und verbat sich, gestört zu werden.

Wie ein geprügelter Junge verließ General McKinney das Haus von Prof. Paerson und ging zurück zu dem Gästehaus von Los Alamos.

Dort saß er jetzt und blickte über die Cañons hinweg in den Himmel.

Plötzlich erhob er sich und ging in das Schreibzimmer. Er nahm den Hörer vom Telefon ab und schaute auf seine Armbanduhr.

»Bitte, direkte Leitung Washington, Nummer 34 876, Apparat 7.« Er wartete ein paar Minuten, dann knackte es in der Hörmuschel. »Hier McKinney«, sagte er. Seine Stimme hatte wieder den alten, festen Klang. »Herr Staatssekretär, ich habe Ihnen eine Hiobsmeldung zu machen. Professor Dr. Paerson weigert sich, sein Atomgeheimnis preiszugeben.«

Es war eine Zeitlang still in Washington, dann sagte der Staatssekretär langsam: »Im Interesse der Vereinigten Staaten lassen Sie Professor Paerson festnehmen und inhaftieren. Ich komme in zwei Tagen nach Los Alamos. Geben Sie Paerson Hausarrest und umstellen Sie unauffällig das Haus durch private Detektive.« Man hörte, wie schwer es dem Mann am Telefon im Weißen Haus von Washington wurde, diese Worte auszusprechen. Auch McKinney schluckte krampfhaft, als habe er einen Kloß in der Kehle.

»Und wie denken Sie sich das weitere?«

Der Staatssekretär überlegte lange. Es dauerte Minuten, ehe er antwortete. Man hörte nur seinen Atem.

»Ich weiß es nicht«, sagte er endlich. »McKinney — warum weigert er sich denn?«

»Aus Angst vor einem neuen Krieg.«

»Aus Angst?« Der Mann im Weißen Haus blickte auf seinen Schreibtisch. In einem schmalen goldenen Rahmen lachten ihn seine Frau und drei kleine Kinder entgegen. Es war eine Aufnahme, die er selbst bei einem Ausflug an die Chesapeake-Bucht gemacht hatte. Im Hintergrund sah man die Türme von Annapolis. »Aus Angst«, sagte er leise. »McKinney, ich habe ungeheure Achtung vor diesem Menschen.«

General McKinney ließ den Hörer fallen. Er kam sich klein und unnütz vor. Er fühlte sich abseits stehen. Lange blickte er an sich herunter. Der Waffenrock, die Uniformhose, die Knöpfe, die Schulterstücke, die goldenen Sterne.

Ich bin Soldat, dachte er und richtete sich an diesem einen Wort auf. Ich bin ein Mensch, der gehorcht. Ich habe Vernunft, ich habe Ehre, ich habe Gewissen, ich habe sogar einmal gesagt, ich kenne die Liebe . . . warum weigere ich mich, Paersons Gedanken zu verstehen? Weil ich Soldat bin? Weil ich gehorche?

Er verließ das Schreibzimmer und ging hinüber in das Kasino der Wachtruppe. Lächelnd betrat er es, jovial, lustig, aber mit jener Verkrampfung im fröhlichen Ton, daß es schwer war, ihm die gehobene Stimmung zu glauben.

Er unterhielt sich mit den Offizieren, er spielte einige Runden Billard und erörterte die politische Lage. Er rauchte Zigarren und stieß mit den Offizieren mit einem Glas Whisky an.

So verging der Tag. Er schickte keine Detektive zu Professor Paerson, er befahl keinen Hausarrest, er bewachte ihn nicht.

Zum erstenmal in seinem Leben gehorchte er nicht einem Befehl.

Und er wußte nicht, warum er es tat. Er fühlte nur, daß es Menschen gab, die stärker waren als er. Stärker nicht mit der Waffe, sondern unbesiegbar in der Kraft ihrer Seele.

Menschen, die Angst hatten. Angst, die er nie kannte.

Es war eine neue Welt, in die er gekommen war.

Und diese Welt betäubte ihn.

In dieser Nacht im Kasino von Los Alamos sah man den General McKinney zum erstenmal in seinem Leben betrunken. Es war ein Festtag für die Offiziere, die ihn singend nach Hause brachten.

6

Die Uinta Mountains lagen hinter ihnen. An der Quelle des Bear Rivers rasteten sie und wuschen sich die wunden Füße. Noch wenige Kilometer durch die Wasatch Mountains, und sie mußten aus der Einsamkeit vergessener Landstriche herauskommen in die Nähe der kleinen Stadt Evanston ... in die Nähe der Straße, die nach Salt Lake City führte ... hinein in das wiedergewonnene Leben.

Mabel stützte Ralf während der langsamen, schrittweisen Wanderung durch das Gebirge. Obwohl sie selbst zusammenbrechen konnte, riß sie sich empor und ertrug den schweren Arm auf ihrer Schulter, der sie fast zu Boden drückte.

Seit zwei Tagen wanderten sie. In diesen zwei Tagen erkannte Mabel, was eine Frau zu leisten vermag, wenn man ein Leben in ihre Hand legt.

Sie schleppte Dr. Bouth durch die Schluchten und Hohlwege, wusch sein schmerzverzerrtes Gesicht mit Wasser, wenn er nicht mehr gehen konnte und sie am Wegrand im Gras saßen, um neue Kraft zu sammeln. Sie lud das Gewicht seines Körpers auf sich, wenn sie ihn mehr trug als stützte und die Entfernung in die Freiheit mit jedem gestöhnten Schritt kürzer wurde. In der Nacht schliefen sie unter freiem Himmel, eng aneinandergeschmiegt, denn die Steine kühlen sich schnell ab und sind ein gefährliches Bett. Sie lagen unter den Decken, und während Dr. Bouth ermattet einschlief und im Schlaf träumte, lag Mabel Paerson noch lange wach und starrte über sich in den Sternenhimmel.

Am Morgen erwachte sie zuerst. Mit steifen Gliedern erhob sie sich, deckte Ralf wieder zu und lief ein wenig, mit den Armen um sich schlagend, hin und her, um sich aufzuwärmen. Dann, als die Sonne über die Berggipfel stieg, war es plötzlich zu warm, und sie kühlte den Puls im Wasser eines Baches.

Dr. Bouth wälzte sich auf die Seite. Das tut er immer, wenn er aufwacht, dachte Mabel. Auch das weiß ich jetzt schon ... die kleinen Gewohnheiten Ralfs, die so vollkommen das Wesen des Menschen ausdrücken. Wie er sich setzt, wie er den Kopf hält, wenn er etwas Wichtiges ausdrücken will, wie er sich seine Pfeife stopft. Ob er das auch von mir weiß? Ob er mich auch beobachtet und weiß, wie ich mir die Haare kämme und daß ich ein Buch oder eine Zeitung von hinten zu lesen anfange?

Dr. Bouth stützte sich auf die Ellbogen und sah zu Mabel hinüber.

»Guten Morgen, Baby.«

»Guten Morgen, Ralf.« Dann tranken sie Wasser, er ersetzte ihnen den Kaffee. Dr. Bouth studierte die Karte dabei, während Mabel die beiden letzten Mullbinden um die Brust Ralfs wickelte.

Und dann ging es wieder durch die Berge. Langsam. Schritt für Schritt.

Die Sonne brannte und versengte ihnen die ungeschützten Nacken. Nach einer Stunde rasteten sie wieder ... sie konnten noch den Platz sehen, wo sie übernachtet hatten, und schon ließen die Kräfte nach und schien der Tag endlos zu werden. Dr. Bouth lehnte den Kopf gegen einen Baumstamm und blickte in den blauweißen, von Hitze durchfluteten Himmel.

»Laß mich hier liegen, Mabel«, sagte er stockend. Und als er sah, wie Mabel entsetzt herumfuhr und den Mund zu einer Antwort öffnete, winkte er ab. »Nein ... du sollst mich nicht verlassen. Aber du allein kommst schneller weiter, du kannst die Straße am Abend erreichen, wenn du durchgehst. Und du kannst in der Nacht schon wieder hier sein und mich holen. Es ist das beste für uns alle, glaube es mir, Mabel.«

»Ich lasse dich nicht allein.« Mabel Paerson erhob sich und suchte in dem Verbandkasten nach einem Stärkungsmittel für Ralf. »Wenn du in der Nacht Fieber bekommst, wenn du dich herumwälzst, ist keiner da, der dich wieder zudeckt. Nein, ich gehe nicht!«

»Aber du kannst doch auch nicht mehr. Mabel — ich sehe es dir doch an . . . du bist am Ende wie ich! Du kannst mich doch nicht auf deinen schmalen Schultern durch die Rocky Mountains schleppen.«

»Ich muß es können . . . und ich werde es.«

»Wir werden nie die Straße erreichen und beide irgendwo vor Erschöpfung liegenbleiben.« Dr. Bouth ergriff Mabels Hände. Sein Blick war flehend, wie sie ihn noch nie an ihm gesehen hatte. Dieser Blick zerbrach ihren inneren Widerstand, er zeigte ihr, wie ernst es um sie stand und wie deutlich Ralf sein Schicksal kannte. »Geh, Mabel!« sagte er. »Schlage dich allein durch. Ich halte es hier aus, bis du mich holen kommst.«

Sie schluckte. »Und wenn . . . wenn . . . wenn du . . .« Sie wagte nicht, die Worte weiter auszusprechen. Sie wandte sich ab und begann, haltlos zu weinen.

Dr. Bouth legte den Arm um sie. »Ich habe alles hier, Mabel. Ein Bach, an dem ich trinken und mich waschen kann, eine windgeschützte Felsennische für die Nacht . . . es sind doch nur wenige Stunden, die wir getrennt werden und in denen du mir die Rettung bringst.«

Sie nickte schwach. Es muß sein, dachte sie. Er hat ja recht, ich habe immer an diese Möglichkeit gedacht, und es schien mir Feigheit und gemein, ihn allein zu lassen. Ich werde rennen, so schnell ich kann, ich werde den ersten Menschen, den ich treffe, zu ihm hetzen, ich werde den ganzen Ort Evanston zusammenschreien und ihn mit Fackeln suchen.

Mit Fackeln. Sie sprang plötzlich auf und rannte in den nahen Wald. Dr. Bouth blickte ihr erstaunt nach. Dann kam sie wieder zurück . . . Reisig im Arm, Holzstücke, Wurzeln und trockene Rinden. Sie schichtete neben Dr. Bouth einen großen Haufen auf . . . immer wieder rannte sie in den Wald und brachte neue Arme voll Holz.

»Du mußt es anzünden«, sagte sie mit fliegendem Atem, während sie die Zweige aufschüttete. »Du mußt eine hohe Flamme machen. Wir können sie dann von weitem sehen und suchen im Dunkeln nicht vergeblich nach dir.«

»Du willst allein gehen, Mabel?« rief er froh.

»Ja, Ralf.« Sie legte ihm die Decken zurecht, die Zündhölzer, die sie wegen der Feuchtigkeit, die der Abend vielleicht mit sich brachte, in ein Stück Nylon packte, sie holte aus dem nahen Bach den Deckeltopf voll Wasser und stellte ihn neben Ralf, sie bettete seinen Kopf auf den Rucksack und legte die beiden geladenen Revolver griffbereit an seine Seite.

Plötzlich fiel sie auf die Knie und küßte ihn. Über ihr Gesicht rannen die Tränen. Wild umklammerte sie ihn, als wolle ein Unsichtbarer ihn ihr entreißen.

»Ralf ...«, schluchzte sie. »Ralf ... ich will dich wiedersehen!«

»Ich werde warten, Mabel.« Er strich über die zuckenden Schultern und das schmutzige, verfilzte blonde Haar.

»Du wirst nicht versuchen, allein zu gehen!«

»Nein, Mabel.«

»Versprich es mir.«

»Ich verspreche es. Ich bleibe hier, bis du mich holen kommst.«

»Und wenn mir etwas geschieht und du wartest und wartest ...« Entsetzliche Angst schwang in ihrer Stimme. Dr. Bouth sah ihr in die Augen.

»Ich werde bis zum Abend des nächsten Tages warten«, sagte er fest. »Bist du nicht gekommen und ich kann aus eigener Kraft nicht weiter ... dann ...« Er blickte zur Seite. Dort lagen die Revolver. Lehmverschmiert, unansehnlich, aber scharf geladen. Mabel verstand seinen Blick und sank an seine Brust.

Stumm vergingen die Minuten. Ich höre wieder sein Herz, durchrann es sie. Es schlägt so laut, und es wird nicht mehr schlagen, wenn ich versage ... wenn er hier bleibt ohne Rettung und Hoffnung.

Mit einem Ruck riß sie sich los und rannte in den Wald hinein. Nicht umdrehen, schrie es in ihr. Blick nicht zurück, wie er dir nachschaut ... nein, dreh dich nicht um ... du kannst dann nicht weiter ... du versagst dann ... laufe ... laufe ... denke an nichts, als an das Laufen ... Deine Füße werden ihn retten, dein Herz, deine Kraft. Jetzt mußt du durchhalten ... es geht um ein Leben ...

Wie lange sie, ohne anzuhalten, lief, wußte sie nachher nicht mehr zu sagen. Sie fühlte grauenhafte Stiche in der Brust und preßte beide Hände an das Herz, als könne sie es festhalten, wenn es versagte, als müsse sie es schützen und bitten, nicht auszusetzen. Sie stolperte über Wurzeln und Steine, glitt einen Abhang hinunter und fiel in eine schmale Grube, die Fallensteller für das Wild quer durch einen Hohlweg gezogen hatten.

Aber die Beine rannten, trugen den schwachen, ausgezehrten Körper weiter, getrieben von der Angst und der Verantwortung, die in ihrer Ausdauer lagen.

Gegen Mittag – die Sonne stand fast senkrecht über den Bergen – warf sie sich an einem Bach ins Gras und schloß die Augen. Sie trank in gierigen Zügen das eiskalte, an den Steinen und im Bergkies gereinigte Wasser und kühlte die wundgelaufenen Fußsohlen in den schwachen Wellen. Sie dämmerte in einen kurzen Erschöpfungsschlaf hinüber, aus dem sie emporschreckte, als ein fernes Brummen an ihr Ohr drang.

Kühe, dachte sie. Ein Schreck aus Freude und Erlösung riß sie von der Wiese empor. Kühe ... wo Rinderherden sind, sind auch Menschen. Menschen, die helfen ... Menschen, die Ralf retten ...

Sie watete durch den Bach mit hochgehobenem Rock und rannte dann durch einen lichten Tannenwald dem Klang der Rinderherde entgegen.

Sie lief durch den Wald und kam auf eine weite Wiese, die allmählich, mit kleinen Buckeln, zu einem breiteren Feldweg abfiel. Es war ein friedliches Tal, an dem auf der gegenüberliegenden Seite der Wald wieder bergan stieg. Ein Fluß durchzog die grüne Senke wie ein blinkendes Meßband.

Unten, am Ufer des Flusses, weidete eine Rinderherde. Auf dem Zaun des großen Korrals, in den die Herde bei Anbruch der Dunkelheit getrieben wurde, saßen vier Cowboys, hatten die breiten Filzhüte in den Nacken geschoben und rauchten. Ihre Pferde standen neben ihnen, gesattelt und bereit, bei irgendeiner Gefahr die Herde zusammenzutreiben.

Mabel verharrte einen Augenblick. Der Übergang von der einsamen Wildnis in den Anblick friedlicher Menschen war zu groß. Sie sah vom Waldrand einen Augenblick starr hinab auf die Rinder und die rauchenden Männer, dann erfaßte sie ein wilder Schwindel, der Wald und die Wiese wurden ein Kreis, der sich schnell und immer schneller vor ihren Augen zu drehen begann, sie fühlte, wie sie zu Boden glitt ... nein, schrie sie sich an. Du darfst jetzt nicht zusammenbrechen. Jetzt bist du doch am Ziel, jetzt ist Ralf gerettet!

Da schrie sie auf, grell, laut – es hallte über die Wiese und riß die Männer von ihrem Zaun empor. Sie sah noch in dem Wirbel aus Grün und Blau, wie sie die Wiese hinauf rannten, wie sie auf sie zeigten, dann fiel sie in das trockene Laub und verlor die Besinnung.

Etwas Nasses und Kaltes lief ihr über das Gesicht, in den Hals, über die Brust. Entfernte Stimmen sprachen undeutlich.

Mabel Paerson erwachte. Sie richtete sich auf und sah, daß man sie verbunden hatte, daß ein nasses Tuch über ihrer Stirn gelegen hatte und daß sie jetzt auf einigen dicken Decken ruhte, umringt von vier erstaunten und unrasierten Männern.

Sie wollte etwas sagen, aber der eine der Weidereiter schob ihr einen Becher an die Lippen. Sie schnupperte. Es war ein scharfer Schnaps, den sie in kurzen, aber hastigen Zügen trank. Er durchrann sie wie Feuer und ließ das Herz schneller schlagen.

»Das nenne ich eine Überraschung«, sagte der eine der Männer. »Fällt da ein Mädchen vom Himmel.« Er lachte. »Bist nur ein wenig zu hart gefallen, Kind. Haben allerhand an dir verpflastern müssen. Wo kommst du denn her?« Er zwinkerte ihr zu. »Wohl aus 'nem netten, kleinen Gefängnis ausgebrochen, was? Urlaub auf eigene Faust, was? Brauchst keine Angst zu haben — bei uns biste sicher, und dicht halten wir auch.«

»Die ist richtig«, sagte der zweite, der ihr den Becher wegnahm. »Halb leer! Warst wohl mal an der Bar, Mädchen?«

Mabel Paerson fuhr empor. Sie hatte fast nichts, was die Männer mit breitem Grinsen sagten, verstanden. Die Worte gingen an ihrem Verständnis vorbei, es war ein Rauschen, das sie vollends in die Wirklichkeit zurückriß.

»Rettet ihn«, stammelte sie. »Sofort reiten ... Er wartet ... dort in den Bergen ... Schwerverletzt ...« Sie schluckte und atmete tief die durch den Abend angekühlte Luft ein. Das machte sie stärker und klar genug, um den sie betroffen ansehenden Männern alles deutlicher zu erklären.

»Wo kommen Sie her?« fragte einer der Männer verblüfft. »Vom Emmons Peak? Quer durch die Uinta Mountains? Mein Gott, das ist ein Weg, den ich selbst meiner Schwiegermutter nicht gönne.«

»Reden Sie nicht so viel«, bettelte Mabel. »Reiten Sie. Den Weg immer geradeaus, und dann ...« Sie stockte, denn sie wußte nicht mehr all die Schluchten und Hänge zu bezeichnen, die sie in den vergangenen Stunden hinter sich gelassen hatte. Sie wußte nicht einmal, in welcher Richtung Ralf jetzt lag ... ob sie in den Bergen abgekommen war und einen Bogen geschlagen hatte, ob sie seitlich von ihm war oder ob er vielleicht sogar auf der anderen Seite lag, weil sie in einem großen, ungeschlossenen Kreis gelaufen war. Sie hatte die Richtung völlig verloren und sah die Männer hilflos an. »Ich weiß nicht mehr, wo die Stelle ist«, stammelte sie. »Er will, wenn es dunkel wird, ein großes Feuer anzünden, dessen Schein wir nicht verfehlen können.«

Sie trank aus dem Becher wieder den scharfen Schnaps. Er durchrann sie wie ein neues Leben. Stockend erzählte sie ihre Erlebnisse, die Entführung, die Flucht, die Wanderung durch das Gebirge. Stumm hörten die Männer zu. Eine leise Ahnung von den Kräften, die Not im Menschen erzeugt, von der Liebe, die in einer Frau verborgen sein kann, machte sie wortlos. Als Mabel Paersons Erzählung beendet war und sie schwach auf die Decken zurücksank, sahen sie sich groß an.

Einer wandte sich an die anderen. »Jungs, wenn es dunkler wird, reiten wir los.«

»Ich reite mit«, sagte Mabel und richtete sich auf.

Die Männer blickten sie zweifelnd an. »Sie können wirklich reiten?«

»Ich habe es auf der Universität gelernt.«

»Aber das Mädel ist doch viel zu schwach!« protestierte ein anderer, älterer Mann mit einem Schnurrbart.

»Nein! Nein!« Mabel sprang auf. Sie taumelte ein wenig, aber krampfhaft hielt sie sich am Zaun fest und lächelte mit verzerrten Lippen. »Ich fühle mich ganz wohl. Die Ruhe hat mir gut getan.« Sie ging zu einem der Pferde und klopfte ihm den Hals, strich ihm über die Nüstern und die breite, gescheckte Brust. Das Pferd beschnupperte sie, sah sie einen Augenblick verwundert an und rieb dann den Kopf an ihrer Schulter. Vertrauen lag in dieser Bewegung, Liebkosung und Treue.

Als es dunkel wurde, saßen sie in den Sätteln und ritten langsam ins Gebirge. Zuerst den Weg, den Mabel gekommen war – es war ein Pfad, der durch einen Tannenwald führte, um in einer Felsschlucht abrupt zu enden. Hier hielten sie an und blickten sich um.

»Woher sind Sie gekommen, Miß Paerson?« fragte der Mann mit dem Schnurrbart. »Durch die Schlucht oder links am Waldrand entlang um den Felsen herum?«

Mabel sah sich um. Alles kam ihr unbekannt vor, völlig

fremd, als sei sie nie in dieser Gegend gewesen. Bin ich durch eine Schlucht gegangen? Oder am Wald entlang? War es überhaupt dieser Wald? Irgendwo bin ich doch einen Abhang herabgefallen und dann in eine Fallgrube.

»Ich weiß es nicht«, sagte sie weinerlich. »Ich bin gelaufen ... immer nur gelaufen ... ich habe gar nicht hingesehen, ob es Wege oder Schluchten oder Waldränder waren ... immer geradeaus laufen, habe ich gedacht ... einmal triffst du auf einen Menschen.«

»Hm. Und Sie haben sich nichts Besonderes gemerkt?«

»Doch. Ein kleiner Hohlweg, der quer mit einer Fallgrube durchzogen war.«

Der Viehhüter richtete sich im Sattel auf.

»Das könnte das Jagdrevier von Corner-Jack sein. So viel ich weiß, müssen wir dann durch diese Schlucht und einen kleinen, gewundenen Pfad über ein Plateau. Los denn ...«

Sie ritten in die Schlucht hinein. Der erste Reiter leuchtete mit einer starken Stablampe den Weg ab, ihm folgten der Ältere und Mabel. Die beiden anderen bildeten den Schluß.

Sie ritten eine halbe Stunde. Plötzlich hielt Mabel ihr Pferd an.

»Hier war es!« sagte sie laut vor Freude. »Hier bin ich den Hang herabgefallen.« Sie zeigte auf einen mäßig steilen, glatten Felshang, der links neben ihnen aufstieg. »Wir müssen oben auf den Pfad.«

Sie ritten ein Stück zurück und kletterten mit den Pferden über Geröll und dicke Steine, bis sie den Pfad erreichten, der anscheinend auf halber Höhe rund um den Berg lief. »Ein alter Indianerweg«, nickte der alte Viehhüter. »Diese Pfade führen in die einsamsten Gegenden.«

Es dauerte eine Stunde, bis sie den Hohlweg erreichten. Die Fallgrube war noch offen, so, wie sie Mabel verlassen hatte.

»Wir sind auf dem richtigen Weg ... wir werden Ralf finden!« jubelte sie und trieb ihr Pferd an. Man kam jetzt schneller vorwärts, weil sich der Hohlweg verbreiterte und auf ein Hochplateau zuführte.

Plötzlich, am Ausgang des Weges, hielt der erste Reiter an und löschte seine Stablampe. Einen Augenblick war tiefste Finsternis um sie.

»Da!« sagte der Viehhüter. »Da ... am Himmel ...« Er zeigte mit ausgestrecktem Arm geradeaus.

In das Schwarz der Nacht mischte sich fern ein fahler, rötlicher Schimmer. Ein kleiner Fleck nur, aber er fiel auf in der mondlosen Nacht.

»Das ist Feuer«, sagte der Alte leise.

»Ralf!« Mabel klammerte sich am Sattelknopf fest. Sie fühlte, wie die Kräfte sie wieder verließen, wie sie jeden Augenblick zu Boden gleiten würde. »Er lebt!«

»Voran!« Die Reiter spornten die Pferde an und jagten über das glatte Hochplateau. Der Strahl der Stablampe zitterte ihnen wieder voraus.

Es war ein beschwerliches Reiten durch den Wald, den kein Weg durchzog. Man ritt durch Lücken und kletterte über vermorschte, umgestürzte Stämme. Plötzlich standen sie vor einer Wiese, die zu einer Felsenkanzel allmählich emporstieg. Oben, auf der Kanzel, loderte ein riesiger Reisig- und Holzhaufen und erhellte die Umgebung mit seinem rötlichen, zuckenden Licht.

»Ralf!« schrie Mabel. Die Freude, das Glück, ihn gerettet zu sehen, alle Liebe ihres Lebens lagen in diesem Aufschrei. Sie wußte nicht, wie sie die Wiese emporgeritten war – sie glitt aus dem Sattel und warf sich über das Bündel, das in Decken gehüllt unweit des Hitze ausstrahlenden Holzstoßes lag.

Dr. Bouth war besinnungslos. Er lag ruhig, als schlafe er, in seine Decken gewickelt. Nur die Augen, die halb geöffnet und leblos waren, zeigten, daß er seit dem Anstecken des Feuers, bei dem er sich aufgerichtet haben mußte, ohne Besinnung war. Vielleicht war er sogar herumgelaufen, hatte versucht, zu gehen. Der Blechdeckel mit Wasser neben ihm war leer.

»Ralf«, sagte Mabel und küßte die aufgesprungenen Lippen. »Ralf, nun ist alles gut. Jetzt trennt uns keiner mehr. Jetzt haben wir unser Leben zum zweitenmal gewonnen ... Ralf ... o Ralf ...«

Die Viehhüter standen um sie herum und hatten die Hüte abgenommen. Sie sahen den blassen Mann, über dessen verzerrtes Gesicht der Schein des Feuers zuckte, und sie blickten sich an, stumm und verschlossen. Zu spät, dachten sie. Er ist nicht mehr zu retten.

Der Alte beugte sich zu Mabel nieder und berührte ihre Schulter.

»Miß Paerson«, sagte er leise. »Kommen Sie. Wir werden ihn auf ein Pferd binden. Jack wird ihn halten.« Er schluckte und strich sich über seinen Schnurrbart. »Ich glaube, wir haben keine Minute zu verlieren ... wenn ... wenn ...«

Er wandte sich ab und winkte den anderen.

Dr. Bouth wurde in seinen Decken auf ein Pferd gehoben.

Knisternd brannte das Feuer — die Feuerlohe rauschte gegen den schwarzen Himmel.

*

Der Wein funkelte in den Gläsern.

Prof. Dr. Shuster saß in einem der Sessel von Paersons Salon und sah den Rauchkringeln nach, die er kunstvoll aus seiner Zigarre blies. Prof. Paerson stand mit dem Rücken an das Radio gelehnt und hatte beide Hände in die Taschen seines Sommerjacketts gesteckt. Er rauchte nicht.

Hinter ihm, über dem Kamin, hing eine Wandtafel mit der schematisch bunten Darstellung der Elemente und, auf Leinen aufgezogen, eine Zeichnung der ersten Atombombe der Welt, die an einem Stahlmast in der Wüste von New Mexico 1945 explodierte.

Prof. Dr. Paerson sah seinen Freund an. Ihr Gespräch war in den Problemen ihres Lebens festgelaufen ... es gab anscheinend keine Lösung aus dem Labyrinth der Thesen und Gegenthesen, aus jenem Irrgarten der Gedanken, den Nietzsche einmal das Paradies des Wahnsinns nannte. Man hatte sich festgebissen an idealen Phrasen und nüchternen, eisklaren Beweisen, an religiösen Dogmen und freidenkerischer Kosmopolitik. Und doch ging es in allen Gedanken nur um eins, um jenes Etwas, das im Mittelpunkt unserer Erde steht und das Jahrtausende seine Unzulänglichkeit bewiesen hatte.

Der Mensch.

Prof. Dr. Shuster legte seine Zigarre in einen marmornen schwarzen Aschenbecher, dessen weiße Adern schon ein wenig gelb geworden waren. Er war ein Veteran, dieser Aschenbecher ... er war eines der ersten privaten Stücke, die nach Los Alamos kamen, als man diese Stadt aus der Erde der Cañons stampfte.

»Du kannst dich drehen«, sagte Prof. Shuster langsam und sah Paerson in die bebrillten Augen. »Wo du hinsiehst, erblickst du die Welt.«

»Und sie ist in Gefahr, Henry.«

»Durch dich, willst du sagen.«

»Ja. Ich hätte der Menschheit nicht zeigen sollen, was sie vermag. Ich habe gesündigt in dem Augenblick, indem ich zeigte, daß der menschliche Geist größer ist als die Kraft der Natur. Eine Wahrheit, die alle Philosophie von Jahrtausenden ins Gesicht schlägt, die Kant, Schopenhauer, Descartes, Nietzsche, Leibnitz, Huxley der Lüge bezichtigt. ›Die Grenze des Menschen‹, so sagte einmal Rousseau, ›ist der Himmel.‹ Habe ich aus ihm nicht einen lächerlichen Gaukler gemacht? Was ist denn der Himmel? Ich kann ihn mit einer Kettenreaktion von Wasserstoffatom-Spaltungen in eine einzige Flamme verwandeln! Der Mensch hat die Natur, die Kräfte des Universums, für sich gewonnen! Nur in einem Punkte werden alle Philosophen recht behalten: Wir werden zugrunde gehen an unserer eigenen Größe. Das Gesetz der Evolution zeichnet sich grauenhaft wahr ab ... der Mensch steht an der Grenze seiner Möglichkeit, seinen eigenen Geist noch zu halten.« Paerson trat einen Schritt vor in den Raum. »*Ich* stehe an dieser Grenze, Henry.«

Prof. Dr. Shuster zog erregt an seiner Zigarre. Er war unfähig, darauf zu antworten. Er hat recht, dachte er bloß. Er allein kann ja überblicken, was seine Entdeckung bedeutet. Er allein sieht ja die Auswirkungen und kennt die Gefahren. Aber warum hat er es entdeckt. Warum hat er Tag um Tag und oft auch Nacht um Nacht in den Labors und vor den Cyclotronen gehockt ... Dreizehn Jahre lang ... um dieses Wunder des Alls den Menschen in die Hand zu geben? Er wußte doch, daß es der Untergang ist ... oder ahnte er selbst nicht, was er erschaffen würde?

»Du hast dich überschätzt«, sagte er leise. »Auch du bist nur ein schwacher Mensch, William.«

»Ja, das bin ich. Aber man verlangt von mir, daß ich ein Übermensch sein soll! Ein Nietzschescher Zarathustra!«

»Wer verlangt das, William?«

»General McKinney. Die Regierung! Der Präsident! Man will aus meinen dienstbar gemachten kosmischen Kräften eine Hyperbombe machen.«

»Das wäre der Untergang!« Shuster sprang auf. »Das läßt du nicht zu, William! Das wäre Mord!«

Prof. Paerson lächelte schwach. »Deine Erregung in Ehren, Henry. Aber wie würdest du handeln?«

»Ich würde McKinney, wenn er mit einem solchen Anerbieten zu mir kommt, einfach hinauswerfen!« schrie er.

»Das habe ich getan! Aber er droht mir. Man wird mich zwingen wollen, die Pläne zu realisieren.«

»Niemand kann gezwungen werden, gegen sein Gewissen zu handeln.«

»So steht es so nett in den Präambeln der Staatsverfassungen. Aber einen Paragraph weiter heißt es: Er kann *doch* gezwungen werden, wenn es das Staatsinteresse fordert! Alles auf der Welt, Henry, was man uns verspricht, was man uns zugesteht, ist aus Gummi und dehnbar nach zwei Seiten. Das Gesetz ist eine Dirne, die sich in jedes Bett legt, wenn es ihr sauber genug erscheint.« Paerson ging zu einem Schrank in der Ecke und holte aus der Tiefe einen Kasten hervor. Er mußte schwer sein, denn Paerson keuchte, als er ihn heranbrachte und auf den Tisch stellte.

Es war ein kleiner, kaum zwanzig Zentimeter an jeder Seite messender Würfel. Grau, unansehnlich, mit einem dicken Deckel.

Prof. Shuster sah kritisch auf den schweren Kasten.

»Ein Bleiwürfel?« stellte er erstaunt fest.

»Ja. Ein Kasten aus fast massivem Blei. In der Mitte des Kastens befinden sich 6 Gramm reines Plutonium. Aber noch etwas anderes ist darin, etwas, was keiner weiß außer mir und jetzt dir, Henry. Diese 6 Gramm reines Plutonium habe ich veredelt. Ich habe es gekoppelt mit einem Element, das ich dir nicht nennen will. Diese 6 Gramm kann ich durch eine Doppelspaltung mit $32^1/_2$ Prozent und $^5/_{1000}$ seiner Materie in Energie umwandeln. Das ist eine Spaltung, wie sie Einstein nicht träumen würde.« Paerson stützte sich auf den Bleiklotz und sah Prof. Shuster groß an. »Diese 6 Gramm genügen, unsere Erde in einen feuerflüssigen Zustand zurückzuversetzen.«

»William!« Shuster fuhr aus seinem Sessel empor und wich vor dem Bleikasten entsetzt zurück. »Und das bewahrst du in deinem Bücherschrank auf?«

»Sollte ich es im Labor tun, wo ein dummer Griff genügt, uns wegzufegen? Bei mir ist es sicher . . . sicher für alle Teile, Henry.«

»Du willst diese Entdeckung nicht bekanntgeben?«

»Nein.«

»William ...« Prof. Shuster atmete auf. In seiner Stimme lag ungewohnte Wärme und eine tiefe Erschütterung. »Ich danke dir.«

»Weil ich mich selbst verrate?«

»Weil du dich selbst rettest, William!«

Als Prof. Dr. Shuster das Haus verließ, brachte ihn Paerson bis an die äußere Tür. Er drückte ihm fest die Hand, als müsse es ein langer Abschied sein. Dr. Shuster ahnte das Furchtbare, doch er schwieg. Er war unfähig einzugreifen. Er umarmte Paerson nur und drückte ihn an sich.

»William«, sagte er stockend. »Du warst mir der beste und einzige Freund.«

Paerson nickte. Er stand auf der Treppe, als sich Shuster von ihm losgerissen hatte und mit schnellen Schritten, fast rennend, über das Hochplateau seinem Haus zueilte. Er sah ihm nach, bis er aus dem Lichtkreis der Treppenlampe trat und in der Nacht unterging.

Ruhig wandte er sich dann ab und ging zurück ins Haus. Er schloß die Türen ab und setzte sich in seinem Arbeitszimmer an den Tisch, vor den kleinen, grauen Block aus Blei.

So saß er über eine Stunde. Allein, stumm, vor sich hinbrütend. Ab und zu ergriff er das Weinglas und trank einen kleinen, schnellen Schluck, als brenne ihm die Kehle.

Als das Telefon schellte, nahm er ohne Hast den Hörer ab und lauschte. Ein Ferngespräch aus Evanstone. Man hatte Mabel und Dr. Bouth gefunden. Auf einer Farm am Bear River lägen sie jetzt – zwei Ärzte seien unterwegs. Dr. Bouth sei schwer verwundet, aber nicht hoffnungslos. Miß Paerson sei bis auf die große Erschöpfung gesund.

Prof. Dr. Paerson hörte es an, ohne daß sein Gesicht von heller Freude erleuchtet wurde. Nur ein Glücksstrom durchflutete ihn.

»Danke«, sagte er bloß und hängte ein.

Mabel war frei. Dr. Bouth gerettet. Das Leben kann weitergehen – nur das Werk des Hasses ist geschaffen und verlangt sein Recht.

Das Recht der Zerstörung.

Mabel lebt. Und sie soll weiterleben. Ruhig, ohne Angst. Alle Menschen sollen weiterleben, die Kinder sollen weiterspielen, die Mütter weiter ihre Kinder säugen, die Väter weiter für das Leben sorgen ... alles soll so sein wie immer, wie in

Tausenden von Jahren ... der große Rhythmus des Lebens, der ewige Gesang der Natur ... die Sonne soll sein und der Mond und der Nachthimmel voller Sterne ... Die Sterne sollen weiterleuchten, bis Gott und nicht der Mensch sie auslöscht.

Prof. Paerson erhob sich und holte Papier. Mit seinen steilen Schriftzügen schrieb er einen Brief, und während des Schreibens versank er ganz in sich und fühlte die große Kraft, die zum letztenmal seinen Körper durchrann.

Dann war der Brief vollendet, ein kurzer Brief, viel zu kurz für das, was er aufzugeben gewillt war. Er trank seinen Wein und überlas dabei seine Zeilen. Ruhig ging der Blick über seine Schrift:

»Meine Lieben!
Ihr kehrt ins Leben zurück, zwei junge Menschen, die noch eine Welt zu erobern haben. Ich kehre auch zurück, aber meine Rückkehr ist ein Weg zu dem, aus dem wir wurden: aus Staub.
Es bleibt mir kein anderer Weg. Wohin ich blicke, ist der Weg von Flammen eingeschlossen, die ich selbst auf meine Straße streute. Nur dieser eine Pfad, der ins Dunkle führt, ist frei, und ich bin froh, daß Gott mir diese Gnade gibt, mich selbst voll zu erkennen, mir, dem Menschen, der ihn versuchte und mit dem Geist, den er ihm schenkte, ihn entthronen wollte.
Mabel, Du wirst mich verstehen, denn ich erinnere mich an Deine Worte bei Deiner Ankunft in Los Alamos. ›War die Welt nicht schön genug, bevor ihr zu forschen anfingt?‹ sagtest Du. Wie gut ich sie behalten habe, Deine Worte. ›Damals war die Sonne noch eine Sonne!‹ Das hast Du schön gesagt, Mabel. Lerne diese Sonne lieben, werde glücklich mit Ralf – nicht wahr, mein Junge, Du willst sie glücklich machen? – Lehr Deinen Kindern, das Leben, die Menschen und die Natur Gottes zu lieben und freue Dich, ohne an mich zu denken.
Ich habe Euch nur dies zu sagen: Seid glücklich, glücklich, glücklich. Ich schwöre Euch vor unserem Gott: Die Sonne und die Sterne sollen weiterleuchten.
Ich küsse Euch – und weint nicht, sondern *lebt*

Euer Vater.«

Er legte das Blatt hin und trank ruhig seinen Wein aus. Dann verschloß er den Brief in ein großes Kuvert und schrieb darauf: Mabel und Dr. Bouth. Dieses Kuvert legte er auf den Tisch.

Er zog seinen Mantel an, nahm den kleinen Bleiblock und verließ langsam das Haus. Er drehte das Treppenlicht aus, verschloß die Tür von außen sorgsam und stieg in seinen Wagen.

Mit abgeblendeten Lichtern fuhr er in den Cañon, über die einzige Straße, die Los Alamos mit der Außenwelt verband, und wandte sich einem anderen Tal zu, das nördlich der großen Atomwerke quer in die Felsen geschnitten war und noch in der Einsamkeit und Unberührtheit träumte wie die Cañons weit im Umkreis des Colorado.

Hier, abseits gelegen der Cyclotrone und Hanford-Brenner, der großen Labors und Industriewerke, stand ein kleines Versuchslabor, das sich Prof. Dr. Paerson vor einigen Jahren errichten ließ, um in aller Ruhe und unbeobachtet seinen Forschungen nachgehen zu können. Ein kleiner Cyclotron stand in dem Labor, ein Miniaturbrenner und Spalter, ein kleines Elektronenmikroskop und überhaupt in winzigen Ausmaßen alles, was draußen in den Los Alamos-Bergen ins Riesenhafte überstiegert war.

Mit ruhiger Hand schloß Prof. Dr. Paerson die rostig in den Angeln knarrende Tür auf und hängte seinen Hut an die verstaubte Garderobe. Dann betrat er den Raum und sah sich um.

Alles lag noch so, wie er es vor Jahren verlassen hatte. Sogar die Uranblendenprobe lag noch unter Glas, das erste Uran, das er 1939 behandelt hatte.

1939. Wie lange ist das her? Dreizehn Jahre ... und in diesen dreizehn Jahren war er der einsamste unter allen Menschen geworden, weil er die Grenze des Menschlichen hinter sich ließ.

Er ging die Tische entlang und zog mit dem Zeigefinger spielerisch tiefe Rillen in den Staub. An der elektrischen Kontrolluhr drückte er einen Relaishebel herunter und sah, daß der Strom noch nicht unterbrochen war und die Leitung arbeitete. An der Schalttafel des kleinen Cyclotrons hingen dichte Spinnweben ... er ließ sie hängen und sah durch ein dickes Quarzauge in das Innere des Brenners. Die Graphitblöcke lagen noch darin, die ersten Versuchsblöcke von Los Alamos.

Etwas wie eine tiefe Wehmut ergriff ihn. Er setzte sich auf den staubigen Stuhl und sah sich in Gedanken dreizehn Jahre zurückversetzt. Dr. Fermi, Dr. Wheeler und Prof. Oppenheimer standen damals hinter ihm und beobachteten die ersten kleinen Elektronenvolt-Spannungen, die im Oszilloskop emporschnellten. Damals war man glücklich, fiel sich um den Hals ... und heute?

Er ging an die Seite, wo man zwischen die Magneten des Cyclotrons die Vakuumröhre einschieben konnte. Er zog sie heraus und untersuchte sie. Das Metall war noch gut, es konnte halten.

Langsam ging er durch den Raum zurück zu seinem Wagen und schleppte den kleinen Bleiklotz herein. Er stellte ihn auf den Tisch und lief zurück. Mit einem Stapel Akten voll Aufzeichnungen, Berechnungen und Konstruktionszeichnungen im Arm kehrte er zurück und legte sie neben den Cyclotron auf eine Bank. Dann trug er den Bleikasten hinter ein dickes Bleischild, streifte sich dicke Gummihandschuhe über die Hände und öffnete mit einem Metallgreifer den Deckel. Aus der Mitte nahm er eine winzige Masse Metall, steckte sie in eine Bleikapsel und trug diese zu der Vakuumröhre des Cyclotrons.

Es waren Handgriffe, die er in den Jahren schon mechanisch ausführte, die zu seinem Lebensrhythmus gehörten wie Essen und Schlafen. Es war eine Arbeit, die er mit geschlossenen Augen verrichten konnte ... das Füllen eines Cyclotrons.

Dann saß er vor dem Oszilloskop und wartete. Er schaltete den Strom ein, die Hochspannungsquelle begann zu surren, die Uhren zu beiden Seiten der Maschine begannen mit den Zeigern zu pendeln.

Zwischen den Magneten rasten die Atomkerne durch das elektrische Feld. Das Atomthermometer kletterte langsam hoch. 500 000 ... 1 000 000 ... 7 000 000 Volt! Prof. Dr. Paerson sah auf seine Armbanduhr. Sie zeigte 23.32 Uhr nachts.

Er drosselte den Strom etwas und packte die Akten, die neben ihm lagen, vor sich an den Fuß des Cyclotrons. Seine ganze Lebensarbeit lag vor ihm ... die einzigen schriftlichen Aufzeichnungen über seine neue Spaltung, die es gab, waren nicht höher als zehn Zentimeter.

Zehn Zentimeter Papier ... In ihnen ruhten dreizehn Jahre Forscherarbeit. Nur zehn Zentimeter ... nicht höher war der Untergang der Welt, wenn man ihn berechnen wollte.

Die Hochspannungsquelle summte. Das Oszilloskop zitterte

bei 10 000 000 Volt. Mit unvorstellbarer Geschwindigkeit, mit einem rasenden Lauf von 10 Milliarden Umdrehungen in der Sekunde, jagten die Atome zwischen den beiden Magneten herum.

Mit ruhigem Gesicht saß Prof. Dr. Paerson auf seinem Stuhl. Er hatte die Hände gefaltet und betete. Still, mit stummen Lippen. Seine Augen waren geschlossen ... wie ein großer Friede durchzog es seine blassen, eingefallenen Züge.

Sein Gebet dauerte nicht lange. Er hatte wenig zu sagen in diesen Minuten, da er endgültig die Grenze überschritt. Er war mit sich und seinen Kindern klargeworden ... er war auch klar mit seinem Gott, den er herausgefordert hatte und der stärker war als er.

Er beugte sich vor. Seine Hand ergriff einen Hebel, der den vollsten Strom durch das Kraftfeld jagte und der die rasenden Atome, die Energie der Masse, freigab.

Die Finger krampften sich um den kleinen Metallstab. Dann senkte sich der Arm.

In Los Alamos, in allen Cañons, selbst in Santa Fé fuhr man aus den Betten, rannte man aus den Werken auf die Straße, quollen die Arbeiter und Techniker aus den unterirdischen Anlagen, als eine riesenhafte Explosion die Luft erschütterte und die Erde wie ein Schiff auf hoher See erbeben ließ. Eine ungeheure Feuersäule schoß zwischen den Felsen hervor in den Nachthimmel, ein langer Strahl weißen Qualms stieß in das Dunkel und verbreiterte sich oben zu einem weiten Pilz.

Dr. Fermi, der vor seinem Haus stand, schrie auf.

»Eine Atomexplosion!« brüllte er. »Alarm! Alarm!«

Die Sirenen heulten auf. Das Militär jagte durch die Cañons, die Straße wurde gesperrt ... der Sonderbefehl vier wurde ausgegeben — Los Alamos in Gefahr!

Zehntausend Menschen rannten durch die Felsen und suchten Schutz in den vorbereiteten Betonkammern unter der Erde. Prof. Dr. Oppenheimer lief mit wehendem weißen Haar durch die Werke und suchte Professor Dr. Paerson. Dr. Fermi und Dr. Bolz leiteten die Fluchtmaßnahmen.

Sabotage ... geisterte es durch die Atomstadt. Spione! Die Russen! Sie haben mit Atombomben zu sprengen versucht!

Von Santa Fé kamen die Spezialtrupps. In Washington riß der Fernsprecher die Regierung aus den Betten. McKinney stand mit wirren Haaren und leichenblaß in seinem Haus am Apparat und berichtete von der Explosion. Militär und Polizei riegelten das gesamte Gebiet ab. Mit Geigerzählern tasteten sie die Räume nach radioaktiven Strahlen ab, Männer in Schutzanzügen streiften durch die Schluchten.

Die Geigerzähler schwiegen.

»Das Versuchslabor war es!« rief Dr. Fermi, der durch die Felsen irrte. »Ich habe Paerson vorhin dorthin fahren sehen! Mein Gott, wenn Paerson ...«

Und dann stand man still. Die Felsen waren zerstört, wo das Labor gestanden hatte, war ein riesiger Trichter ... sonst nichts. Kein Auto mehr, kein Haus, nicht das geringste Zeichen, daß hier ein Mensch gestanden hatte.

Die Natur war in den Urzustand zurückversetzt.

Dr. Fermi sah McKinney, Prof. Oppenheimer und Prof. Shuster an, die neben ihm an der Stelle des Unglücks standen.

»Paerson«, sagte Shuster leise. »Wer hätte das gedacht? Ich habe ihn vor einer Stunde noch gesprochen.«

McKinney sah in die Luft, wo der Wind die Rauch- und Staubwolke forttrieb.

»Und seine Pläne hatte er bei sich. Alle Pläne ...«

Dr. Fermi schwankte. »Das ist unmöglich ... stammelte er. »Das wäre schrecklich ... Dann stehen wir wieder am Anfang.«

McKinney wandte sich ab. »Er wollte etwas Neues erproben, das wird es sein. Er hatte Pech, meine Herren, Forscherpech.«

Prof. Oppenheimer sah den General groß an. Er ahnte, was McKinney wußte.

»Und was ... was werden Sie nach Washington berichten?«

McKinney zuckte mit den Schultern. »Es war ein glatter Unglücksfall«, sagte er langsam. »Unser Land erwartet, meine Herren, daß Ihre Forschungen ungestört weitergehen.«

Wenn man nach Los Alamos kommt, sieht man in einem Seitental eine mannshohe Platte aus Stahl in die Felsen eingelassen. Mit grauen Stahlbuchstaben sagt sie nüchtern, daß hier, an dieser Stelle, der größte Atomforscher Amerikas in Ausübung seines Dienstes zum Fortschritt der Menschheit den Tod fand.

Unter diesen Sätzen aber steht ein Spruch, der eine Mahnung ist an alle, die es je vergessen sollten.

». . . denn die Elemente hassen das Gebild von Menschenhand!«

Am 23. August 1952. In Los Alamos.

Das amerikanische Volk.